# 南八仙

吴德令／著

青海人民出版社

图书在版编目（CIP）数据

南八仙 / 吴德令著 . -- 2 版 -- 西宁：青海人民
出版社，2024.9
ISBN 978-7-225-06667-7

Ⅰ.①南… Ⅱ.①吴… Ⅲ.①长篇小说—中国—当代
Ⅳ.① I247.5

中国国家版本馆 CIP 数据核字（2023）第 229364 号

选题策划：王绍玉　执行策划：梁建强
责任编辑：田梅秀　责任校对：梁建强
责任印制：刘倩　卡杰当周
版式设计：杨敬华
封面设计：WONDERLAND Book design 仙境

# 南八仙

吴德令　著

出 版 人　樊原成
出版发行　青海人民出版社有限责任公司
　　　　　西宁市五四西路 71 号　邮政编码：810023　电话：（0971）6143426（总编室）
发行热线　（0971）6143516 / 6137730
网　　址　http://www.qhrmcbs.com
印　　刷　西安五星印刷有限公司
经　　销　新华书店
开　　本　880 mm × 1240 mm　1/32
印　　张　10.25
字　　数　220 千
版　　次　2024 年 9 月第 2 版　2024 年 9 月第 1 次印刷
书　　号　ISBN 978-7-225-06667-7
定　　价　56.00 元

# 目 录 CONTENTS

# 引　子

这一天，是 21 世纪元年的 5 月 12 日。

这天早上，余小添要到亚布尔滩拍照片。

余小添，他那张被青藏高原的太阳晒脱皮的年轻的脸上，得意的笑容已经挂了整整十天！

因为，他要走了，离开这个杳无人迹，风蚀残丘遍布的地方，并且永远不再回来。他的口袋里装着一份西南某大学硕士研究生的录取通知书。这是他在这个叫作"南八仙"的地方，当了 3 年石油采油工的最大收获。

余小添要走的决心非常坚定。当初他拿着录取通知书申请辞职的时候，遭到了他的上级——采油队队长和队长的上级——西源油矿经理的一口回绝。他们的理由简单而又坚决：在西源油矿当一名石油工人是一份不能推卸的荣誉和一份推卸不了的责任。余小添的队长在愤怒之下，甚至对他说："西源油矿建矿

30 年，从来没有听说过，除了死，还有人当逃兵？"

采油队绰号叫作"老狼皮"的政治指导员先后找余小添专题谈话 3 次。

第一次，在"老狼皮"的野营板房里。

"老狼皮"看起来精明得很，他的年龄是余小添的 2 倍，工龄是余小添的 8 倍，"老狼皮"大讲特讲西源油矿的光荣历史。诸如 1958 年打出第一口油井，生产过多少万吨石油。他手舞足蹈，夸张地描述着 1958 年的情景："成千上万的人来了，坐着大车、小车，骑着骆驼、马，在山脚下搭起一座帐篷城……好多人想来还不叫他来，为啥，石油工人个个都是顶天立地的铁汉。咱们多光荣啊，好多报纸都登咱们这儿的事。有的人想疯了，就写血书，表决心，一沓一沓，一房子都堆不下……"

"老狼皮"会吹牛皮，其实 1958 年的时候，他还在四川的一条山沟里放牛，西源油矿的事不过是道听途说。但他讲得绘声绘色，好像他亲眼看到了一房子也装不下的血书。

"老狼皮"的光荣传统教育在 3 年前余小添刚分配来的时候就听到过，没有 30 次也有 20 次。长达 2 个小时的谈话，余小添不为所动。

第二次，"老狼皮"破例请余小添喝酒。还是在"老狼皮"的野营板房里。"老狼皮"有胃病，酒量不大，他喝一小杯，余小添喝一大杯。一瓶酒下肚，两个人的眼睛都有点红了。"老狼皮"斜着眼说："小余，我看你别走，西源油矿不赖呀，算算看，这几十年出了多少人物，2 个全国劳模，4 任石油管理局的局长、书记，7 个老总、副老总，18 个教授级高工，好几个获全国'五一劳动奖章'的。咱这地方出人才。"

余小添说："那是人家，我没那本事。"

"老狼皮"往自己的胸脯一拍，说道："你娃子的本事总比我大，学问总比我高！你看我，初中文化，有个啥毬本事？可我也是全国优秀思想政治工作者，还到北京领过奖哩。我保你干个三五年，肯定比我强。"

余小添摇头说："这地方太苦，没树没草没人烟。连只鸟也没有。"

"喔，小娃子，这也叫苦？""老狼皮"叫了起来，他的神情突然间就有了狼巴巴的味道，他盯着余小添说："1972年，我到西源油矿的时候那才叫苦，从敦煌到西源油矿，一人发一件羊皮大衣、一壶开水、三个饼，天不亮坐敞篷车走。那是什么天气哟，腊月天，风刮起来，冷得像刀子在割肉，那么厚的羊皮大衣都挡不住风，全身都冻僵了。没办法，只好几个人倚着背，把行李都压上，裹上。偏偏路又不好，坑坑多，颠得心坎疼。200多公里的路，摇了一整天。想喝口水吧，水壶都冻成冰坨坨了。好不容易熬到晚上，到达目的地，指导员叫下车，安排谁谁住几号房，当时我被分到四号房。我就跟着一个老工人往四号房走，走着走着就走到地下去了，原来住的是地窝子，地窝子哟……""老狼皮"醉了。

第三次，"老狼皮"到余小添住的野营板房来谈话。这回"老狼皮"神情严肃，他郑重告诉余小添三个消息。第一，经过采油队党支部慎重研究，决定上报西源公司，聘任余小添为技术组组长，接近于副科级干部。第二，在西源油矿的东边又发现了一个很大的油田，发展前景广阔得很。第三，余小添如果要坚持离开，采油队不批准辞职。因为余小添是队里的技术骨干，为了培养他，投入很大。

但余小添终于还是走了，他直接找到油田的一位领导，倾诉了他要上研究生的愿望。油田领导同意了，但是代价也很大。按照规定和程序，余小添算是被油田除名了。

按照石油人的传统，采油队在昨天晚上为余小添举行了告别晚会。"老狼皮"杀了一只羊，尽可能地安排了丰盛的饭菜和当地的青稞名酒，把采油队不上岗的所有人员都招来为余小添送行。长期生活在野外的石油工人，没那么多心眼，说话也没那么多顾虑。他们轮流向余小添敬酒，气氛显得非常热烈。大家在一块工作了3年，冷不丁有人要走了，心里的酸楚也在情理之中。喝着酒，有的人就回忆起某月某天发生的某件事情，结果就有人哭了，余小添也哭了。他不知道，那一刻，心里为什么难受得直想哭。唯一没有向余小添敬酒的是"老狼皮"，尽管他组织大家把送别晚会的气氛搞得很好。余小添在晚会上特意向"老狼皮"敬酒，但"老狼皮"以胃不好为由，拒绝了。

按照计划，余小添将于3天后离开西源油矿。尽管晚上喝了很多酒，头脑昏沉沉的，但余小添第二天还是起了个大早，决心把他工作了3年的地方再好好看一看。这将是他最后一次机会，因为他决定再也不回这个地方了。

余小添带上了水、干粮和照相机，驾着一辆旧吉普车向着那个叫亚布尔滩的大戈壁驶去。

亚布尔滩，以蒙古语命名的地名，老师傅们说过，意思是魔鬼都不待的地方。

　　的确，亚布尔滩真的是个连魔鬼都不愿意待的地方。这是一片青藏高原在隆起过程中挤压形成的特殊地形，坐落在海拔3000米的高地上，周长上千里。原本它是山峦或者别的什么，但在漫无边际的地质演变进程中，被造物主像剔肉一样，用大气、雨水一点点地削割，然后，把它变成了一种特别的形态。

　　它似乎还是山，因为在整个大滩里，到处都是伫立的山头。只是它们已经支离破碎，身躯被快刀一样的风切割成各种各样的形态，它们高的有七八十米，低的只有四五米，有的细细弱弱，像一枝昂首向天的春竹，有的威风凛凛，像一只夜行的猛虎，有的憨态可掬，酷似一只宠物小狗。它似乎又是沙漠，细黄的沙子一层层地铺在整个大滩里，无处不有，无处不在。经常在一个晴朗的早上，突然凝聚起来，翻滚成一个沙暴，铺天盖地打下来。

　　它原本是有水的。几十万年前，它还是一个湖泊，温暖的气候和三天一次或者两天一次的降水，使它水草丰美。成群的野兽在岸边悠闲地吃草，各种样子的鱼在水中游来游去，忽然一条鱼儿耐不住寂寞，跃出水面，做一个漂亮的侧滑，无垠的水面上于是留下了一圈圈波纹……

　　但是现在，亚布尔滩却是另一种样子——大片的山峦像惨败的树林一样阴沉沉地立在那里，一层层带着花纹的黄沙横亘在它的脚下，无穷无尽。一阵阵阴冷而怪怪的风在滩里，绕着那一座座沙蚀过的岩石飘来掠去，发出各种吼叫。整个滩里没有一棵草，没有一个生命，仿佛一个巨大的迷宫。寂静的时候，天地间没有半点声响，只听得见自己的喘息声，自己的心跳声。狂烈的时候，天为之变，地为之变。

三年前，余小添从华东石油大学毕业来到这个叫亚布尔滩的地方，以为走错了地方。他想象不出来，这样的地方为什么会有石油？

第一次跟着师傅进滩作业的时候，余小添恐惧，恨不得用一根绳子把自己和师傅捆在一起。在他的眼中，亚布尔滩更像是一座坟墓，他的鼻子嗅到了死亡的气息。

正是因为对亚布尔滩的恐惧，促使余小添把所的业余时间都用在学习上，现在终于可以离开了。

今天，为了使最后的告别别致一些，余小添没有走正对着营地的那条惯常的线路。既然要永远地告别，他想把亚布尔滩看得更多一些。他绕了一个圈，从亚布尔滩的侧后进去。侧后的滩里很少有人去，但是去过的人说，那里的沙蚀林更美。

正午过后，余小添登上了一座近60米高的沙蚀山，这是附近最高的一座沙蚀山，可以看得远一些。尽管余小添费了一早上的工夫，累得满身大汗，但也不过还蠕动在亚布尔滩的边缘。真正去过亚布尔滩腹地的人，整个采油队里也不过三五个，而且每去一次，都要和死神照一回面。

在沙蚀林的顶上，余小添一边吃着午餐，一边漫无目的地向远处高高低低的沙蚀林眺望。天气晴朗得很，大朵大朵的云彩悬在碧蓝的天空，使晚春的亚布尔滩竟多了点妩媚。亚布尔滩的天空就是这样，如果没有风，它几乎就是这样令人惊讶地晴着。

在吞下一口饼子的时候，一点淡淡的红掠过余小添的眼睛。余小添以为那是太阳光的反射，继续吃着午餐。然而，在他仰头喝矿泉水的时候，这淡淡的一点红又一次掠过眼睛。这迫使余小添继续盯着看。很奇怪，在正前方 500 米的黄沙中，似乎有一点红红的东西。

是太阳光反射？是一块红石头，或者一块红土？余小添思忖着。但他清楚这是不可能的，亚布尔滩从来就是土黄色，从来没有人发现过红石头或者是红土。

余小添举起 6 倍变焦的照相机把红点拉近来观察，映在照相机里的红点清楚了很多，好像是一个不规则的物体。但是，因为离得太远，还是看不清楚，不过有一点可以肯定，那绝对是一个物体，不是太阳光的反射。

余小添好奇地从沙蚀林上下来，走向那个红点，想知道那究竟是什么。距这个红点 30 米处，余小添看清了，居然是一面很旧的红旗。红旗的一半埋在下面，另一半铺在沙子上。

也许是勘探队员留下的。西源矿区的矿志上有记载，20 年前，油田曾经对亚布尔滩进行过一次大规模的石油勘探，余小添现在的采油作业区就是那次勘探的成果。

余小添走到红旗跟前，拉了一下红旗，想把它作为今天最大的收获。毕竟这是 20 年前的东西，拿到队里可以大大地夸耀一番，但是红旗很重，没拉出来。余小添又使劲拉了一下，他的眼睛忽然愣住了，全身的汗毛全部倒立了起来。红旗的那一头竟然连着一个牛皮包！

一个包扎得严严实实、极其陈旧的牛皮包！

也许这面红旗和这个牛皮包刚刚被风从干燥的沙子里吹出来，保存得还相当完好，红旗居然也没有朽烂。

它显然不是20年前的东西。因为牛皮包的外层还有一个隐约的头像，头像下面有四个依稀可辨的字——战争纪念。

不知道是兴奋还是害怕，余小添的心跳得像是快要从喉咙里蹦出来，他的手不停地哆嗦着，费了好大的劲，才解开牛皮包的绳扣。

牛皮包里塞满了各种图纸和报表，还有5个纸面的笔记本。图表上画着一些弯弯曲曲的线条，这些线条都已经陈旧得变色了，很多地方还模糊不清，余小添也看不懂，他拿起一个笔记本，翻开来，一行已经模糊的，但十分娟秀的字映入眼眶：张春桃，1954年4月。

张春桃是谁？

这淹没在亚布尔滩流沙深处的牛皮包的日记里到底记录了些什么？

蓦然，冷汗从余小添的后背上流了下来，一个念头像针一样刺进他的脑子：莫非这是传说中"八仙女"留下的东西，是50年前的遗物？

在天和地死一般的寂静中，余小添听到了自己牙齿与牙齿的撞击声。他忘不了到亚布尔滩的第五天看到的情景——黄昏时分，一个比余小添早工作两年，叫作"猩猩"的采油工从滩里跑了出来，他在整个营地里跑来跑去，惊恐的叫声充斥了整个采油队的营地。

余小添看到"猩猩"的脸都变形了。他一边叫着、哭着，一边大口大口地呕吐。直到队长、指导员"老狼皮",还有队医强行把"猩猩"送进房里,注射了镇静剂,他才安静下来。后来,"猩猩"说他听见一个女人在滩里哭,听到那女人真真切切地说,她要回家。

晚上睡觉的时候,师傅告诉余小添,"猩猩"是八仙女的故事听多了,产生了幻觉。亚布尔滩有一个传说。说是 1950 年初,有一支女子勘探队进到亚布尔滩搞地质勘探,结果再也没有出来。所以亚布尔滩还有一个名字,叫八仙滩。师傅没有更多地讲八仙女的故事,因为那只是一个传说,究竟怎么回事谁也说不清楚。但是,关于八仙女的传说似乎有一点影子,因为第二天,余小添看到"猩猩"在"老狼皮"的陪同下,悄悄进了亚布尔滩。师傅说他们要选一座高大的沙蚀林烧纸钱。

莫名的恐惧愈来愈深地包围着余小添,仿佛在轻抚他的身体,仿佛要塞满他的每一个毛孔。忽然间,他似乎听到一个女子的歌声,忽有忽无,忽远忽近,忽高忽低,忽浅忽深,在沙蚀林里悠长而凄绝。

余小添不敢再看下去,不敢再想下去,也不敢再待下去。他背上牛皮包,急急忙忙奔逃而走,甚至留在沙蚀林顶的东西,包括那架照相机也全然不顾了。

一个月后,在西南某高校读研究生的余小添读完了牛皮包里全部的日记,虽然有的字迹模糊了,有的段落没有写完,还有的日记令人不忍卒读,但八仙女们的美丽和凄绝却永远挥之不去,于是,他整理了这些日记,通过各种关系查阅了一批历史档案,还原了 50 年前的一段历史。

# 女子勘探队

1953 年 9 月 10 日　西安　多云

今天召开西北地质大队柴达木勘探大队女子勘探队成立大会。我荣幸地成为女子勘探队的一员。

大队的领导都来了，钱书记、钟大队长，还有徐大队长、王大队长都参加大会了。钱书记讲话，他是老红军，讲的是我们湖北一带的话，又快又急。好多人听不懂，江曼、小玉她们都不知道钱书记讲些什么，但是我听得清清楚楚。钱书记说："同志们，妇女解放了，和男人一样，都是新社会的主人，要积极承担建设新中国的任务……女子勘探队要锻炼成整个西北勘探队的先锋和模范，准备接受最艰苦、最光荣的任务。"

王大队长给我们授队旗，我们叫"西北红色女子勘探队"。齐大姐、江曼、小玉、李花花、我都站到台上去了。齐大姐站在最前面，举着队旗带领我们宣誓，我们的誓词是："不怕艰苦、不怕困难、不怕牺牲，男同志能做到的事我们保证做到。西北红色女子勘探队是一支打得赢、拖不垮、走不散的钢铁队伍，请党考验我们。"

会场的掌声热烈极了，台下的 1000 多人都在那里使劲鼓掌，还有喊口号的，听不太清，好像是二队那边，要和我们搞竞赛什么的，问我们敢不敢应战。

有这么多人为我们鼓掌和欢呼，真是没想到！我太激动了，站在台上，我就哭了。


### 1953 年 9 月 11 日　西安　小雨

今天下午，我们召开全队大会。

队长是个男同志，从六队调过来的，以前没见过。他长得挺白净的，有二十三四岁的样子。他自我介绍说："我姓司徒，叫司徒春生。1951 年西北勘探大队成立的时候就调过来工作了。"他不太爱说话。介绍了自己几句就不说了。齐大姐又帮他介绍了几句，齐大姐说："司徒队长搞地质出身，上过地质大学，专业水平很高，有了他，我们的勘探工作很快就会有起色的。"

齐大姐是我们队的党支部书记和指导员，我跟齐大姐不太熟。今年 3 月，我来报到的时候，齐大姐还在勘探队政治处工作。我只见过齐大姐几次，但小玉熟悉齐大姐，小玉到政治处帮过一个多月的忙。小玉说齐大姐的名字叫齐桂香，当过解放军，打过仗，很厉害。齐大姐是王大队长的爱人，本来她和王大队长都在陕西的一个县里工作，王大队长当县长，齐大姐当教育科长，后来王大队长调到勘探队来，齐大姐也跟着调过来了。

我们队有 80 多个人，都是从各个地质小队调过来的，会上我们还分了班。一共有 7 个班，我和江曼、小玉、李花花原本是地质三队的，现在分在第一班。还有 3 个人，从四队调过来的，江曼当班长。

会上，司徒队长说："我们女子勘探队现在的任务是学习和整顿，为明年开春到柴达木盆地搞勘探做准备。"

晚饭，为了庆祝女子勘探队成立，我们改善伙食，吃大肉馅的包子。真好！

### 1953 年 9 月 22 日　西安　晴

今天是星期日，队里放假休息。李花花要我们陪她去逛西安的大街。她要去给她的小男人寄钱。

李花花是 3 月份和江曼、小玉、我一起参加工作的。李花花是湖北农村的，长得粗粗壮壮，干起活来我们都不是她的对手。

李花花说她是自己偷着跑出来参加工作的。李花花家比较穷，她有三个姐姐，两个弟弟，经常吃不上饭，饿肚子。9 岁的时候，她爸爸用两斗谷子把她送给同村的黄家当童养媳。她的男人比她小 5 岁，叫她姐。白天她背着小男人去玩，捎带着打柴。晚上给小男人暖被窝，哄小男人睡觉。小男人胆小，她最得意的一招，就是给小男人讲鬼故事，一讲鬼故事，小男人就害怕，就听她的话。1949 年，她 19 岁，小男人 14 岁，公公婆婆给他们圆了房。他们本来过得挺好，公公婆婆待她也不错，就是不知啥原因，她一直没生孩子，圆房 5 年，连点影子都没有。小男人家就他一根独苗，生不了孩子，公公婆婆就不待见她了，常常骂她。小男人也长大了，不害怕鬼故事了，也不怕她了，就经常给她气受，后来还动手打她。一次，饭做咸了，男人骂她，她还嘴，男人踢了她几脚，她受不了，一赌气，就跑出来了。在武汉的街头，我们西北勘探大队正在招工，她就报了名。原本她没有文化，不够招工的条件，可她抹着眼泪给招工的人讲她当童养媳的悲惨故事，把招工的人都讲哭了，于是就把她招进来了。

李花花现在看起来后悔得不行。她说早知道一下跑这么远，当初就不该从家里偷跑。小男人打几下就打几下，她身体好，能经受得住，那点皮肉之苦其实算不了什么。

李花花想回湖北农村去，经常给我们唠叨她家里的那些事。但她现在不敢回，一是怕勘探队纪律严不放她，同时她也舍不得每个月的工资。二是怕小男人伤心，不肯原谅她。所以她就拼命地给小男人寄钱，我们的工资一个月38元6角7分，扣去每个月7元5角的生活费，李花花只给自己留2元5角钱的零花钱，其余的都给小男人寄去了。连同今天这一次，已经是第八次了。

办完了寄钱的事，小玉要买字典，我们又陪着小玉进了新华书店。小玉姓苏，只比我大3个月，过完年17岁。她的文化水平比我高，我是初中生，她是高中生。我和小玉是地质队招收的同一批学员，她老家在上有天堂、下有苏杭的杭州。小玉是自愿来艰苦的地质队工作的。高中毕业后，她说她可以去上大学，也可以到银行工作，但是她觉得自己从小在"温室"里长大，需要到大风大浪里去锻炼，所以就报名到了地质队。小玉喜欢读书，有一个很大的书箱，里面装了很多书，其中最喜欢的就是《钢铁是怎样炼成的》。听小玉说，当时招工的人有点不太喜欢她，觉得她太小、太娇了，结果小玉就很勇敢地咬破了手指头，用血写了一篇申请书。（那该有多疼啊？）后来，人家就招了小玉。到西安地质勘探大队报到的时候，我和小玉在一起，政治处的领导看我和小玉都瘦瘦弱弱的，问我们为什么要求到地质队工作？小玉说，我来炼钢铁的，把政治处的领导说愣了。后来，小玉又补充说，地质队不是很艰苦吗，我要在这里接受最彻底的磨炼，把自己炼成一块钢铁。政治处的领导很高兴，当场就表扬了小玉，号召大家向她学习。

小玉是家里最小的孩子，她有很多哥哥、姐姐，给她写信的人很多。有时一个月就有一沓，但小玉很少谈家里的事情，也不大给家里回信。

中午，我们没有回队里吃饭。江曼请我们吃羊肉泡馍。这是一种很特别的饭。要先把馍掰成特别小的块，比小指甲还要小，然后用羊肉汤煮上一会儿，再加入羊肉、粉丝、葱花，吃起来味道很独特，很香。第一次我们几个来吃的时候，谁都不会吃，结果把馍掰得很大，别的人直看着我们笑，闹了好大的笑话。

江曼花钱很大方，我们几个出来玩，抢着付钱的一准是江曼。因为江曼家里很有钱，她爸爸是资本家，有好大一座工厂。

江曼之所以到地质队来工作，完全是为了对象。我们第一天认识的时候，她就是这么说的，当时把我和小玉羞了个大红脸。

江曼说她和她的对象是在大学里认识的，她对象姓向，叫建国，这是后来改的名，原来叫向小三。那时候，江曼上大一，她对象向建国上大三。向建国家里很穷，好像是上大学那年，家被一把大火烧光了，只剩下一个残疾的母亲。一次，江曼看见向建国捡食堂的剩饭吃，就去帮他。后来他们就恋爱了。向建国大学毕业的时候，说要到最艰苦的地方去为祖国奉献一切，刚好又是地质系毕业，就报名到了西北地质队。江曼舍不得向建国，大学也不上了，就跟着他来到了西北地质队。向建国来过几次，他们俩看起来真的不错。向建国长得高高大大，很英俊，只是不太爱说话，总是江曼说，向建国听。但是向建国很勤快，有一次我发现向建国的手湿湿的，而江曼的两双袜子刚刚洗过，一定是向建国替她洗的。不过，他们在一起没有好好待几天，向建国就随一个队到新疆去了。已经去了5个月，要到11月才回来。

江曼听说新疆的地质队工作很艰苦，断定伙食一定很差，便买了好多牛肉罐头，她说她要寄给向建国。罐头好重，我们帮着她背回队里，都累出了一头汗。

### 1953 年 9 月 29 日　西安　晴

今天，我们听志愿军战斗英雄报告会。

我们的志愿军真是太伟大，太可爱了。他们在缺吃少穿的情况下，面对美帝国主义凶恶的飞机大炮，不怕困难，不怕牺牲，英勇作战，打得美帝国主义狼狈逃跑，保卫了我们的祖国，我们的家园。还有什么人能比得上他们？

但是，他们实在太苦了，住的是坑道，一连几个月吃炒面，有时候连炒面都吃不上，只能找到什么就吃什么。那个在上甘岭被打断一条胳膊的志愿军吴代表说："我们连着断水七天，所有人的嘴里都起满了泡，但是我们还要打击美帝国主义，还要坚守坑道，所以就想各种办法坚持。有的战士去舔潮湿的石头，有的战士含一口牙膏，有的战士喝别人的尿，还有的伤员为了让自己的战友喝到水，好有力气打鬼子，自己一口水都不喝，活活渴死了。"

最让我敬佩的是那个小个子柳英雄。他一个人面对30多个凶恶的美国鬼子，一点也不害怕，冲上去大喊一声："不许动，举起手来！"结果，美国鬼子被他的英雄气魄吓坏了，老老实实举起了手，全部让他俘虏了。他当时只有17岁，那么小就那么勇敢，要是换上了我，我敢不敢呢？

我想让柳英雄给我签名，但是怎么也挤不进去，人太多了，连鞋都挤掉了。还是小玉厉害，她一下子就冲了进去，让柳英雄给她签上了名。

签不上名不要紧，我记住了他的单位，中国人民志愿军63军，我要给他写信，告诉他，我要向他学习，在祖国最需要我的时候，一定也要像他那样，大喊一声冲上去。对了，我还要给他寄一支钢笔和本子，让他再多学点文化，柳英雄的字写得可不太好。

还有，今天我帮着小玉和李花花吵了一架。吃饭的时候，李花花说："志愿军喝尿的时候，一定是装装样子，喝不下去，尿多脏多臭。"小玉说："为了打鬼子，一定喝得下。为什么喝不下？志愿军是钢铁战士，什么困难都可以克服。"李花花问小玉："你能喝自己人的尿吗？"小玉说："祖国需要的时候，我就一定能喝下。"李花花又问我："春桃，你能不能喝自己的尿？"我很生气，志愿军都能喝，我们为什么不能喝。我就说："要是在上甘岭上，我早都喝了。为了打鬼子，别说喝尿，毒药也照样喝。"后来，我和小玉就问李花花：“你为什么不喝，你的心里有没有祖国？"把李花花问哭了。

要是我真的在上甘岭上，我能喝自己的尿吗？不知道，不过我一定会像那些勇敢的伤员一样，宁可自己渴死，也不喝宝贵的水。

## 1953 年 10 月 17 日　西安　多云

今天队里开大会。前面是司徒队长讲评这个时期我们培训学习的情况，安排后一阶段的培训学习任务。然后，齐大姐讲评我们队里的学习和思想教育情况。齐大姐在会上批评了江曼，说道：“江曼出身资产阶级家庭，应该积极改造自己的思想，无论是思想认识还是行动本质都应该与腐朽没落的资产阶级世界观划清界限，与劳动人民站在一起。"但江曼很不注意自己的思想改造，居然用支付工资的形式，让李花花帮她洗衣服。齐大姐宣布撤销江曼的班长职务，由我们班的刘运兰当班长，还要江曼好好检查一下自己，准备让她在下一次全队大会上做自我批评。

开完会，江曼一个人跑到树林里哭，我和小玉陪着她。江曼说：“这下我没脸活人了，现在谁都知道我是资产阶级的娇小姐，还连累向建国也没了面子。向建国就要回来了，到时候自己怎么见向建国？"江曼抹着眼泪又说，“我是被别人冤枉的，我没有花钱雇李花花洗衣服，是李花花自己主动帮忙，我只是看李花花缺点什么，就给她点什么。我和李花花还是好朋友呢，难道讲点互相帮助的革命友谊也不行吗？"

我和小玉劝了江曼好半天，才把江曼劝回了房间。晚饭江曼也没有吃。

江曼确实有点冤，不过李花花给她洗衣服也是真的。李花花是农村出来的，从小干活习惯了。她不但给江曼洗过衣服，给我和小玉也洗过。不过，我和小玉都很不好意思，坚持不让李花花帮我们洗。洗衣服这类的活，江曼以前肯定没有干过，所以江曼乐得让李花花帮她干。最初好像是李花花看到江曼换下来的衣服没有及时洗，就主动帮她洗了一两次，江曼看李花花挺辛苦，就送李花花东西以表谢意。我看见有时候江曼给李花花几块香皂，有时候是一包糖，有时候还有手帕。这样一来，李花花为江曼洗衣服就更勤快了。后来，李花花干脆把江曼的脏衣服包下来了，连袜子都洗过呢。

向齐大姐告状的人肯定是焦淑红。这个比我只大了几个月的小不点一准是想快点入团。焦淑红是个孤儿。7岁的时候，爸爸得病死了。9岁的时候，妈妈又改嫁到外地，把她扔给了一个远房的叔叔。叔叔不拿她当人，把她像男孩子一样使唤。她说她什么活都干过，放牛、砍柴、耕地、收谷子，有时候能从天刚刚亮干到天全黑了，就这样，叔叔还老打她，嫌她吃饭多干活少。11岁的时候，她再也不想忍了，就从家里跑了出来，跟着一群要饭的小孩到处流浪。1949年，她被一个解放军叔叔收留，送到学校里念了三年书。今年年初，远在朝鲜的解放军叔叔托另一个解放军叔叔来找她，对她说："你也不小了，工作吧。"就这样，她坐火车到了西安。焦淑红说过，她最恨的就是人欺负人。因为她被人欺负得太多了。平时，她很看不惯江曼，经常在背后骂江曼是寄生虫。她也瞧不起像我和小玉这类出身剥削阶级家庭的人。我们分在一个班里都快一个月了，她还没有正经地跟我和小玉说过话。

江曼对我和小玉说："以后，要注意点焦淑红，防止她去告状。"其实，有什么好防的呢，我们都出生在剥削阶级家庭，与那个罪恶的家庭彻底划清了界线。自食其力，才是我们应该去努力争取的。

今天晚上做梦，不知道能不能梦见妈妈，我已经312天没有梦见她了。虽然我是那么仇恨那个家，可是我想妈妈，妈妈也挺可怜的。我不知道应不应该给妈妈写封信。

### 1953 年 10 月 29 日　西安　晴

我们开始进行野外勘探培训。每天坐大车到郊外去，每人背一个大包，里面装着图表、指北针等，还要扛着高度测量仪。训练以班为组，每天对长 20 公里、宽 10 公里的区域进行标高，绘制本地区的地图、标注参照物。一个人每天最少要走三四十里。

野外勘探培训强度大，大家都累得不行。江曼说她长到 20 岁，加在一起，也没有背过这么多东西，走过这么远的路。她基本上是一回到房间倒头就睡，吃饭要班长刘运兰叫。我的脚也磨烂了，两只脚的脚心先是磨出了泡，后来就烂了，流了不少血，到医务室抹了药，包了纱布，好像也没有多大的用处。走路疼，睡觉疼，做梦的时候也疼。齐大姐说："不要紧，等到脚心里长出硬茧就好了。"小玉和我的情况差不多。她的脚也磨破了，不过小玉比我坚强。在野外搞培训的时候，李花花或者焦淑红要帮我背包时，有时候我就叫她们背了，但小玉不让别人帮，总是自己硬扛着。回来的时候，她坐在大车上，还唱《红莓花儿开》，齐大姐表扬她，说这是革命的乐观主义。

刘运兰和王月儿也和我们差不多，肩膀和脚都磨破了。王月儿比小玉大一岁，家里是开糖果铺的。她刚刚从学校毕业，听说勘探队的工作是在最艰苦的边疆，就闹着来了。刘运兰说她小时候也吃过很多苦，跟焦淑红差不多。可是，在野外训练中一点也看不出来。她走路没有焦淑红快，背东西没有李花花背得重。不过她年龄大，又是班长，能忍得住，不像江曼和王月儿，累得不行的时候，就嚷嚷。

刘运兰这个人挺奇怪的。她不爱笑，也不爱说话。其实她长得挺好看，如果她笑一笑的话会更美。江曼暗中把我们班的人做过比较，刘运兰的相貌排在第三名，比她自己都高一名。刘运兰说她只读过两年书，只认得几百个字，可是她好像懂诗。有一次小玉读雪莱的诗，李花花和焦淑红听不懂，但刘运兰就听懂了。我在镜子里看见，她不停地点着头，好像在合着诗的节拍，脸上还有一点点笑容。刘运兰只有一个哥哥，住在湖南一个叫沅陵的乡下。刘运兰说："我原本是江西人，家里受了水灾，哥哥就带着我逃难到了湖南。"她是哥哥从小养大的，但我感觉不到刘运兰对哥哥的感情，她也很少给哥哥写信。她和李花花一样，给家里拼命地寄钱。有时，她哥哥也写来信，向她要钱，她的钱不够，向我、小玉、江曼、王月儿都借过。不知道为什么，刘运兰的心里很不快活。她经常做噩梦，我们都听见过，她在梦里叫爸爸、妈妈,有时候还哭。

野外训练,李花花、焦淑红最能干。李花花背东西最多,她不但背自己的东西,测量中最重的东西也是她抢着背,看到我、小月、江曼、王月儿背不动东西,她还要帮我们背。虽然她干得多,却没有我们累。回到宿舍,她还忙着打洗脚水,把全班人的洗脚水都包下来了。李花花的心地好。有时候虽然她帮我们背东西,也累得满头大汗,但她的神情却好像很高兴,她为自己能帮助别人而高兴。也许,她帮江曼洗衣服就是那种心情。焦淑红跑路最多。哪里要插测量杆,总是焦淑红小跑着去。她的脚居然没有打泡。但是她从不帮别人背东西。焦淑红说:"自己的事情自己干,不要剥削别人。"在班里,她最喜欢和李花花待在一起,可是,李花花却喜欢和我们在一起。不知道为了什么。

野外训练要进行一个半月。齐大姐说:"这是为了明年春天到一个无人区去勘探。那里的条件比我们现在训练的地方还要艰苦一倍。"

我们要去的地方叫柴达木盆地,那是一个蒙古语的地名,意思是聚宝盆。

有人叫我了,是江曼,今天就写到这里。


## 1953 年 10 月 30 日　西安　多云

整整一个晚上,我都没有睡着。早晨起来的时候,头晕得厉害,喉咙里也好像堵了什么东西似的。因为我早饭什么都没有吃,小玉、江曼她们就说我病了。不知是谁去告诉了齐大姐,我们正要去野外培训的时候,齐大姐来了。她让我今天不要去参加野外训练，到医务所去看病，休息一天。我觉得自己可以坚持，志愿军的胳膊都被打断了，还能坚持战斗呢，我为什么不能坚持一下呢？但是，齐大姐不由分说地把我身上的地图包取下来，陪着我到医务所看病。我真的病了，大夫说我伤风，喉咙有点发炎。打了一针，还开了几片药。

送我回到房间后，齐大姐看我吃了药，就问我："春桃，听说你昨天晚上哭了？"我点点头。又问我："你昨天收到一封信，就哭了，是不是想妈妈了？"

不知道是谁，真多嘴，连我收到信的事都告诉齐大姐了。我只好点点头。

齐大姐又问了我家里的一些情况，我都三言两语地打发过去了。后来，齐大姐就说了一些鼓励我的话，要我坚强一点，还说如果我特别想家，可以写信给妈妈，让妈妈到这里来看我。又说，等到明年，我们完成了柴达木盆地的勘探任务，就可以放一段时间的假，让大家回家看看。

其实，我是最恨那个家的。我从来都不想回去。从家里跑出来的那一天起，我就发誓，我再也不会回到那个家了。那是一个万恶的剥削阶级的家，一个藏满了肮脏和下流的家。

我是一年前才知道，那个经常看着我轻轻地笑，经常在没有人的地方摸我的头和脸蛋，我一直叫钱二娘的女人，是我妈妈。而且，她是父亲从上海舞厅里买回来的舞女。我的大娘，也是我曾经的妈妈，曾经当着我的面骂她："你这个下贱的舞女，给我滚。"如果我没有听到大娘和我父亲的对话，也许我到今天都不知道谁是我的妈妈，也许我今天还生活在那样的一个家庭。

但是我听到了，我在客厅里玩捉迷藏，听到父亲和大娘在议论我。后来，大娘说了一句，二娘生的这个小囡，性格倒像二娘，文文静静的。我一下站了起来，看着我的父亲和大娘。我看到他们惊诧地张大了嘴，但是我更惊诧，嘴张得比他们的还要大。从那一天开始，我拒绝再叫大娘妈妈，她拉着我的妈妈一块哄骗我："你生下来病多，就让二娘养了几年，所以，有时候会说成是二娘养的。"但是我不信。大娘又买来了许多新衣裳，许多吃的东西，让我还叫她妈妈。我还是不叫她妈妈。后来，她就露出了凶狠的尾巴，扯我的嘴，想让我叫她妈妈。我说："你不是我妈妈，你就是把我扯碎了，我也不会再叫你妈妈。"然后，我就从大娘的房子搬了出来，住到我妈妈的房里。没想到，妈妈不让我住。她对我一向是那么温柔，那么体贴我，但是，那一天，她生气地说："你不是我养的，不能住在我的房子。"

我对她说："你生了我，不养我，还不敢让我叫你妈妈？好吧，就当我是捡来的，就当我从来没有妈妈。"然后，我就从家里跑了出来。

我在汽车站坐汽车的时候，看到妈妈找我。她问汽车站里的工作人员，有没有看到我。我藏在一排椅子的后面。原本我要去镇江找一个同学，走到南京，赶上西北勘探大队正在招工，我就来了。

妈妈在信里说，我走了以后，爸爸、大娘和她都快要急疯了，到城里的各个地方去打听，走遍了所有的亲戚家，问遍了我所有的同学，好不容易才打听到我的下落，所以就写了这封信来，不知道我能不能收到。妈妈她现在终于承认是我的妈妈了。但是，我不能向她妥协，不能给她回信。

日记链接一：

## 西北人民政府勘探局关于成立西北地质大队的决定
### 西勘字（1951）第三号文

为了尽快探明西北地区丰富的自然资源，支援新中国建设，根据西北人民政府指示精神，兹决定成立西北地质大队。

1. 西北地质大队由西北人民政府勘探局直属，担任勘探局下达的勘探任务。

2. 西北地质大队以西北地质调查所抽调部分专业骨干为核心，招收有一定文化知识的青年组成，总员额1500人，按照10比1的比例，招收女性知识青年参加。

3. 西北地质大队组织结构（略）

4. 西北地质大队近期勘探任务：不晚于1953年对新疆塔里木盆地进行勘察，不晚于1954年对青海柴达木盆地进行勘察，不晚于1955年对祁连山进行勘察。重点勘察地形、水源、植物、动物分布，调查金、银、铜、铁、石油、石棉储藏及分布。

5. 西北地质大队远期勘探任务：不晚于1970年完成西北地区全部的地质普查任务。

6. 西北地质大队的经费和器材装备（略）

7. （略）

......

（余小添摘自原西北人民政府勘探局档案12号卷）

日记链接二：

## 西北地质大队关于组建完毕的报告

勘探局办公室：

西北地质大队 1951 年 8 月开始组建，1953 年 4 月组建完成。

1. 接收西北地质调查所技术骨干 35 人，大中专院校毕业生 11 人，复员转业军人 325 人，在北京、上海、南京、长沙、武汉、南昌、郑州、西安等地招收社会知识青年 1108 人，其中女性知识青年 102 人。

2. 组建新疆勘探大队 1 个，分为 7 个专业队，已经完成一年的专业培训，人员器材配备到位，将于近期开赴塔里木盆地开展地质调查。

3. 组建柴达木勘探大队 1 个，分为 4 个专业队和 1 个女子勘察队，将于近期进行为期一年的专业培训。预计明年开赴柴达木盆地进行地质调查。

4. 人员政治面貌（略）

5. 人员文化程度（略）

6.（略）

……

西北地质大队

1953 年 4 月 1 日

（余小添摘自原西北人民政府勘探局档案 15 号卷）

# 柴达木盆地

1954 年 3 月 12 日　西安　多云

昨天早上我们开动员大会，很快要向柴达木盆地进军了。

发给我们的工作手册上说，柴达木盆地是我国的四大内陆盆地之一。面积 25 万平方米。盆地平均海拔 3000 多米。大部分地方没有人居住，只有很少的一些少数民族在那里放牧。那里风沙大，空气干燥，氧气少。条件很差。但是那里是名副其实的聚宝盆。有金、铜、铁、锡、石油、石棉、盐，等等。据历史记载，早在 200 多年前，那里就有人开矿炼铁了。

我们柴达木勘探大队有 400 多人，除了我们女子勘探队，还有二队、三队、五队、七队都要去。钱书记要求大家，第一，要有吃大苦、受大累的信心;第二，要有不怕牺牲的决心;第三，要有认真严肃的工作态度和工作作风。还有第四、第五、第六，但钱书记讲话太快了，我记不下来。小玉坐在我前面，记得比我快，记满了好几页。江曼坐在我旁边，她根本没有记，她说先让小玉替我们代劳了，散会后我们再抄小玉的。

钱书记还宣布，要设立柴达木勘探功臣奖，要表彰那些在柴达木勘探中做出突出贡献的勘探队员。

开完大会，齐大姐要大家写决心书。下午，我们又开女子勘探队大会，大家都在会上做了表态发言。小玉的发言最精彩，她说："敬爱的党、敬爱的组织：我有幸参加柴达木盆地地质勘探，在那里我一切听从指挥，服从命令，保证做到刀山火海敢上，轻伤不下火线，重伤不哭不闹，时刻准备为了革命的事业献出一切。"齐大姐当场表扬了小玉："小玉的革命勇气值得大家好好学习。到柴达木盆地那样艰苦的地方去勘探，没有压倒一切的大无畏的革命精神，就不能很好地完成任务。"不过，齐大姐又说，"我们到柴达木盆地勘探，主要是为国家寻找宝藏，既要消灭艰苦条件、恶劣环境这个敌人，为祖国找到宝藏，又要善于保护自己，防止出现重大的伤亡事故，要胜利归来。"

我的决心书是这样写的："敬爱的党、敬爱的组织：作为女子勘探队的队员，我要向志愿军学习，把困难作为磨炼我革命意志的磨刀石，把艰苦作为奋发向上的垫脚石，请组织上分配给我最艰苦的工作。"李花花的决心书是我代替她写的。别的好词我都用在自己的决心书里了，给她就用了一句铿锵有力的话，我是一颗革命的螺丝钉，拧在哪里，都会发光发亮。我自己不太满意，但看起来，李花花却比较满意。散会后，她对我说："什么话用你们的话一说就好听了，还是读书好。"

晚上，我们开班务会。小玉提议："为了与其他班分个高低，我们班应该向别的班挑战,争当柴达木盆地勘探的女子红色班。"小玉的提议真新鲜,结果除了王月儿,大家都同意。于是,我们讨论应该给挑战计划起个什么题目。小玉坚持用"红色女子班"。李花花说:"光跟女的比有什么意思,男的也要参加。说不定连他们也比不过我们。"后来,班长刘运兰提议说:"不分男女,叫英雄班。"结果名字就定下来了,叫作"比一比,看一看,谁是柴达木勘探的英雄班"。接着又讨论挑战的内容。一共列了八条:

一、一切行动听指挥。无条件服从勘探队分配的任何任务。

二、保证按时完成每天的勘探任务。

三、没有人叫苦、叫累,更没有人哭。

四、团结互助,身体好的同志帮助身体差的同志。

五、危险面前,敢于冲在前面,有革命的牺牲精神。

六、每天义务做一件好事。

七、衣服、被褥勤换洗,一个星期换一次衣服,一个月洗一次被褥。

八、每天洗一次脚。

最后两条是江曼提议加上的,她说这是战胜男勘探队员的法宝。男队员都比较懒,有的半个月都不换衣服,有的白被头睡成了黑被头,还有的不洗脚。江曼的男朋友去年年底就已经回来了,因此江曼到男队员宿舍去的次数多,比较了解男队员的情况。大家对最后两条比较犹豫。后来,在江曼的坚持下,还是加上了,反正现在我们定的挑战条件还要经女子勘探队和勘探大队批准。最可笑的是李花花,我们讨论完了,正准备睡觉,李花花突然问江曼："你男朋友的脚臭不臭？"一下子把江曼问住了，江曼的脸红得跟个柿饼一样，连我都有点儿羞了。半天，江曼才回过神，她有点儿生气了，推了一下李花花，说："你一点儿品位都没有。"没想到，李花花不但没生气，还自言自语地说："我们家男人的脚就不臭，他可爱干净了。"结果，我们的眼泪全都笑出来了。

喧闹了一天，要睡觉了。可是躺在床上怎么也睡不着。我们要进柴达木盆地了，柴达木盆地是什么样的呢，那里是不是满地的矿藏，石油像河水一样的流淌。金子在沙滩里闪着光，盐池像一座座大湖，能开着船在盐湖上航行？给我们做报告的工程师说："我到过一个盐湖，走了一天还没有走到边，那里的盐够全国人民吃上几万年。"想一想真让人激动。不过，柴达木可能真的很艰苦。六队有一个老队员，很早以前去过柴达木盆地。他说："那里的风大得要命，刮起来几米外都看不见人影，刮风的时候谁也不能动，一动就被风刮走了。而且，一刮就是几天几夜。"他还说，"那里的野生动物多得很，一大群一大群的野马、野羊、野牛，还有狼、熊。野牛的性子最急，惹生气了，它能挑起一辆小车。"我千万要小心。

### 1954 年 3 月 15 日　西安　多云

我们的挑战计划得到了勘探大队的批准，齐大姐说："这是一个非常好的竞赛形式，能够充分体现我们勘探队员不怕苦、不怕难的精神，也能促进各个勘探队之间完成勘探任务。"由于我们班首先提出了挑战计划，勘探大队决定给我们班书面表扬一次。

按照勘探大队的计划，我们将于 3 月 21 日从西安出发，向柴达木进军。

这两天，我们班里热闹得很。

李花花的小男人来了，李花花的小男人是李花花托江曼写信从老家叫来的，李花花说："一出工就是大半年，恐怕连个信都写不了，心里想得慌。"

为了迎接她的小男人，李花花花了很大功夫，她向我、小玉、江曼每人借了 10 元钱，听说我们到柴达木去每天有四角钱的野外补助，李花花就提前预支了。言明我最小，第一个月还我，第二个月还小玉，第三个月还江曼。用借的钱，李花花给自己买了一件衣服、一瓶雪花膏，每天都要梳好几次头。她给小男人买了不少东西，除了穿的、用的，还买了两盒纸烟。李花花说："我男人从小就跟着大人学抽烟，但从来没有抽过纸烟。"

李花花专门叫上我们陪她去接小男人，第一天是我，第二天是小玉，第三天是江曼，到第四天我们才接上。

她的小男人叫柱子，长得白白净净。他管李花花叫花花姐，李花花叫他柱子弟。两人亲热得很，一见面就哭了，一个花花姐，一个柱子弟，弄得火车站好多人围着看。

小男人给我们带来了好多好吃的东西，有大枣、香核桃、蜜柑橘。他也勤快得很，每天帮我们收拾东西。看得出来，他们感情很好。李花花向齐大姐请了假，晚上他们住在勘探队大院外的一户农民家里，白天李花花还要到队上来上班。李花花一来，她的小男人就跟着过来了，见了我们都叫姐，帮着干点活。

对李花花更是一口一个花花姐，叫得大家心慌意乱，又好笑的。李花花曾说她是叫男人给打出来的，我看起来不太像，倒像是小男人不知怎么让李花花生气了，李花花赌气才跑出来了。有一回，李花花不在，江曼问他："柱子，你看起来挺老实的，怎么就敢把李花花打了。"小男人立时就脸红了，半天才说："那是我喝酒了，花花姐用手指头点着我的头骂。"过了半天又说，"根本不是真打，就在她背上推了一把，用脚在腿上碰了一下。"

还有一回，江曼又问他："柱子，你打李花花后悔不？"小男人就拖着长长的湖北口音说，"咋不后悔呢。"江曼快人快语，说道："那你干脆把李花花叫回去得了。"小男人惆怅地说道，"是想把李花花叫回去，可她不回，说她是工人阶级，有纪律管着呢。"小男人拖着长音，眼泪说着就要掉下来了，吓得江曼再不敢问了。

有一天，小男人问班长刘运兰："你们到柴达木干活，把我也带上行不行？"

刘运兰一向沉默少言，但小男人也讨她喜欢，所以刘运兰就开玩笑问他："你去柴达木干什么呀？"

"帮你们干活，我的力气大，用不完。"小男人回答得特别干脆。"是不是舍不得我们李花花？"刘运兰这么一问，小男人的脸一下子红了，惹得我们哈哈大笑。

看样子，小男人真有心跟着李花花也到柴达木去，队里其实也需要这样一个壮劳力，跟齐大姐说一下的话，也许就行了。但是李花花不让，她还惦记着湖北老家的公婆，还有地呀、猪呀什么的。

小男人住了五天就走了，走的时候说过年的时候来接李花花。就为这一句话，惹得李花花从我们的驻地一直哭到了火车站。回来，又哭了一个下午。我真有点担心，李花花说不定买张票也跟着走了。

我们是李花花的朋友，合起来送了小男人一支笔、一把二胡，小男人的二胡拉得可好听了。

### 1954 年 3 月 19 日　西安　多云

今天下午，齐大姐突然到我们班来了，一脸很严肃的样子。她找班长刘运兰。

刘运兰不在，她去看她哥哥了。

刘运兰的哥哥是自己找来的。那天吃了晚饭，我和小玉正在院子外面念雪莱的诗，一个四十多岁的男人问路，说是刘运兰的哥哥。我们就把他带进了我们住的宿舍。但是刘运兰挺吃惊的，好像不大乐意她哥哥来，一开口就说："这个月的钱不是已经寄给你了吗？"她哥哥说："妹子，哥哥想你了，不知你们这里咋样，日子过得舒坦不？就过来看看。"一点也没有李花花和小男人见面时的那种亲热。后来，刘运兰就把她哥哥带走了，走的时候一点也不高兴。

刘运兰的哥哥也租住在勘探队外面的一户农民家。他和小男人不一样，既没有给我们带好吃的，也从来不到我们班来。不知道是不敢过来，还是刘运兰不让来。倒是刘运兰天天要过去看他，有时连饭也在外面吃。

听说刘运兰不在，齐大姐让我去找找，说是队部要开紧急会议。

我赶快到勘探队大院外的那片农民住的房子去找。刘运兰从来没有给我们说过她哥哥住在哪户农民家里，好在那一片住房不多，也就十几户人家。

问了几家人，就问到了刘运兰哥哥住的地方，远远地听到刘运兰和她哥哥在吵架。刘运兰的声音沉沉的，但很大。她好像在说："你别逼我，大不了鱼死网破……"

我不敢听下去，故意大声喊道："刘大姐，齐书记找你。"吵架的声音突然停了下来。过了一会儿，我又喊了一次，门才开了，刘运兰和她哥哥一起走了出来。他们的脸上都挂着笑容，好像根本没有吵过架，真奇怪。

我把齐大姐的话又重复了一遍。刘运兰很快就向我走来。我留心看了看刘运兰的哥哥，第一次见他的时候，觉得他木讷讷的，是一个很本分的农民。可是现在，虽然他的脸上带着笑容，但是他的眼睛闪着一道寒光，好凶。

路上，刘运兰问我："春桃，刚才你听到什么了吧？"我摇了摇头，刘运兰又说，"我哥哥懒得很，我让他换换衣服，他就是不换，把人气得不得了，说了他几句。"说完话，刘运兰看着我。我笑了一下，又摇了摇头。我明明听到刘运兰说"你别逼我，大不了鱼死网破"的话，换衣服也要鱼死网破吗？刘运兰真是个怪人。

齐大姐她们召开的紧急会议很快就结束了，刘运兰回来传达内容，原定向柴达木出发的时间向后推迟，全大队紧急进行军事训练。因为有一股从新疆逃来的土匪流窜到了柴达木盆地，解放军正围歼土匪呢。

晚上，又召开了全队大会。齐大姐在会上说明了情况，接到解放军的通报，新疆匪首乌斯满在解放军的沉重打击下，慌不择路，竟然跑进了柴达木盆地，解放军三路大军正在追击。为了勘探队员的安全，勘探局决定，柴达木勘探大队暂时不进柴达木，等把大部分土匪消灭后，再另行决定出发时间。同时，为了应对特殊情况，全大队都要进行军事训练，掌握基本的军事要领。

柴达木有土匪的事让我和小玉很兴奋。这是多么好的一次建功立业的机会，我们也能够像卓娅一样，拿起枪与敌人打仗了。小玉说："我们不应该在这里等待，应该立刻到柴达木去，一边走一边训练。"

有了这个想法的小玉立刻写了一份请战书，要我们签名。她要连夜送到勘探大队去。我签了名，刘运兰、焦淑红、王月儿都签了名，但是李花花和江曼不肯签。江曼说："我们勘探队的任务是搞勘探，为国家找宝藏，不是去打仗，打仗的事还是归解放军管吧。再说，我也不想死。"江曼的话让我们很生气，大家都批评她。小玉说她贪生怕死，把江曼说得生气了。

李花花坚决反对到柴达木去与土匪较量，她说："你们不知道，土匪厉害着呢，我才不想跟土匪打仗。"

我们又批评了李花花，说她长敌人的志气，灭自己的威风，土匪有什么了不起，战场上我们照样缴他们的枪。

李花花也不生气，问我们："你们见过土匪吗？"我们都摇头。江曼说，"都说土匪坏得很，但那是书本上看到的，没见过真正的土匪。"

李花花说："我见过，我家乡那里土匪多得很。解放前，他们见人就杀，杀了人掏心肝煮了吃；见东西就抢，还专门抢女人到山洞去做小老婆。我们村里就有人被土匪杀了，还有女人被土匪抢了去。几年后放下来，人不像人，鬼不像鬼，惨得很。"

李花花这么一说，我们都害怕了。死倒没什么，要是让土匪抓去了，那该怎么办？请战书终于没有递上去。

### 1954 年 3 月 31 日　宝鸡　雨

昨天，我们柴达木勘探大队从西安出发，正式向柴达木盆地出发了。

长长的车队从驻地排出去有一百多米长，有大车、小车，还有载重量很大的平板车，都是苏联援助我们的。

我们班分配到一辆尕斯车。车上拉着我们的帐篷、行李、皮大衣、器材，还有枪。我们班分配了两支日本小马枪，预备土匪来的时候跟他们战斗。一支枪归班长刘运兰保管，还有一支枪归小玉保管。出发时，为了对付土匪，队里给我们编了临时战斗小组，我和李花花、江曼、小玉是一个战斗小组。小玉是第一射击手，江曼是第二射击手，李花花是第一弹药手，我当了个第二弹药手。我其实也很想保管一支枪，但说起来真让人生气，我连保管子弹的权利都没有，50 发子弹全归李花花保管，只有李花花牺牲了，或者出了意外，我才能当上第一弹药手。

宝鸡是我们的第一个宿营地，原计划今天继续出发，没想到昨天晚上刚到宝鸡就下起了雨，路滑得没办法走，只能在这里休整一天。

出发前，我给妈妈写了一封信，告诉她我就要到最艰苦的地方去磨炼我的革命意志，把他们留在我身上的资产阶级坏习惯统统改掉。不过，这封信我没有寄出去，一直在我的挎包里，不知道该不该寄出去。

### 1954 年 4 月 5 日　西宁　晴

昨天晚上，我们抵达青海省会西宁。这是我们勘探大队的大本营，按计划我们要在这里休整一周。

从西安出发的这几天里，都是连绵阴雨，讨厌得要命。我们走走停停，原来三天就可以赶到西宁的路程，没想到走了整整一个星期。

今天早上，队长和指导员去开会，我们就进行卫生大扫除，把沾满了泥的衣服、鞋袜都拿出来洗。这都是前天那场人、车、泥大战留下的战果。

前天下午，我们的车刚过陇西，雨突然变大了，一会儿就把路浇成了泥汤汤。汽车前行没多久，就陷进了泥坑，任凭开车的师傅怎样踩油门，车子就是出不来。眼看前面的车走远了，急得我们站在车上乱跺脚。幸好，后面的收尾车过来了。齐大姐坐在车上，她指挥收尾车把我们的车拖出来，没想到，收尾车拖了一阵，没把车拖出来，反而陷得更深。

齐大姐让大家下车推车！江曼嘟囔了一句"这么多的泥怎么推呀？"没想到被齐大姐听到了。她凶巴巴地说："少废话，都下来推车，一个人都不能例外。"齐大姐很少发脾气，这一次真的发怒了。我赶快把蒙在头上的雨布拿掉，从车上跳了下去。

北方的春天真冷，刚站到地下，泥水就灌进了我的鞋子，一条冰线顺着脚心直冲到头上。雨"哗哗"地下着，什么都看不清楚，我摸到车帮，扶住了后挡板，听到齐大姐大声指挥："听我的口令，一、二、三，加油！"

我刚加了一把劲，突然就看见一股泥点子冲着我飞了过来，一下子糊了我一身。原来我站在了车轮旁边，是车轮甩出来的泥。刚下车的时候，我也有点胆怯，后来，我就不管不顾了，反正已经弄脏了，最多再多沾点泥。我在泥水里前后奔跑，一会儿推推这辆车，一会儿推推那辆车，说来也奇怪，在泥水里跑了一会儿，脚就不冷了，连泥水好像也不凉了。

想起来真可笑。走过那段泥泞的路后，我们停下来休息，相互一瞧，哎呀，我们的样子可真狼狈。小玉的头上、脸上都是泥。她说她还不小心吃了一口泥水。江曼不但一只鞋掉了，连袜子也不知道跑到哪里去了。班长刘运兰像刚从泥里打了个滚出来，身上没一点干净的地方，头发都被染成了泥土的颜色，甚至还有一块泥巴粘在她的嘴角。她也站在车轮边，我的样子肯定和她一样。王月儿在推车的时候摔了一跤，更是全身糊满了泥。李花花的样子也很怪，她将两只鞋用绳子拴着挂在脖子上，打着赤脚。不过这正是她的能干之处。在水洼里洗了脚后，她就穿上了干爽的鞋子，脚就不冷了，而我们只能穿着泥鞋子，冻得够呛。上车以后，江曼气愤地问李花花："你为什么不提醒我们也脱了鞋再下去。"李花花说："我提醒了，但你们忙着下车，谁也不听我的。"她一说，我便想起来了，但我也没听她的，只能怨我们自己。我就为她做了证明。

下午队里开了一个短会，没想到这个会专门表扬了我们班，说我们班在陷车的时候发扬了不怕苦、不怕脏的革命精神和集体主义精神，战胜了困难，为出征柴达木盆地带了个好头。看那天齐大姐那么凶的样子，还以为要批评我们呢。

散会后，我们商量去洗澡。结果，李花花不去，她说在外面洗澡要花5分钱，不如去弄点热水自己洗，省钱又省事。焦淑红也不去，她的理由和李花花一样。不过我知道，焦淑红不是怕花钱，她不太讲究卫生，脚经常不洗，臭得很。我想班长刘运兰也不会去，因为她的钱都给她哥哥，但她却要和我们一块去。请假又费了好多劲儿，队长同意我们去洗澡，齐大姐不同意，说初来乍到，容易迷路，还是自己在屋里烧点儿水洗洗。经过我们几个人的软磨硬泡，齐大姐最终还是同意了。

西宁的天空真蓝，显得那么高远。几朵云挂在上面，白得真像是一朵朵白色的棉花。在内地，甚至在西安，都看不到这么蓝的天空。

西宁市实在是太小了，东西南北四条大街都只有几百米长，街的两边是低矮的杂货铺，马车、牛车、驴车在街道上走来走去。在城东看到一座二层的小楼，好像还有一点现代的气息。后来听大队的政治部主任说，那是青海封建军阀马步芳的公馆。

终于还是没有洗成澡。我们找到了西宁浴池，但那里的人太多，水太脏。后来又找到一家清真澡堂，可我们不是穆斯林，人家不让洗。真让人生气。

不过西宁有很多好吃的东西，有羊肉汤、拉面、面片，还有一种好像是用麦子做成的东西，吃起来又甜又醇厚，非常好吃。当地人说话听不懂，好像是叫"tianpei"。江曼提议说："反正我们已经出来了，不如在街上吃一顿小吃再回去。"她的提议得到了大家的响应，只有班长刘运兰有点犹豫，但大家都劝她，她也同意了。小玉吃拉面，江曼和刘运兰吃面片，我和王月儿吃"tianpei"。我一口气吃了两碗。洗不成澡，吃了一顿好吃的东西，也不错。

### 1954年4月9日 西宁 晴

焦淑红的叔叔牺牲在朝鲜战场上了，已经整整5个月了。

昨天，一名志愿军战士专程从西安赶到了西宁，告诉焦淑红这个消息。他送来了焦淑红的叔叔留下来的遗物：2套半新的军装、军用挎包、马蹄表、2支钢笔、3枚奖章，还有18元朝鲜币和100元抚恤金。那个志愿军战士说，焦淑红的叔叔孔指导员是个孤儿，家里没有任何亲人，焦淑红算是他最亲的人了。部队上还是通过焦淑红写给她叔叔的信，才找过来的。

听到这个噩耗，焦淑红当场昏了过去。

那名志愿军战士是焦淑红叔叔的战友，才从朝鲜前线回来，他给我们讲了孔指导员牺牲的经过："我们连队奉命排除停战前在一片田地里设置的地雷区，3个人一组，一个新兵太紧张了，忘了最基本的排雷要领，踩上了一颗地雷。那是一颗反坦克的压发雷，人踩在上面不动，地雷不爆炸，人一离开，地雷立刻爆炸。如果这个新兵冷静一点，也许还有办法，孔指导员他们以前处理过这方面的地雷，但是新兵吓得浑身发抖，又哭、又喊、又叫，谁说的话都听不进去，就想着抬脚。那样，不但会把他炸死，还会引爆附近的刚排出来的一堆地雷。孔指导员刚好在旁边，他就冲了上去，用自己替换了那名新兵。他指挥大家赶快把附近的地雷转移，再疏散隐蔽。然后，他开始排雷，后来，地雷突然爆炸了……"

焦淑红被我们手忙脚乱地救醒了。我们以为她要大哭一场，我已经准备陪她哭了，可是，焦淑红没有哭，她把孔指导员留下来的东西一样样仔细地看了一遍，用白纸扎了一朵花戴在头上，就开始改孔指导员穿过的衣服。她要穿军装。她一边改衣服，一边讲孔指导员是怎样救她的。她说："那一天天气冷得要命，城里城外到处都是枪声，我们6个小要饭的又冻又饿，还不敢出去要饭，只能缩在一个旧土堡等着、挨着。到了半夜，几个人都快要饿死、冻死了，就听到土堡外有人说话，接着进来几个当兵的，他们挎着长枪、短枪。手电光一亮，有人说，'是几个苦孩子。'后来，就有一个人把我从地上拉了起来，把一件棉衣披在了我的身上，又把一块煎饼塞进了我的手里。那人说，'孩子们，解放了，你们再也不会受罪了。'天亮后，我们被带到解放军的一个兵营里，我才看清了救我的人。他30多岁，长着一脸络腮胡子，看起来很厉害，但实际上特别和气，那个人就是孔指导员。孔指导员和我说话，问我家在哪里，家里还有什么人。"焦淑红又说道，"自从妈妈走了以后，再也没有听过这么和气地跟我说话的声音。我就哭了。"后来，孔指导员细心给她洗了头，那是多脏的头啊，头发里都是枝叶和草，还有不少虱子，孔指导员一遍又一遍地洗，一点也不嫌脏，洗完头又把一身旧军装给她换上。因为孔指导员还要打仗，就把她送到了孤儿院里。

一有空闲,孔指导员就到孤儿院去看她,有时候给她带一点吃的,有时候给她带一点用的,还给她讲革命故事,后来,局势安定下来,孔指导员又把她从孤儿院里接了出来,送到学校读书……

"我不会哭的,我要把孔叔叔未竟的工作做完,我要当功臣。"焦淑红对我们说,她把改好的军装穿上,神情好坚定、好坚定。

真羡慕焦淑红,她有一个这么好的叔叔,一个这么英雄的叔叔。

## 1954 年 4 月 15 日　西宁　多云

今天是我们从西宁出发的第 3 天,因为还有从西宁到柴达木盆地这一段路沿途的勘察任务,我们不坐汽车,改坐马车。队里给我们配了 3 辆马车、9 峰骆驼,专门驮我们班的仪器和粮食。

我们的队伍一下子扩大了,3 个赶马车的把式是从当地招的农民,一个姓马、两个姓冶,姓冶的两人是叔侄俩。他们长年在外边干活,晒得很黑,也吃过很多苦,根本看不出年龄。头天刚上马车,江曼觉得新鲜,就和赶车的把式说话,江曼管那个小一点姓冶的叫大叔,一下子把人家闹了个大红脸,原来他只有 22 岁,比江曼还小几个月呢。

这是我第一次亲眼见到骆驼,骆驼长得好大好高,我站在它身边伸出手也够不到它的背,它身上的毛长得可长了,摸上去特别柔软,还有它的头总是高高地扬着,威武得很呢。牵骆驼的是两个甘肃人,一个叫黄锅子,一个叫王船船,黄锅子大概有 30 多岁,王船船却小得多,只有十几岁。他们说:"解放以前,我们就开始拉骆驼了，到过新疆、内蒙古，跑一趟河西走廊，两三千里路，就跟玩似的。"最神奇的是，黄锅子还牵着骆驼去过西藏。黄锅子说："那是1951年，我在兰州的车马店里住着，来了两个解放军战士，问他去不去西藏。黄锅子听老辈子人说过，去西藏山高风大，吃不饱，闹不好小命就没了，于是就不想去。但解放军给的钱多，人和骆驼一个价，一天一个大洋，他有8峰骆驼，一天能挣到9个大洋。到了香日德一看，哎哟，真是不得了，好几万峰骆驼在那里等着呢，大米、面粉、粉条、腊肉、黄花菜、木耳堆得比山还高呢，那都是给西藏解放军送的军粮。"黄锅子又说道，"去西藏前半截难走，路倒是不险，就是人吃得少，胸口上老是像压着块石头，喘不过气来，头还疼得很，得用布带子扎上才好受点。骆驼吃的草也没有，只能靠骆驼驮的干草喂。七八天以后，骆驼就开始死了，走着走着，一头骆驼就倒下了，再也拉不起来，只好把驮着的米袋子、面袋子转到别的骆驼上接着走。后来死的骆驼越来越多，最先是体质弱、老的骆驼死了，后来连健壮的骆驼也开始死了，只好把米袋子、面袋子整整齐齐码在大戈壁上，一路走，一路码。过唐古拉山的时候，死的骆驼最多了。我亲眼看到，有一排骆驼，大概有十几峰，齐齐地倒下了，它们还没有死，眼睛大大地睁着，但是再也站不起来了。它们的主人用尽各种办法之后，只好一边哭着，一边抛下它们不管。因为人不走的话，连人都可能会死。"那一趟，黄锅子的骆驼只死了一峰，因为他有经验，临出发时，他偷偷灌了20斤清油拿着，在骆驼体力不支的时候，他给骆驼灌清油。靠着灌清油，他和他的骆驼走到了拉萨。

我怀疑黄锅子有点吹牛，书本上说骆驼是"沙漠之舟"，能驮着几百斤的东西在沙漠里几天几夜不吃不喝，它的那两个驼峰就是两个大水袋，哪能轻易就死了呢？！一定是黄锅子吓唬我们，不想让我们骑他们的骆驼。

今天下午，小玉提议我们都要学会骑骆驼，因为到了柴达木盆地，就只能骑骆驼了，马车没有用。刘运兰、江曼、李花花和王月儿都反对小玉的提议。我其实也反对，骆驼看起来太大了，谁知道它会不会咬人、踢人，万一它不听话，跑了怎么办？但是我怕小玉笑话我，我比小玉才小3个月，她都不怕，我也不能怕。

李花花不愿骑骆驼的原因是骑在骆驼上要分开腿，在她们老家，只有坏女人才随便分开腿坐。江曼嫌骆驼太臭了，而且骆驼的嘴里会不断喷出一些白沫子。江曼听人家说，白沫子喷到人身上，会像硫酸一样把人烧烂，所以她不敢骑。刘运兰反对的原因是队里没有安排学习骑骆驼，万一出了事故，她要负责。王月儿为什么也反对呢，不知道，我看她没有主心骨，随大流。

说来说去，最后大家商量愿意骑骆驼的就去骑骆驼，不愿意的，还是坐大车。小玉让黄锅子和王船船分出两峰骆驼教我们骑，王船船很听话，立刻就牵了一峰骆驼出来，帮助焦淑红骑了上去。但黄锅子不愿意，说他的骆驼是驮东西的，不是给人骑的，而且他的骆驼最不听话，随时都会把人掀下来。小玉费了很多口舌跟黄锅子讲条件，最后保证每天帮他喂骆驼，到前面的村镇后再给他买一包"大前门"香烟，黄锅子才答应下来。

焦淑红和小玉都骑上了骆驼。焦淑红一脸严肃，自从孔指导员牺牲后，她就再没有笑过。小玉却笑得很得意，她大声地轮着叫我们的名字，说骑骆驼好玩得很，她和焦淑红每人骑了十几里路才下来。

晚上，我们住在一个小村庄里。齐大姐说这个村子离西宁才25公里。晚上，小玉叫我陪她去买香烟。可惜，这个村里只有一个代销店，没有"大前门"香烟，只有"黄金叶"，1角2分钱1包。我也买了5包，因为明天我也要骑骆驼了。小玉表面上看起来满不在乎，其实她的心里也很害怕骑骆驼。回去的路上，她说骆驼嘴里的白沫子喷到她的手上了，她问我："你说过几天我的手会不会烂掉。"我安慰她说："不会的。"但是真的会不会呢？明天骑骆驼的时候，我千万要小心。

### 1954 年 4 月 17 日　无名小村　晴

今天我骑骆驼了！

是黄锅子的骆驼，本来我不想骑他的骆驼，但是他越不想让我们骑，我就偏偏要骑。

黄锅子是个贪心的烟鬼，我和小玉一拿出"黄金叶"香烟，他就同意了。后来，我们说好，一包烟骑3次骆驼，每次最少也要骑1个小时。

第一次骑骆驼的样子一定非常狼狈。我得承认，我的胆子确实太小了。黄锅子把骆驼牵过来的时候，我的心一直咚咚直跳，像敲小鼓似的。我不知道是怎么走过去的，也不知道大家说了什么，直到骆驼从地下站起来的时候，我的身体突然倾斜，我以为自己要掉下去，而忍不住叫起来的时候，才发现我已经骑在骆驼上了。这时候，我才听到小玉的声音，她说："春桃，你不要怕，抱住驼峰。"我真的就紧紧地抱住了驼峰，生怕会突然掉下去。过了一会儿，我发现骑在骆驼上虽然很高，看起来很危险，但实际上轻易不会掉下来，因为骆驼的那两个驼峰，可以很容易地把人夹住，它一颠一颠的，人就随着它左摇右晃，跟坐轿子似的，挺有意思。后来我的胆子就大了，不用抱着驼峰了。再后来，我让黄锅子把缰绳松开，自己骑，就那样骑了一个多小时。我真高兴，我已经会骑骆驼了，可以像小玉一样大胆地抖动缰绳，让骆驼走得快一些。而且，今天我骑的这峰骆驼不是小玉昨天骑的那峰，它看起来比较乖，头不来回摇摆，也不太吐白沫子。我的手上就没有被它喷上白沫，所以我给它起了一个好听的名字，叫骆驼乖乖。

因为我们都骑骆驼了，引得其他几个不想骑的人的羡慕。后来，刘运兰和王月儿也跟着骑了一回。江曼被我和小玉劝了半天，才骑了上去，不过只有一会儿，她就嚷嚷着要下来，说是没有坐车舒服，但她总算也骑了一回。只有李花花最顽固，眼睛都不看我们一下。

不过骑骆驼也是很累的，晚上到住宿的地方，我的脖子、胳膊和腿都是酸疼的，手没有一点力气，连拿饭碗都拿不起来。我悄悄问王船船，他说第一回骑骆驼都是这样，被骆驼摇晃的，过一个星期就好了。

吃完饭，小玉提议去拔一些草来喂骆驼。其实，喂骆驼的事由黄锅子和王船船管，没我们什么事，但小玉说："只要我们对骆驼好，骆驼就一定会对我们好，明天骑骆驼的时候，骆驼就会很乖很乖。"我们相信小玉的话，后来我、小玉、刘运兰、王月儿、焦淑红就去拔了一大堆草放在骆驼旁边让它们吃。我特意把一些很新鲜的草放在乖乖旁边，让它多吃一点，感谢它今天让我骑了那么久，而且没有往我的手上吐白沫子。

晚上开班务会，焦淑红和小玉批评了江曼和李花花，说江曼有资产阶级思想，嫌骆驼脏和臭，说李花花有封建思想，都是新社会了，还拿封建礼教来约束自己。江曼和李花花不服，江曼说社会主义也要讲卫生，不讲卫生生了病怎么到柴达木去搞勘察。李花花坚持说女人就是女人，如果女人都像男人一样还叫什么女人。后来，她们就吵起来了，小玉用眼色示意我，让我也批评她们几句，但我的嘴张了几回，终于什么也没说出来。从西宁出发以来，李花花始终像个大姐姐一样关怀我，每天叫我起床，给我打洗脸水、洗脚水，而江曼是我最要好的朋友，她带着很多吃的东西，总是悄悄地分给我，让我怎么好意思批评她们呢？不过，她俩应该和我们一样要学会骑骆驼。柴达木没有路，不会骑骆驼怎么去搞勘察？

### 1954 年 4 月 19 日　日月山　晴

昨天，我们走到了日月山，今天在这里休息一天。齐大姐说："日月山是青海农业区和牧业区的分界岭，过了日月山，就没有固定的住宿点了，以后我们只能住帐篷了。"

早上起来的时候，我的胸口还是有一点闷，好像压着东西一样，不过比昨天已经好了许多。我问过队里的周技术员，他说这里的海拔有 3000 多米。已经是高海拔地区了。

昨天进入山口以后，我就开始难受了，胸口特别闷，喘气特别困难，懒洋洋地一点儿也不想动。我还算是好的，一向好动的小玉也不动了，她和我一样，觉得胸口闷。最严重的是刘运兰、江曼，刘运兰的嘴唇都青了，她大张着嘴，使劲地吸着气，一个劲儿地叫难受，看那个样子好像连日月山都过不了。江曼是头疼，她说脑袋里有很多的气，简直快要把头胀破了，所以她找出一条红色的围巾，紧紧地扎在头上。到了宿营地以后，我们连饭都没有吃就睡觉了。

早饭是黄锅子帮我们打回来的，我们勉强吃了一点。刘运兰在我们的劝说下，也喝了半碗稀饭。但江曼还是什么都不想吃，原本好看的眼睛，变得没有一点光泽。看得出来，她还是很难受。

刚刚吃完早饭，司徒队长和齐大姐就来了。一个一个问我们的身体状况。我们七嘴八舌地回答，从胸闷到头疼，从喘不过气到吃不下饭，还有感冒、拉肚子等等，一夜之间，我们都从健康人变成了病号。

司徒队长说整个勘探大队只配了一名医生，现在全大队一半以上的人都出现了高原反应，医生忙不过来，所以，他来给大家发药。他给我们每个人都发了几片药，让我们赶快吃下去。

司徒队长给我们发完药，又到别的班里去了。齐大姐没有走，她坐在江曼的旁边，喂江曼吃稀饭。小玉问道："齐指导员，我们还没有到柴达木，就已经这么难受了，以后进了柴达木是不是还要更难受？"

齐大姐笑了，她说："小玉，现在我们遇到的是高原反应，它不是一种病，只是在缺氧的状态下，造成生理系统一时难以适应。通过锻炼，我们中的大部分人很快就会适应并战胜它。如果我们大家始终这么难受，怎么去搞勘探呢。当然，也有一些同志，因为体质弱，身体反应的程度要大一些，时间要长一些。还有个别的同志，可能不适应在高山地区工作，大队领导都会考虑的。"

最后，齐大姐反问我们："还记得我们的使命吗？我们是新中国的勘探队员，要走遍祖国的山山水水找宝藏，让祖国富强起来。还记得我们的请战书吗？哪怕是爬，也要爬到柴达木去；哪怕是死，也要死在柴达木。你们说对不对？"

齐大姐真会鼓舞人，她的几句话，说得我们一下子就热乎起来了。是啊，我们都是写过请战书的，这一点困难算什么，不论什么困难都阻止不了我们到柴达木去勘探！

下午，趁着天气好，我们结伴去找一千多年前文成公主摔碎镜子的地方。日月山有一个特别感人的故事：唐朝有个文成公主为了巩固国家的边防，自愿远嫁给吐蕃的松赞干布。她从长安，就是今天的西安出发，走了好久，就走到了日月山。她知道她再也回不了家了，早上梳头的时候，对着镜子就哭了，越哭越伤心，一生气把镜子摔到地上。没承想镜子摔成了两半，一半在山这边，一半在山那边，变成日月不同的两个世界。也就是说，过了这座山，就换了天地了。说起来，真是巧合得很，我们也是女人，也是从西安出发的，都是为了祖国的强大。不过，我们不是为了下嫁什么人，而是为祖国找宝藏，所以，我们不会哭，也不会摔破东西，我们要比文成公主做得更好。

我们走了好远的路，什么也没有找着。也许文成公主摔镜子只是一个美丽的传说。好不容易碰见了两个放羊的牧民，向他们打听，但他们听不懂我们说的话，我们也听不懂他们说的话，什么也没有打听到。但我们也有一点收获，这里的山上有很多野菜，李花花和焦淑红认识哪种能吃，哪种不能吃，所以我们一路走一路采野菜，用头巾包了满满的两包，送到食堂里，我们已经快有5天没有吃到过新鲜菜了，快把人馋死了。

吃过晚饭以后，司徒队长和齐大姐又来我们班看大家。他说："如果刘运兰和江曼反应还是这么强烈，就把她们暂时送回西宁去，不让她们去柴达木盆地了。"

但是，刘运兰和江曼谁都不愿意回去，刘运兰哭了，说："我是班长，发过誓言，死也要死在柴达木，决不回去。"我们班全都反对她俩回去，我们班是写过挑战书的，还没有到柴达木的边，就有人先打退堂鼓，这让我们班怎么好意思去见人。再说，她们的反应已经没有那么强烈了，再适应两天或许就好了。

结果，司徒队长和齐大姐没有再勉强她们，说我们还要在日月山上休整几天，如果刘运兰和江曼实在不行，再往回送。

**1954年5月11日　野马沟　晴**

快一个月没有写日记了，这是因为从4月27日起，我们就进入柴达木盆地，开始进行勘探了。

从4月27日起，我们一直在紧张地工作，队里也没有安排休息。今天，这里的工作基本结束，队里才让大家休息两天。

我们住的地方叫作野马沟。

野马沟在柴达木盆地的东部，从地形上看，是祁连山的余脉形成的两座大山夹着的一大片谷地，一条由祁连山雪水化成的河从谷地里蜿蜒穿过，像一个调皮的流浪汉似的流向远方。

我们在野马沟进行的勘探没有指向性，只是进行一些概略的勘探，也就是说，只要查清这里地质的年龄、地面的等高和其他一些基本情况就可以了，所以我们只来了两个队。我们女子勘探队负责地面的测量、制作地形图，另一个由男同志组成的七队负责地质情况的勘探。

虽然我们做了很充分的准备，但是勘探工作比想象的还是要艰苦一点。每天 6 点钟就要起床，吃完早饭后，背上测量仪、罗盘、指北针、水壶、干粮，还有许多杂七杂八的东西就出发了。早上的露水很快就把鞋和裤脚打湿了，真是不可思议。已经是 5 月了，可这里的早晨温度只有 5 摄氏度左右，冰冷的露水就像一头头长着刺的小怪物，从鞋底里和裤角里钻进去，在你的身体里游来走去，把热气一点一点地吸走。最后，它们汇集起来，一起刺入心里，让心在冰冷中打战。太阳升起来以后，露水走了，但阳光来了，因为海拔太高，阳光格外毒辣，它像巨大的烙铁一样，在皮肤上烙一下，就烙起一层皮，再烙一下，就烙出一道裂口。不过，最让人害怕的还是走路，路好像永远也走不完，从一个测量三角走向另一个测量三角，从一道坡走向另一道坡，似乎总也没有尽头，直到太阳从山的西边落下，一天的测量工作才能结束。

我们女子勘探队总算尝到了厉害，大家差不多都到了蓬头垢面的地步，每个人的脸上都晒起一层层的皮，嘴唇裂开了好多口子。我知道大家差不多都抹过泪，连小玉也悄悄哭过，只不过她不承认，说是沙子迷了眼才流泪。王月儿哭的次数最多，而且也不掩饰。大家都在背着人的地方抹抹泪，而她想哭就哭，有时候干着活时她就开始哭，有时候吃饭她也哭，我觉得我们班最不坚强的就是她了。

最倒霉的是江曼，来到野马沟的第三天，她就病了，感冒和胃病使她只能躺在帐篷里随着营地从一个地方移动到另一个地方。江曼也真够可怜的，她的身体本来就单薄，先是高原反应，差不多半个月才适应，现在又得了感冒和胃病，更糟糕的是，他的男朋友这次没有和我们女子勘探队一起到野马沟来，他们去了一个叫西川沟的地方搞勘探，所以她总是泪汪汪的。

如果没有这么重的勘探任务，野马沟其实是一个相当美丽的地方，祁连山的雪水把这片土地滋润得别有一番景致。大片大片的野草长满了整个谷地，很多地方的草长得都没过了膝盖。许许多多不知名的花开满草原，红的、黄的、紫的。而那条穿越谷地的小河则清澈见底，两三寸的小鱼在水里游来游去，让人眼馋极了，恨不得脱了衣服到河里去彻底洗一洗。

野马沟还可能是中国最大的动物园，几千只一群的野羊、上万匹野马在山谷里吃草。来到野马沟的第二天，我们到河里去打水，整条河都被野羊、野马占满了，它们披着厚厚的毛，被早晨的太阳染成金黄一片，威风极了，我们所有的人都惊呆了。我们谁也没有见过这么庞大的一群动物，无论是家养的还是野生的。

野马沟里的人很少，那么大的一片地方，听说只有100多户牧民。他们属于蒙古族的一个王爷管辖，逐水草而居。我们遇见过一户贫下牧民，虽然放着一大群羊，但都不是自己的，因此家里穷得很。他们家的帐篷好像已经用了很久很久，又黑、又脏、又破，无论大人小孩都穿着羊皮做的大袍子，吃饭的时候就用几块石头垒灶，用牛粪来烧火。他们不会汉语，交流起来很困难。而且，他们对我们汉族人好像很畏惧。说起来，真正让人吃惊的是，他们给我们倒水的时候，竟然用牛粪来擦碗，然后就直接倒上茶水。那样的茶水我们谁也没敢喝，若是喝了岂不是连牛粪也都喝了进去？小玉看见牧民们喝得香，想试一试，她问了我们好几次，谁敢喝，但没有人敢喝，小玉犹豫了半天，最终也没有喝。

有一个当地政府的工作组住在这里。我们刚来时，齐大姐和司徒队长曾经去拜会过他们，他们也来看过我们一次，用马驮来了几只羊慰问我们。据他们说，这里正在搞土改，过不了多久，贫下牧民就能翻身做主人，过上幸福的生活了，真为他们高兴。

### 1954 年 5 月 12 日　野马沟　晴

我们今天原计划向大盐池出发，但没有走成，因为昨天晚上，我们遇到了一大群狼的袭击。

狼是什么时候来的，我一点儿都不知道，也许是太累了，什么都没有听到。迷迷糊糊的时候，突然觉得有人在用力地拉我的胳膊，并且在我耳朵边大声叫，我还以为是做梦。这时候一声特别难听的，像是哭一样的叫声传了过来，我一下翻身坐起，就看到刘运兰站在我的身边，她大声地喊："狼来了。"

我的脑子"嗡"地响了一下，赶快从床上跳了下来，想找一个东西来打狼，黑暗中手哆嗦得不行，摸来摸去，只抓到一个洗脸盆，赶快抱在胸前。

狼在哪里，它们会钻进帐篷里来吗，会把我们咬得浑身是血，还是撕成一块一块？我惊悸不定，四下里望望，就见班长刘运兰手里拿着一根很粗的测量杆子，小玉和焦淑红举着枪守在帐篷的门口，王月儿和我一样抱着个脸盆蹲在地下，江曼躺在被窝里一动也不敢动，李花花好像坐在床上嘀嘀咕咕地说着什么，但谁也听不清她说的是什么。

外面有很多脚步声，狼的怪叫声还在不断地传进来，它叫一声，我的心就缩一下。我觉得我应该像班长一样拿着测量杆守在门口，但脚软软的，一步也挪不动。这时候，我听到了齐大姐的声音，她在外面喊："男同志，快，守在前面。女同志不要乱动。拿枪来，快开枪。点火，点三大堆火。"

果然就有枪声响了起来，然后，一团火也在我们帐篷前面烧了起来。小玉对班长说："我也去打几只狼。"也不管班长同意不同意，她掀起门帘就跑了出去。但是刚过了一会儿，小玉又跑了进来，大声嚷嚷，"我没有子弹，花花姐，快把子弹给我。"原来，紧张的小玉竟然忘了她只保管枪，子弹却是由李花花保管，打了一枪才发现枪里没有子弹，只好又回来找子弹。

李花花好像没有听到小玉的话，只管坐在床上自言自语。我突然想起，我是第二弹药手，有责任给小玉供给弹药，不知哪来的一股劲儿，我一下子挪到李花花的床前，在她的挎包里摸了起来。我记得她的子弹是放在挎包里的，果然就摸到了几排子弹，我赶快递给小玉，说："小玉姐，我来帮你拿子弹。"没想到小玉一摆头，说："你别去，小心狼咬你。"说着就跑了出去。但是小玉刚跑出去，齐大姐的声音又传了过来："停止开枪，狼打跑了。苏小玉，你跑出来干什么，回去，回到帐篷里去。"

这一夜，我们都在防备狼的第二次偷袭。狼虽然暂时被打跑了，但还有可能回来。听说狼是非常狡猾的，它总是趁着人们不注意，捞一把就走。整个营地的保卫工作，由另一个队的男队员负责，再就是帮我们牵骆驼的驼工们，他们见多识广，胆子大。所有的枪和子弹也都集中了起来，交到了男队员的手里，包括小玉手上的那一支。一大堆、一大堆的火在我们的营地周围点了起来，把帐篷照得亮亮的。司徒队长和齐大姐规定我们女队员不准出帐篷，并且要做好打狼的准备。整整半夜，我们一人拿一根测量杆小心翼翼地守在门口。因为狼被打走了，我们都不太害怕了，连江曼和李花花也都各自抱着测量杆。不过，我们还是不敢大声说话，害怕被狼听见。大家都盼着赶快天亮。只有小玉不太满意，因为她连一枪也没有打成，埋怨了李花花半天，嫌李花花没有及时给她供应子弹，还提议由我担任第一弹药手。她一会儿掀起门帘看一看，说狼怎么还不来，很盼望狼再来一次。

天亮以后，我们终于能走出帐篷，看一看狼昨天夜里袭击我们的情况了。

损失并不大，2峰骆驼被轻微咬伤，土改工作队送给我们的5只羊中，2只被咬伤，3只被咬死，其中2只被拖走了。狼没有损失，虽然齐大姐和司徒队长指挥着大家开了很多枪，但一只也没有打着。

发现狼来了的是教我骑骆驼的王船船。王船船半夜里听到骆驼叫的声音有点怪，焦躁不安，他担心自己的骆驼，就起身去看。这一看，发现了几只狼在咬羊，还有几只狼在围攻骆驼。王船船在院子里大喊大叫，然后才惊醒了我们。王船船说："来袭击我们营地的狼有二十多只，其实在齐大姐他们开枪的时候，狼就退走了。"而我听到狼的叫声时，狼群已经退回到几百米以外。它们不是冲着我们来的，而是冲着土改工作队送给我们的羊来的。

司徒队长和齐大姐向大队发了报，不到中午，护卫我们的解放军骑兵班战士就来了，有他们保护，我们可以放心地睡觉了。


## 1954 年 5 月 25 日  大盐池  晴

我们已经在大盐池住了 9 天。完成野马沟的勘查任务后，就直接来到这里。这里遍地是盐，走的路是盐路，帐篷也扎在盐窝上。无论到哪里，随便挖开一个口子，就能看见白白的、亮晶晶的盐。盐池有多大，现在我们还不知道，我们从东向西走了一天，还没有走到头。司徒队长说："从现有的情况看，这可能是全国数一数二的大盐池，把这里的盐运出去，够全国人民吃上几百年、几千年都没有问题。想想看，这是一个多么大的盐池，真让人兴奋。"

我们仍然做地面的测量工作，每天从驻地出发，向东面或北面去，测量地面的高程，画图和记录各种参照物。每天都要走上十几二十几公里路呢！大队领导照顾我们女子勘探队，安排我们住在大队旁边，安排的工作量少，每天的工作时间只有10个小时，而男队员们每天天刚亮就要出发，天黑透了才能回来，要走四五十公里的路。还有的队当天回不来，就露宿在野地里。

吃的东西千篇一律，是死面烙成的饼子，有时候有一点干菜，像粉条、海带、黄花、木耳，有时候没有菜，一个人只有两张饼子、一块榨菜。盐池里的风特别大，住在帐篷里，带着咸味的土刮得到处都是。早上起来，嘴里咸咸的、腥腥的，那种滋味特别难受。不过比起吃和住，最大的问题还是水不够用。大盐池周围一点水都没有，要从60多公里的地方运过来，我们有3辆拉水的汽车，每天出去拉水。不过我们人太多了，运来的水除了留下勘探用的生产水和储备水，分到每个人的手里时少得可怜，而盐池里的路又特别难走，拉水的汽车经常就坏在路上。

刚来时，每人每天有一盆洗脸水，供早晚洗漱用，每个人还有3个行军壶水喝。不过3天前，我们拉水的汽车坏了一部，暂时修不好，因此，每天只有2壶水喝，洗漱所用的水被取消了。

现在，口渴是我们最大的问题，每一口水我们都要考虑很久才舍得喝一口，因为只有这么多水，喝完了就没有了。昨天，焦淑红没有计划好，早早把水喝完了，结果回来的路上渴得快昏过去了，幸亏我们都留了水，每人给她喝了一口。

另外，没有水洗脸洗脚让人太难受了，我宁可每天多走十公里路，也不愿没有水洗脸洗脚，人怎么能不洗脸洗脚？何况现在每天都要出一身汗呢。

我们班的人大部分都病了，连李花花那么好的身体也得了病，医生说是肠胃紊乱。不过很奇怪，我居然没有得病，虽然我每天都觉得很难受，但是，连感冒都没有得过，现在班里只有我、王月儿、焦淑红没有病，加上小玉、李花花带病工作，所以我们每天也都能完成任务。

前几天，在野马沟的时候，我觉得勘探很苦，可是比大盐池强多了。那里也没有菜，但我们可以挖很多野菜吃。那里有草，有动物，有满目的绿色，而这里只有白花花的盐。那里有清澈的小河，我们干活累了、脏了的时候，可以在河边洗头、洗脸、洗脚，还可以偷偷地洗澡，而这里每一口水都特别珍贵。现在我每天晚上做梦都能梦见野马沟的那条小河，什么时候还能回到野马沟呢？

下午，队里开总结会，总结这一个阶段的工作。司徒队长说："我们在这个地区的勘探工作取得了很大成果，经过全大队努力，已经发现了3座中型煤矿、2处铁矿苗、28处水源，还发现了4个小盐池，完成了近万平方公里的勘察。目前，我们的主要任务是查明这个大盐池的面积和蕴藏量，任务还非常繁重，全体队员要有长期打硬仗、打苦仗的思想准备。"

司徒队长说："目前，女子勘探队的情况比较糟糕，差不多有一半人都病了，主要是水土不服，高原反应。其中，三班都不能正常工作了，勘探大队鉴于你们女子勘探队病号太多，已经把你们的一半任务交给男队去干了。从明天开始，女子勘探队每天的工作时间缩短在6个小时以内。"

司徒队长和齐大姐都表扬了我们班，说我们班保持了高昂的斗志，不怕苦、不怕难，许多同志带病坚持工作。队里宣布这一阶段的勘探中，我们班挑战成功，授予我们"英雄班"的称号，让其他班向我们学习。齐大姐说："现在我们的困难是比较多，但是革命者不怕困难。今天我们多做一点工作，就会为祖国多找到一处宝藏，祖国就会更加强大，美帝国主义就不敢再来欺负我们。"齐大姐还说，"虽然我们走的路多，比起红军冒着敌人的炮火，爬雪山、过草地，走的路少多了。虽然我们住的条件很差，但比起八路军、解放军露宿在冰天雪地里好多了。虽然我们喝的水很少，但比起上甘岭的志愿军没有水喝好多了。因此，对于我们来说，没有克服不了的困难，没有征服不了的高山。"

齐大姐说得太好了，我们是革命者，为了革命事业，就应该抛弃安乐享受的思想，就要敢于面对一切困难，就要准备付出一切，包括生命。

晚上，我们接着又开了班务会，大家都纷纷表态，要再接再厉，把我们班的荣誉保持下去。江曼也在会上表态，说她以前拖了班里的后腿，从明天开始也要带病工作，出不了野外就在家整理资料，帮食堂做饭，决不当逃兵。


### 1954 年 6 月 3 日　冰湖　晴

今天早上，我们在冰湖边上开了一个庆功会。

我们是两天前完成了大盐池的勘探任务转移到这里的。除了勘探二队有别的任务没有回来，其他的勘探队都已经转移到这里做短时间的休整，我们已经完成了柴达木盆地东部地区的勘探，下一步，就要向着柴达木西部的大戈壁、大沙漠进军了。

勘探局的领导专程从西安赶来慰问我们，带来了猪肉、蔬菜、药品、糖果、蚊帐、清凉油、书报等许许多多的东西，还带来了电影机，放映了两部电影。

勘探局的领导做了形势报告，表彰了前一阶段在勘探工作中表现特别突出的队员，我们女子勘探队受到了勘探局领导的特别表扬。勘探局领导的一句话我记得特别清楚。他说："在这么艰苦的工作和环境中，你们用自己的行动证明了你们是新中国最革命的女性，最坚定的无产者，是新中国的卓亚与舒拉。"

听了勘探局领导的话，大家都特别高兴，其实我们只是做了一点小小的工作，组织上却给了我们这么高的评价，比起组织上的表扬，野马沟的艰苦，大盐池的疲惫又算得了什么？

吃完中午饭，我们向齐大姐请假去冰湖洗澡。在大盐池的一个多月，真把人给窝囊死了，没有洗过一次澡，没有洗过几次脚，几套衣服都已经脏得看不出颜色了。

冰湖在祁连山的山脚下，是山上的积雪融化成的淡水湖。整个湖看起来有上百平方公里，远远看去，就像是一面大镜子。冰湖的三面长满了一人多高的芦苇，我们驻扎的这一面，因为有盐碱，只长了稀稀拉拉的青草。都是六月的天气了，湖水却特别凉，伸手到水里，就像是摸到了冰水里。其实，冰湖原来没有名字，它的名字是勘探一队的队员给起的。

齐大姐同意我们去洗澡，但让我们不要走远，她说芦苇里有狼，要小心一点。

我们还是走了好远，找到了一块芦苇和草地相接的地方下湖游泳。大家虽然很害怕狼，但还是想走得远一点。小玉想得很周到，瞒着齐大姐背来了枪，要求为我们站岗，等我们洗完了，她再洗。焦淑红立刻要求陪着小玉站岗，说多一个人多一分力量，万一狼来得多，小玉打狼，她就去队里叫人。我知道，小玉很想打一只狼，在野马滩没打成狼成了她的心病，但是焦淑红为了什么呢，一定是想学她的叔叔孔指导员，在最危险的时候站在最前边。

湖水看起来是那么诱人，实际上冷极了，一钻进水里，浑身就起了鸡皮疙瘩。不一会儿，手和脚都好像有点冻麻木了。我本来不太会游泳，只在水里待了一小会儿，就赶快上了岸。看看大家，李花花、江曼、王月儿也都上来了，冰湖真是名副其实。只有刘运兰一个人还在水里游来游去，姿势特别漂亮，一会儿是侧游，一会儿是蝶游，还会潜水呢，真没有想到班长游得这么好。我们大声叫她好几次，她才上岸。王月儿问班长从哪里学会的游泳。刘运兰说是小时候在家里的河沟学会的。我们都不相信，大家说在小河绝对学不会这么高级的游泳技术。没想到，刘运兰一下子生气了，真奇怪。

在冰湖的岸边上，我们整整玩了一个下午，把所有的脏衣服鞋袜都洗得干干净净。冰湖的水虽然冷得很，但仿佛把进军柴达木以来的积垢一下子洗干净了，心里瞬间轻松了许多。但愿以后勘探，我们能时时遇到冰湖，哪怕再冷的水也比没有水好多了。

冰湖的周围没有固定的人家，只有几户少数民族牧民在这里流动放牧。这个少数民族，叫哈萨克族，因为没有成立地方政权，所以我们勘探队很难和他们交往。齐大姐说他们以前住在新疆，都是穷苦牧民，被军阀反动派霸占了家园，被迫流落到这荒无人烟的地方生活，很多人都死了。军阀反动派就是坏，不把他们打倒，人民就不能过上幸福日子。

吃完晚饭后，向建国到我们班来了。自我们在冰湖休整，向建国和江曼每天都要见面，江曼的脸上也总是挂着幸福的笑容。进入柴达木盆地以来，我们女子队和向建国的队担负的工作不一样，经常不在一个地区，所以，向建国和江曼见面的次数很少，怪不得他们高兴。不过，江曼的小资产阶级思想还是有点严重，我们是为祖国搞勘探，要吃得大苦，耐得大劳才行，个人的苦乐哪能斤斤计较？

向建国给我们带来了两个消息，一个是我们还要在冰湖休整几天，等待大队部给我们找一个向导，因为我们下一步要到柴达木西部去，那里是无人区，没有向导根本不行。第二个是我们勘探大队勘探的重点要转向石油，柴达木有很丰富的石油，要把它找出来，用于国家的建设。

向建国还说："我们队里有人到牧民的帐篷里打听当地的基本情况，打听到冰湖有名字，叫其尔格，还有一个美丽的故事。相传在很久很久以前，有一对青年恋人，小伙子叫乌鲁木莽（或者叫乌鲁莽，我记不清他的名字了），姑娘叫其尔格格，他们从小生活在一起。乌鲁木莽勇敢、坚强、力大无比，其尔格格美丽、善良、心灵手巧。他们从小生活在草原上，乌鲁木莽打猎，其尔格格放牧，生活得特别幸福美满。可是天上住着一个恶魔，他看上了其尔格格的美丽，想把她抢回去做夫人，乌鲁木莽为了保护其尔格格，就与恶魔大战起来，他们从天上战到地下，从地下战到水里，从东边一路打了过来，何止几百个回合。乌鲁木莽虽然力大无穷，可是恶魔会很多法术，战到这里，乌鲁木莽就快累死了，只剩下最后一口气，但乌鲁木莽也破了恶魔的法术，打断了恶魔的腿。其尔格格担心乌鲁木莽的安全，就循着他们打斗的声音一路找了过来。看见乌鲁木莽已经快累死了，就想冲过去和乌鲁木莽一块儿死，没想到，恶魔狞笑一声变成了一座大山，挡住了其尔格格的去路。其尔格格悲愤交加，喊着乌鲁木莽的名字，化成了冰湖，乌鲁木莽听到了其尔格格伤心欲绝的呼叫，也大叫一声，化成了乌鲁木莽湖。"

向建国说冰湖右侧那座大黑山就是恶魔的化身，乌鲁木莽湖就在山的后面。至今，它还阻挡着这一对爱侣的相见。

听了向建国的故事，我们都跑到外面去看大黑山。这山以前没注意，现在看来，果然丑陋得很。

正看着山，忽然听到黄锅子和王船船在吵架。王船船说慰问团发给他的一盒烟没有了，肯定是黄锅子拿了，因为他们住的帐篷没去过人，而且我们女队员没有人抽烟。黄锅子不承认，还要动手打王船船，我们劝了半天，最后江曼把向建国的烟给了王船船一盒，吵架才停了下来。依我估计，黄锅子准是偷了烟，他可比王船船狡猾多了，什么便宜都想占。

日记链接三：

## 柴达木勘探大队关于柴达木盆地东部初探情况的报告

西北地质大队并勘探局：

柴达木勘探大队于 1954 年 5 月 3 日正式开始对柴达木盆地东部地区进行勘探，6 月 1 日完成初探。

1. 主要勘探路线如下：3 个地质调查队对祁连山余脉喀布山、铁里尔山、里里山（以上均为当地少数民族命名），摩天岭（原无山名，新命名）；昆仑山余脉仫老山、占华儿山（以上均为当地少数民族命名）；下巴山、马背山（原无山名，新命名）进行了初探。2 个地面调查队对加依克、特加里、茶卡盐池（以上均为当地少数民族命名），野马沟（原无名地，新命名）进行了初探，总初探面积约 1.1 万平方公里。

2. 主要初探结果：湖泊 7 个、径流量大于 1 立方米／秒的河流 12 条，其他淡水水源地 38 处。铁里尔山发现铁矿矿苗 2 处，占华儿山、下巴山发现大型煤层 6 处，仫老山发现金、银、铜等矿藏构造 11 处，在加依克、特加里、茶卡等地区发现大、中、小盐湖 6 处，其中茶卡盐湖探明面积 560 平方公里，预测储藏量亿吨以上。此外，在野马沟、青树地区发现大量野生动物，主要为野牦牛、野驴、黄羊、石羊、盘羊等，并伴有少量熊、狼等猛兽。野马沟、青树地区预测野生动物保有量达 50 万头以上。

3. 勘探取样：分类提取样本、样石 48 种，2068 例。已经启运西安。

4. 柴达木盆地东部一般地理情况。（略）

5. 柴达木盆地东部农业可耕地预测。（略）

6.（略）

……

柴达木勘探大队

1954 年 6 月 5 日

（余小添摘自原西北人民政府勘探局档案 15 号卷）

日记链接四：

## 柴达木勘探大队关于人员伤、病、亡、遣回情况报告

西北地质大队并勘探局：

柴达木勘探大队于 1954 年 3 月 12 日自西安启程至 6 月 1 日，伤、病、亡、遣回情况如下：

1. 病亡 1 人。地质勘探 1 队职工贾先德，汉族，36 岁，原籍陕西省扶风县人。1952 年 10 月由部队复员转业至柴达木勘探大队。1954 年 5 月 19 日在仏老山进行地质调查时突发心脏病死亡。后事处理。（略）

2. 致伤 6 人。地质 2 队职工马武、许二狗、张三海在摩天岭野外调查时从山上滚落致伤。地质三队职工赵汪海从骆驼上坠落致伤，地质 4 队职工肖国喜、曹葆得搬运岩石样本时致伤。

3. 致病约占全部人员的 60%。主要是高原反应、肠胃病、

足病、营养不良症等。

4.遣回8人。（略）

5.病员增多原因分析：（1）劳动强度大。人均每天工作12小时以上，人均日均负重行走20公里以上，体力消耗巨大。（2）工作环境恶劣。勘探工作区域平均海拔约3000米，大部为荒山、草原、盐滩，气候干燥、空气稀薄、蚊虫肆虐。（3）生活条件艰苦。勘探职工流动性大，夜宿帐篷。运输条件差，食品供应困难。一个月几乎无新鲜肉食和新鲜蔬菜供应，断水、断粮情况经常发生。在茶卡盐湖勘探时，地质二队曾经连续半个月限制用水用粮，30%的人员出现脱水症状。（4）药品不足。治疗一般感冒、肠胃病、高原反应及外伤药品均感缺乏。

6.下一阶段针对性措施：（1）在不影响完成全年任务的前提下，适当缩短工作时间，减轻劳动强度。（2）抽调专人负责，增加营养。（3）加强思想政治工作。（略）

7.（略）

……

柴达木勘探大队

1954年6月5日

（余小添摘自原西北人民政府勘探局档案15号卷）


## 1954年6月6日　冰湖　晴

今天上午开会，传达勘探大队的决定，近期要到柴达木西部去找石油。

司徒队长说："柴达木有丰富的石油，早在新中国成立前就有几个科学家进去勘探，他们骑着骆驼，一路走，一路看，好几次就要渴死、饿死了，不知吃了多少苦，终于发现了一大片油砂。可惜的是，国民党反动派只知道卖国、打内战，根本就不重视科学家的发现，一直没有到柴达木来开采石油。现在我们就要做国民党反动派做不了的事情。"

齐大姐说："石油是很重要的资源，我们国家是个贫油国，一年才产 12 万吨石油。现在美帝国主义封锁我们，不卖给我们石油，我们的飞机、坦克、大炮因为缺少石油不能正常训练。我们的汽车、火车也因为缺少石油，不能满足国家建设。所以，我们必须尽最大的努力，在最短的时间内，找到石油。"齐大姐还说："今后找石油虽然会很苦，但是我们不能害怕。过去几个科学家都敢于深入到西部无人区去找油，现在，我们有整个强大的祖国做后盾，什么地方能难住我们，什么地方不敢去？"

齐大姐的话给了我们很多信心。毛主席说过，"中国人民从此站起来了。"就是说我们新中国和新中国的人民再也不怕美帝国主义，什么困难都能克服，什么事情都能办成。不管到西部去找石油有多苦、多累，我也要咬牙坚持下去。

司徒队长说："柴达木盆地的西部是一片寸草不生的大戈壁，除了帝国主义的冒险家和我国的科学家去过几次，再没有人去过那里。那里没有草木、没有人烟、没有粮食，水可能比东部更缺乏，还经常会刮起 10 级以上的大风。因此，我们要有充分的思想准备。为了保证勘探任务的完成，大队决定所有的人都要轻装，除了勘探上用的工具、生活上的必需品，一样都不能多带。因为我们去的西部没有路，一切东西都要用骆驼驮，多带一点别的东西，就得少带一点粮食和水，勘探任务就可能完不成。"

开完会以后，我们按队长的要求进行轻装，把多余的东西都留下来。我有三套换洗的内衣，留下了两套，我从家里出来时带的银手镯，一面大镜子，还有《复活》《普希金诗集》都留了下来。队长说不属于工作内容的笔记本也不要带，但我偷偷地保留了日记本，我都记了好几年的日记，万一丢了，我会伤心死的。从今天开始，我要把日记本背在身上，走到哪里就背到哪里，决不给队里和班里添一点麻烦。

江曼需要轻装的东西最多了，照相机、影集、好几件裙子和好几双皮鞋。她有一个非常漂亮的梳妆盒，听说是她外婆留给她的，在我们的劝说下，也都留下来了，因为这，江曼一下午都闷闷不乐。小玉和焦淑红轻装得最彻底，连吃饭的碗都留下来了，每人只带一只搪瓷的大缸子，说是吃饭喝水都可以用。我最佩服小玉了，她做什么事情都是那么坚决和彻底。她有一支口琴，没事的时候经常拿出来吹，吹得可好听了，小玉说她上小学的时候就学会吹口琴了，口琴还是她过 10 岁生日时她爸爸送给她的礼物。可这次为了到柴达木西部找石油，她连口琴都没有带。

李花花的东西不多，她最好的东西都留在西安没有带来。尽管这样，她也不愿意轻装，连江曼送给她的一件旧衣服也要带上，她说她有力气背得动，根本不要人管她。她把所有的东西打成一个包袱，紧紧地绑在身上。其实她的东西都是些破破烂烂，我悄悄看过，有人家不要的皮带、空纸盒子、装药的空瓶子。里面只有一件东西是值得她带而且又有用的，就是她的柱子小男人送给她的红围巾。

我们都劝李花花不要背那些没有用的东西，为了劝她，一向很节约仔细的王月儿又把自己轻装了一回，留下了一把象牙的梳子。王月儿说："花花姐，你看，我的梳子都舍得留下，你的东西也留下吧。"

说来说去，李花花就是不想轻装，最后江曼答应等我们从柴达木盆地西部回来后，送她一件衣服，李花花才算同意了。

只有刘运兰没有劝李花花，她只是在一边冷冷地看着，好像她不是班长，好像我们不是一个团结的集体，我对她有意见。

天快要黑的时候，黄锅子和王船船来了，他们来告诉我们，他们已经正式被勘探大队招收为驼工，真正成为我们的一员了。江曼、小玉就和他们握手，向他们表示祝贺。王船船看起来很高兴，黑红的脸上洋溢着笑意。他以前说过，他是个孤儿，七八岁的时候就跟着叔叔拉骆驼，吃了很多的苦头。有时候几天吃不上饭，有时候几天喝不上水，经常睡在野地里，干不好活还要挨叔叔的揍。幸亏解放了，他才能够当家作主，加入我们队伍里来，过上衣食无忧的幸福生活。黄锅子却不太高兴，原来他们被勘探大队招收为驼工时，他们的骆驼也被勘探大队赎买了。黄锅子嫌给的钱少，见了我们，他还说："我的一峰骆驼是 35 块大洋买的，现在一峰只给 30 块大洋，太少了。"小玉对黄锅子说："你就知道赚钱，你怎么不想想你的骆驼要为祖国找石油了，这是多么光荣的事。再说，你的骆驼都买回来好几年了，钱早就赚回来了，你还占了勘探大队的便宜呢！"

小玉一说话,黄锅子就不说话了,他知道小玉的嘴很厉害,赶快把寄放在我们班的东西拿走了。为了保证在柴达木西部的勘探顺利进行,勘探大队正式成立了驼队,负责给我们几个队送水、送粮,黄锅子和王船船不再专门给我们班拉骆驼了。

### 1954 年 6 月 7 日　无名地　晴

今天我们从冰湖出发,勘探大队找到了一个向导,是一个少数民族老人。前几天我们见过他,他穿着自己民族的衣服,留着很长的白胡子,看起来有 70 多岁了。但齐大姐说没有那么大,只有 60 岁上下。齐大姐说:"老人出身很苦,小时候被牧主逼得没有活路,就一个人跑出来。放羊、牵骆驼、修路、贩盐,什么样的苦都吃过。在柴达木盆地跑了大半辈子,对柴达木盆地熟悉得很,他知道什么地方有草,什么地方有水,什么时候刮大风,跟着他走,我们会少走好多弯路。"

小玉提议去见见那位老人,让他给我们讲讲柴达木的故事,那样我们就会学到很多东西,将来有用。我们都同意,但是老人太忙了,我们去了大队部两次,都看见老人在和大队领导谈事情,只有等以后再说了。

大队又给我们女子勘探队增配了 8 峰骆驼,主要是用来驮器材、水和粮食,而黄锅子和王船船所牵的 16 峰骆驼除了我们每人骑一峰,其余也都用来驮水和粮食,准备工作相当充足。

按照一队、二队、女子勘探队、三队、四队的顺序,我们出发了。几百个人,几百峰骆驼首尾相连,走起来尘土飞舞,场面壮观极了。小玉诗兴大发,立刻作诗一首:

我们来了

辽阔的大戈壁

任你冷若冰霜

我们有一颗忠于祖国的红心


我们来了

浩瀚的大沙漠

任你狂风作浪

我们为祖国寻找石油矢志不移



我们来了

希望的大荒原

任你万里无垠

为了祖国的强大我们愿意献出生命


　　小玉的诗赢得了一片喝彩，但是江曼不同意最后一句，她说："我们是去找石油的，不是去牺牲的，为什么要献出生命。"这样一说，大家就觉得小玉的诗有点悲壮。李花花说："我不要牺牲，我还要回家看柱子呢。"王月儿说："我也不要牺牲，我妈妈做的糯米锅巴可好吃了，我还要回家吃糯米锅巴。"

　　小玉反驳说："我没有说我们一定要牺牲，我只是说我们要有牺牲的精神。难道为了祖国的强大，我们连一点牺牲精神都没有吗？"小玉问我："春桃，你说我们该不该有牺牲精神？"

说实话，我佩服小玉的豪迈和勇敢，但是我也不想牺牲在柴达木盆地，不知道怎么了，最近我越来越想妈妈了，甚至连大娘也有点想了。我想了一会儿说："小玉姐，把最后一句改一改，改成'为了祖国的强大我们愿意献出青春'好不好？"

江曼首先说好，跟着李花花、王月儿、焦淑红都说好，李花花说这样才吉利。最后，刘运兰说："春桃改得没有小玉的原诗有气势，但是我们去找石油不能光想着牺牲，找到石油才算达到目标。再说，这次勘探本来就有危险性，说牺牲会打击大家情绪。"没想到刘运兰的话说得这么有道理，她的文化水平一定挺高的，但她为什么老说自己没有文化呢？

小玉还是有点不太满意，但是大家都反对她原来的诗，她也只好接受了。她说："春桃，你天天趴在那里写日记，还读普希金的诗，你也作一首诗念给我们听听。"

我赶紧摇了摇头。我不会作诗，而且就算作了一首诗，也不敢像小玉那样大声读出来。

今天，我们的路走得不多，大概只有二十几公里，感觉不是很累。有一大半的路还是骑着骆驼，不过晚上已经开始限制用水了，除了喝的水以外，每人只给了半杯洗脸洗脚的水，这点水其实只够打湿毛巾。看来，晚上想洗脸、洗脚是不可能了。

## 1954 年 6 月 10 日　黑风山　晴

今天我们在黑风山下休整一天。

黑风山是一座不太大，但看起来很险峻的山，一条条山脊像是硬从山体里挤出来的一般，纵横交错，棱角分明。山通体都是黑色的，是那种让人有点儿害怕的黑色。地质队的技术员说："这是一座喷发年代比较晚的火山，也许还是一座活火山呢。"

"黑风山"是那位少数民族老人起的名字，他说遇到刮大风的天气，这座山周围一二十里内都是黑的，好像风都染上了黑色，什么都看不见。但是，黑风山有一个好处，它是东西走向的，能够挡得住强烈的西风，宿营在它的脚下，要安全一些。

连着走了四天的路，我们已经向着柴达木的西部前进了差不多150公里。按照计划，这里就是我们进行石油勘探的起点。明天开始，我们几个勘探队就要分开进行勘探，一队到东南去，三队到西北去，我们女子勘探队和二队一起向正南的方向前进。我们要勘探的地方听说大得很，足足有好几万平方公里，今年只是来探探路，勘探其中的一小部分，明年、后年还要来勘探。

来柴达木盆地之前，我们都知道这里是无人区，但无人区究竟是什么样的，只是自己的想象，真正走在了柴达木盆地的土地上，才知道无人区远比我的想象可怕得多。柴达木盆地的路并不难走，有的地方是厚厚的黄沙，有的地方是沙砾石，有的地方是干硬的盐渍，但基本都是平的，或者是平缓的大坡。最关键的是，柴达木盆地的西部没有任何的生物，我们走了四天，别说见到人，连一根草、一只鸟都见不到。除了天是湛蓝的，一切都是暗黄的。暗黄的山包、暗黄的土地，天地间空旷得好像连空气也不存在了，只能听到自己的心重重地敲击全身的声音。

昨天，我们走在路上的时候，王月儿让我们猜想，如果把一个人单独留在这里，会怎么样？江曼说她会吓死，而且用不了一天。但如果能跟向建国在一起，大概需要三天才能吓死。

李花花说她立刻就疯了，可能是疯死。王月儿说她可能和李花花一样，也是疯死。焦淑红说她不害怕，她会骑着骆驼去找人，除非渴死。小玉很不屑地撇撇嘴，说："你们也太没有出息了，老是想到死，我就不死，想办法找一个有水的地方，自己种粮食，为后来的勘探队探路。"刘运兰说她也会死，但是高兴死，我们谁也不知道她怎么会高兴死，问她，刘运兰说："反正都是死，与其愁眉苦脸地死，还不如高高兴兴地死。"

我不知道我会怎么样，但我不会像李花花、王月儿她们一样疯了，也不会像江曼一样吓死，但也不可能像小玉一样去找有水的地方种粮食，小玉的胆子太大了。也许我会像焦淑红一样，骑着骆驼拼命地跑，找勘探队，最后……算了，还是不写这些了。我怎么会一个人待在这个地方，我们有向导，有司徒队长、齐大姐，有整个勘探大队呢！

用水还是限制得很紧，只能保证吃饭的水。虽然很艰苦，但我们比上甘岭的志愿军要强上百倍，他们可是连喝的水都没有一口。江曼说："要是多增加几峰骆驼运水就好了，我们就可以有水洗脸、洗脚了。"除了王月儿，谁都没有回应江曼的话。谁都知道，在荒无人烟的柴达木盆地，增加骆驼就要增加勘探经费，我们国家一穷二白，好钢要用在刀刃上，为了洗脸、洗脚花国家的钱，怎么对得起国家。我们是来给国家寻找宝藏的，不是来享受的。江曼看没有人回应她的话，就没有再说话。

不过我们已经找到了可以洗脸洗脚的办法了。从昨天晚上开始，我们把全班7个人的半杯子洗漱用水集中起来，一个一个轮着洗脸，然后再轮着洗脚。大家说好了，第一个洗脸、洗脚的人每天一换，因为我最小，昨天，我第一个洗了脸和脚。

中午吃饭的时候，李花花和王月儿吵了一架，起因是为了两块糖。李花花从西安出发的时候带了几块糖，一直没舍得吃，中午发现少了两块，李花花说是王月儿偷吃了，因为她昨天晚上还数过一块不少，今天中午就少了两块。王月儿很委屈，说："我从来就没有正眼看过李花花的东西，怎么会去偷她的糖？再说了，我们家是开杂货铺的，家里的糖多得吃不完，才不稀罕她两块糖呢。"李花花说："今天上午天气好，大家都在外面做准备工作，唯独王月儿一个人待在帐篷里，王月儿在帐篷里那么长时间在干啥？而偏偏就是王月儿待在帐篷里的时候，我的糖就丢了，奇怪不奇怪？"她们两个人你一句我一句，争得不可开交。我们劝她们不要吵架，虽然大家都批评李花花没有证据乱猜测，影响班里的团结，但大家的心里都猜测可能是王月儿偷了李花花的糖。我们和王月儿在一块待了几个月，都知道她有小偷小摸的毛病，我在西安就亲眼见过王月儿偷用过江曼的雪花膏。

吵到后来，李花花就开始揭短，说哪天哪天，王月儿偷江曼的罐头吃，偷刘运兰的牙膏用等等，甚至还说偷过我的东西，是一根扎头发的橡皮筋。我的确少过橡皮筋，不过我不愿意相信那是王月儿有意偷的，我宁愿相信她是随手拿去用了。在李花花的严厉追问下，王月儿哭了，她看着我们，没有辩解，只是可怜巴巴地看着我们。

我们不停地劝架，说她们这样吵架影响团结，会妨碍我们的勘探工作，又说她们吵架会影响我们班的形象，被别的班知道了会笑话。刘运兰还说："如果她们不听劝，就报告给齐大姐。到那时，队上非给处分不可。"但是李花花不依不饶，连齐大姐都不害怕了。李花花是个好人，她力气大，又特别喜欢帮助人，凡是我们干不动的活，或者脏一点、累一点的活，她都会抢着干。她的脾气其实也不算太坏，小玉就经常冲着她发一点小脾气，但她很少计较，就算是生气了，也只生一小会儿的气。不过有一样，她对她的东西看得很紧，谁也不能动。唉，王月儿动谁的东西不行，非要动李花花的。

最后还是江曼把她们劝开了。她搂着李花花的肩膀说："花花姐，我想起来了，你的糖可能丢了，昨天，咱们在这扎帐篷的时候，我好像在地上见到了一块糖，糖纸皮是红色的那种，我也没在意，拿脚给踢开了。"

"不可能，我昨天还数过呢。"李花花说。

"说不定你数错了。走，我带你去找丢掉的糖，这儿也没有外人，说不定还能找到呢。"江曼把李花花拉走了。半个小时以后，李花花和江曼回来了，李花花一点儿都不生气了，甚至还不好意思地看了王月儿一眼。

我悄悄问小玉："是不是糖真的找到了？"小玉横了我一眼，说，"你真傻，糖果到肚子里就化了，哪能找到？保准是江曼答应给李花花别的东西了。"

看来，还是江曼有办法。

晚上快吃晚饭时，王船船突然到我们班来了，他竟然给我们带来了一袋子水。刚开始我们以为他是偷来的，不敢要。他解释说："今天我去运水，把水绑在身上带来的，不是从大水袋里取的，不犯纪律。"他还说，"以后只要我去运水，就在身上绑一个袋子，给你们捎一点水过来。你们是女的，和我们不一样，要多用一点水才好。"我们高兴极了，小玉郑重地说："王船船同志，你带来的不仅仅是水，还是阶级情，是无产阶级的爱，以后我要学习你这种精神。"然后，小玉还和他握了握手，结果把王船船弄了个大红脸，头也不回地跑了，把我们惹得哈哈大笑。

王船船带来的水足有大半脸盆，今天我们可以痛痛快快地洗一洗了。

### 1954年6月14日　黑风山　大风转小风

今天，我们遭遇了柴达木盆地的第一场大风。

风是从昨天半夜刮起来的。我们被一种怪怪的叫声惊醒，那声音像沉闷的雷声，又像野兽的怪叫。我们正在猜想那是什么的时候，那个声音就包围了我们的帐篷，我一下子明白了，是风声，是柴达木的风声。

原本挺厚实的帐篷被大风刮得左右摇晃，好像马上就要被刮走，被风卷起来的沙子在帐篷里飞扬，呛得人喘不过气来。我们愣了一会儿，在刘运兰的指挥下，紧紧地抓住帐篷的四角，防止帐篷被刮走，但还是感觉到帐篷在手里一蹿一蹿的，像是要挣脱出去。

大风的呼啸声中，隐隐听到有人叫唤，好像是哪个班的帐篷或是别的什么东西被风刮走了。小玉自告奋勇要出去看看，刚出去，就被一阵风给刮了回来，连头上的帽子都给刮飞了。

天是什么时候亮的，我们都不知道。后来风小一点了，帐篷摇晃得不太厉害了，我大着胆子把头伸到外面看了看，这场风真厉害，整个天和地都是黑的，几米之外看不见任何东西。我们班和四班相隔不过十几米，看上去四班的帐篷只是一个黑色的阴影。

大概中午的时候，风才小了一点。司徒队长和齐大姐来到我们班的帐篷检查，他们的身上、脸上都是沙土。司徒队长光着头，眼睛里都是血丝，齐大姐的右手受了伤，缠着白纱布。他们一来，就问我们的情况，有没有人受伤，有没有东西被刮走，还帮着我们检查帐篷，用铁丝进行了加固。司徒队长说："还好，你们这个班的位置选得好，背风，没有太大的损失。"

听司徒队长说："你们侧前方六班的帐篷被刮倒了，好几个人的被子都刮飞了，还有脸盆什么的。幸好，抢救得快，没有人员伤亡。你们女子勘探队驻扎的位置好，损失不大。二队驻扎在你们前面，好像有的帐篷直接就刮走了。现在外面的风太大，人走不出去，还不知道具体损失的情况。"

走的时候，齐大姐叮咛我们："在风没有停之前，谁都不能出去，大家一定要守住帐篷，守住工具和仪器设备，绝不能让国家财产受到损失。"齐大姐还说，"今天的风太大，炊事班根本没有办法做饭，你们克服一下，等风停了再吃饭。"

说实话，现在让我们吃饭，我们也吃不下去，我们的头发里、衣领里、鼻孔里、嘴里都是沙子，不要说吃饭，连张张嘴都感觉很困难。李花花用水壶里的水漱嘴，漱了几回还说嘴里都是沙子。

我们的被子上也铺了厚厚的一层沙子，坐都没有地方坐。

齐大姐走了以后，我们赶快把被子上的沙土抖下去。忽然，小玉说："你们看，江曼像不像个土地爷？"

我们一看，果然有点像。原来江曼盘腿坐在床上，用被子把自己包了起来，头上还围了一块头巾，被子和头巾上落了一层沙子，加上脸上也都是沙子，看起来真像是一个土地爷，我们都哄笑起来。李花花摸出自己的镜子让江曼照照，江曼也忍不住笑了。可是笑着笑着，江曼就哭了，她一哭，李花花和王月儿也跟着就哭了。江曼一边哭一边把头上的围巾拿下来抖沙土，说："我受不了啦，我不干了，放着大城市不待，偏偏到这个地方来受罪，我图的什么呀……"

看到她们哭，我的鼻子也酸了，正在这时，小玉突然又叫了起来："喂！你们哭什么呀，这么没出息，一点风算什么，值得你们抹泪吗？狗特务还没有给你们上老虎凳呢，要是上了他们的刑场，你们是不是就得当叛徒？"

"是呀，大家别哭了，就是刮了点风，吃了点土，连这点苦都受不了，咱们还怎么搞勘探，怎么找石油？今天的风也算是对我们的考验，看看我们意志坚定不坚定。"刘运兰劝着江曼她们，又指着我说，"你们看，春桃是咱们这里最小的，她多坚强呀，你们做大姐姐的要给春桃带好头。"

我的脸一下子红了，幸好帐篷里暗得很，别人看不见。其实我也差一点就哭了，幸亏小玉说了那些话。

焦淑红也大声嚷嚷起来，说："你们别忘了，咱们可是写过决心书、挑战书的，别让一场大风就把咱们的决心刮丢了。"

在小玉和焦淑红的斥责和刘运兰的劝说下，江曼她们不哭了，但江曼说她不干了，这让我很担心。我拿出了装在包里的手帕，给江曼一边擦脸一边说道："江曼姐，你还是别走了，跟我们一走干吧，你要走了，就没人给我们计算那些复杂的数据了，再说，你要走了，咱们班的先进就当不成了。"

李花花说："春桃，你别信江曼的话，她刚才说的是气话，她才不会走呢，她走了，向建国怎么办？"

这一说，江曼担心起来，说道："向建国他们队住得比我们还偏远，他们不知道怎么样？"

对呀，我们这里有黑风山挡着，风应该小一点，别的队呢？他们可是住在一望无际的大戈壁上，无遮无拦，还不知道大风会给他们造成什么样的损失。

下午风小了，小玉陪江曼到大队部去问其他队的情况，但她们出去了两次，都没有听到消息，大队部也不知道其他两个队的情况。

这一天，我们的心都是沉沉的，司徒队长和齐大姐又来过两次。其中一次，勘探大队的领导也跟着来了，又检查了我们的帐篷是否牢固，并嘱咐我们不能大意，尤其是夜里要多加小心。

## 1954 年 6 月 15 日　黑风山　晴

风停了，早上我们从帐篷里钻出来的时候，发现天格外晴，好像这里从来没有刮过风一样。

这场大风给我们造成的损失真是太大了，我们女子勘探队刮倒了两顶帐篷，算是最好的。二队的 10 顶帐篷只有一顶没有被风刮倒，跟我们在一起的大队部也有好几顶帐篷被刮倒了，我们的器材被刮得东倒西歪，满地都是，炊事班的一口锅被刮出去了 100 多米远，装水的水袋也刮破了好几个。

炊事班在露天支起锅，烙了饼，每人发了 2 张，算作早饭、午饭和晚饭。

大队部要求各个队吃过饭后抓紧修补帐篷，把刮倒的帐篷重新支起来，刮破的要立刻修补好，还要大家把帐篷里的土、沙子都清除干净。

我们班比较幸运，帐篷既没有倒，也没有刮破，只是沙土多了一些，我们把被子和褥子拿到外面，抖干净上面的沙土，用脸盆把帐篷里的沙土一盆一盆地端出去。李花花和焦淑红干得最欢了。李花花因为昨天陪着江曼哭了，被小玉和焦淑红批评了一顿，所以今天的李花花干活很积极，不知道是不是还带着立功赎罪的意思。

我们班的活儿一会儿就干完了，我们班保管的资料和器材都不多，没有受到损失。大家把器材整整齐齐摆放在帐篷里。干完帐篷里的活，我们就收拾个人的东西。个人的东西其实也没有什么，只是一两套内衣和洗换的工装。这个时间，我特别想洗个澡，因为我们的身上实在太脏了，沙子沾在皮肤上，到处都痒，不过洗澡显然是办不到的。早上给我们一人发了半脸盆水让我们洗脸，听班长说还是大队部专门照顾我们女同志的，男队就只有一茶杯水。

小玉闲不住，我们班的活儿干完了，她就跑到别的班去帮忙，并不断地带回消息。

昨天刮风的时候，二队有一个班的帐篷被刮倒了，他们班的人想把帐篷重新支起来，但外面风太大，沙砾打得脸疼，有一个队员想出个办法，把脸盆顶在头上避风，结果他们一到外面，还没等支起帐篷，脸盆就被风给刮走了，一个班谁都没有脸盆洗脸。二队的另外一个班有两个队员到外面上厕所，他们稍微走得远了一点，结果上完厕所，就找不着回来的路了。他们只好在一块大石头旁趴下，他们班的人出去找，找到半夜才找着，人都冻坏了。

一队和三队比我们更惨，从电台传来消息，说他们的帐篷基本上都被刮倒了，人只能趴在吹倒的帐篷里，好多器材都刮丢了，还有好几个班的帐篷被风刮走了，有6个人失踪了。

但最坏的消息还是从驼队那边传来的，王船船失踪了。小玉已经到驼队打听过了，说是前天晚上刮大风的时候，拴着几峰骆驼的绳子被吹开，骆驼顺着风跑了，王船船发现后便起身去追，结果一直没有回来。这个消息让我们很担心。王船船是我们进柴达木盆地后认识的第一个驼工，我们大部分人都是在他的帮助下学会骑骆驼的，他虽然没有文化，但人很老实，给过我们很多帮助。到柴达木盆地西部找石油以来，虽然他们集中到了一个队，不专门给我们班牵骆驼，但他还是惦记我们，经常给我们捎水。但愿他能早一点平安回来。


## 1954年6月16日　黑风山　晴

勘探工作完全停下来了，主要的任务是去找失踪的人，还有好多器材都不能用了，要等西安运来新器材补充。

一队和三队失踪的人已经找回来了，都是因大风迷了路。

但王船船还是没有一点消息，大队部已经派出两队人马去找了，我们的司徒队长也去了。

今天早晨，我们到驼队去打听消息，驼队的人说："王船船走得急，只披了一件老羊皮大衣，没有带水也没有带干粮。"这让我们更着急，今天已经是第四天了，王船船在野外可怎么过？在驼队碰见了黄锅子，黄锅子说："拉骆驼的人这种事遇见得多了，根本不算什么，过上一两天，王船船就会牵着骆驼回来。"

小玉问黄锅子："你怎么不跟王船船一块去找骆驼？"黄锅子狡猾地眨了眨眼睛，说："王船船没有叫我，我不知道，况且跑丢的那几峰骆驼是王船船管的，没有拴紧，应该由王船船自己找回来。"

小玉又说："黄锅子你拉骆驼的时间长，熟悉骆驼的习性，知道骆驼爱往哪里跑，我建议你牵上几峰骆驼，带上水和粮食，我们几个人一块儿去找王船船。"焦淑红和我都同意小玉的建议，也许我们去了，就能找到王船船了。

但黄锅子死活不答应，他找各种借口推脱，先说以前没有来过这里，对柴达木西部的地形不熟悉，不知道骆驼会跑到什么地方，去了也是白去。又说这场风刮得太大了，他的骆驼都给刮害怕了，不敢单独去野外。最后还说他这些天身体不太好，经常肚子疼，走不了远路。

我们用了很多办法，包括正面教育、激将法，小玉知道黄锅子贪财，许诺黄锅子只要带我们走一趟，回到西安后，给他买两条"大前门"香烟。

黄锅子还是不答应，后来焦淑红生气地说他是冷血动物。

黄锅子想了半天后说道："去也可以，不过我已经不是以前那个自由拉骆驼的黄锅子了，而是革命队伍里的人，一切行动要听指挥。只要勘探大队同意，我就带你们走一趟。"他还要拉着我们一块去找马大队长请示。

这个黄锅子心地真不地道，明明是他不想去，却偏偏想出了这个坏主意。

我们只好打消了去找王船船的念头。勘探大队不但不会同意我们女子班去找王船船，还会狠狠地批评我们一顿。前天，派两队人去找王船船的时候，小玉和焦淑红就想去了，结果被齐大姐批评了一顿。齐大姐说："你们都是共青团员，在这关键的时候，要为党、为组织分忧，而不是添乱。"

### 1954 年 6 月 17 日　黑风山　晴

王船船牺牲了。

昨天夜里，司徒队长他们把王船船运了回来。我们都跑去看了。司徒队长说他们是在黑风山以南 40 公里的一个土坡前找到了王船船，找到的时候王船船已经牺牲了。那个时间正是我们缠着黄锅子去找王船船的时间，也就是说，即便黄锅子同意跟我们去找王船船，也已经来不及了。

王船船死的时候，面向着东南方半趴着，手里还拿着半截绳子，从他的姿势来看，他可能发现了骆驼，如果不牺牲的话，他还会继续去追骆驼。

跟司徒队长一块去找人的一个男同志说："王船船是活活渴死的。当时，我们发现王船船已经严重脱水，嘴唇裂开了一道道口子，脖子上很多地方都抓烂了，可能在渴得受不了时，自己用手抓的。"在寻找骆驼的这五天里，王船船一直在追骆驼，大概骆驼离他不太远，他有把握能追回来。他或走或爬，满身的衣服也都磨烂了。

除了江曼和李花花，我们都想看王船船最后一面，因为从进柴达木盆地以来，王船船大部分时间都是跟着我们班的，和我们最熟悉了，但是大队领导不同意，只允许少部分男同志和党员去看王船船，给王船船洗澡和换衣服。

江曼忍不住先哭了，她一哭引得我们也都哭了起来，齐大姐大声说："不能哭，谁也不能哭，现在不是哭的时候。"但是我怎么忍都忍不住，眼泪哗哗地，一个劲地往外流。为什么会发生这样的事？就在几天前，王船船还给我们送水，鲜活的一个人，就因为一场该死的风便轻易地失去了生命。

齐大姐不许我们待在大队部，说我们影响大家的情绪，便把我们赶回了帐篷，并很严厉地批评我们："要奋斗就要有牺牲，世界上什么事情能够不付出代价就能轻易地做成？遇到一点困难，就哭鼻子，是小资产阶级的动摇性，难道哭一哭，王船船就能被哭回来？哭一哭，以后就不会刮大风？王船船虽然只是一个驼工，在冰湖休整的时候，才正式被勘探大队招收为勘探队员，但他的觉悟很高，明知道在大风天去找骆驼有危险，为了保护国家的财产，还是坚决地去了，这说明他的心里装着国家，装着石油，装着我们为之而奋斗的事业，我们都要学习他的这种精神。"齐大姐还说，"王船船是我们来柴达木勘探石油牺牲的第一人，为了纪念他，大队决定后天为他举行追悼会，把他埋在他牺牲的地方。等我们找到了石油，建设了石油基地，我们还要建烈士陵园，把牺牲的人都埋在那里，永远地怀念他们。"

齐大姐还说了很多话，我记不起来了，说来奇怪得很，让齐大姐这么一批评，我的心里不再那么难受了。

齐大姐走了以后，我们商量着想为王船船做点什么。江曼提议我们给他捐点钱，小玉、我、焦淑红、班长都赞同。我愿意把两个月的工资还有野外津贴都捐给他，可李花花不同意，说："王船船是个孤儿，捐了钱只能给他叔叔，但王船船说过，他叔叔对他一点都不好，经常揍他。再说，王船船的叔叔和王船船都在驼队，却不提醒王船船去找骆驼时带上水和干粮，也不陪王船船一块去找骆驼，连最起码的感情都没有，捐钱也是白捐。不如我们给他烧点纸钱，让他在阴间里不受穷。"

但到哪里去找烧纸呢？李花花好像很有经验，她说："没有烧纸不要紧，用我们的卫生纸就可以代替，不过烧之前，要用真的钱在上面压一压，就表示是烧钱了，我在老家时见过。"

我们凑了一些卫生纸，李花花将一张人民币铺在卫生纸上压了一压，然后按照人民币的大小依次铺在卫生纸上按压，压完之后，这些难看的卫生纸就变成了冥币，王船船就可以拿着这些冥币在阴间花了。

刘运兰和小玉本来反对用卫生纸当纸钱烧给王船船，说这是迷信，但李花花说王船船太可怜了，才18岁，好日子都没过过，又无父无母，连个烧纸钱的人都没有，我们再不给他烧点纸钱，他在阴间还要受穷，还是没有好日子过。

李花花的话说得我们心里酸酸的，小玉那么坚强，眼圈也红了，她们便没再反对给王船船烧纸钱。江曼说："我们还应该给王船船送几朵花，开追悼会的时候戴在胸前，外国人送葬是要戴白花的。"我们把随身的东西都拿出来找，找来找去，只有王月儿有一件带红点的白衬衫算是白的。李花花说："布也可以扎成白花。"我们就动员王月儿把白衬衫贡献出来，这一回王月儿很痛快，立刻就同意了。白衬衫铰成片儿，除去不能用的部分，一共扎了十一朵白花。扎白花的时候，江曼开玩笑说："我们死的时候不知道有没有人给我们扎花。"结果遭到大家严厉的批评。除了我和刘运兰，大家都骂她没心没肝。我没有批评江曼，她对我一向很好，我不忍心说她。但是我同意小玉说的话："我们不是来送死的，是来寻找石油的，将来还要亲手建设大油田，亲眼看见这荒无人烟的柴达木盆地变成大油田。"

刘运兰也没有批评江曼，似乎挺赞同江曼的想法。

烧纸的事我们决定今天晚上偷偷地去，若是让司徒队长和齐大姐知道了那可不得了，非得把我们好好批评一顿不可。


**日记链接五：**

## 柴达木勘探大队关于遭遇大风并损失情况的报告

西北地质大队并勘探局：

柴达木勘探大队于1954年6月13日夜遭遇罕见大风，最大风力达10级以上，持续时间16个小时。因当地无植被，风、沙并起，短时间形成沙暴，能见度为零，破坏力极强，柴达木勘探大队所属五个队全部受到沙暴袭击，造成严重损失。

1. 全部 88 顶帐篷，刮倒 45 顶，刮破 12 顶，彻底损坏不能修复 2 顶。

2. 遇风失踪人员 7 人，已经组织出动 6 个救援小组紧急寻找救援。

3. 遇风损失、损坏一类物资（勘探设备）18 件，二类物资（仪表）6 件，三类物资（生活物资）33 件。

4. 遇风走失骆驼 22 峰，马 5 匹。

5. 失踪人员姓名（略）

6. 急需补充一、二、三类物资（略）

······

柴达木勘探大队

1954 年 6 月 15 日

（余小添摘自原西北人民政府勘探局档案 16 号卷）

日记链接六：

## 柴达木勘探大队关于驼员王船船牺牲情况的报告

西北地质大队并勘探局：

柴达木勘探大队于 1954 年 6 月 13 日夜遭遇罕见大风袭击，驼员王船船为寻找遇风走失的骆驼光荣牺牲。

王船船，男，汉族，甘肃省武威县人，现年 18 岁，自幼跟随叔父放驼，熟知骆驼习性。1954 年 4 月随叔父被我大队雇用。

6月成立驮运队后正式招收为驮员。

6月13日夜，大风初起时，由王船船同志管理的6峰骆驼缰绳脱落，顺风走失，王船船同志闻讯后即起身寻找，未向驮队报告，亦未听从其他驮员阻止。至次日中午，驮队始知王船船冒风寻找骆驼一事，认为王船船野外生存经验丰富，可顺利返回，未向大队及时汇报。至6月15日晨，王船船同志仍未返回，驮队才向大队汇报。我们接获报告后，分析王船船同志寻找骆驼时比较匆忙，未带水、粮食，现已一天一夜未回，生命存在极大威胁，立刻成立了2个救援组，由经验丰富的驮员和身体健壮的地质队员组成，带够水、粮、电台，当天即沿西北方向和西南方向寻找。16日黄昏，沿西南方向寻找的救援组发现丢失骆驼6峰，经驮员辨认，系王船船同志管理的骆驼。根据以上情况，大队命令西南方向救援组加大寻找范围，连夜寻找，命令西北方向增援组向西南方向靠拢。17日下午4点，西南方向救援组在一无名山包前发现王船船同志，确认王船船同志已经死亡。死亡原因为干渴导致脱水死亡。

王船船同志作为一名驮员，未向组织汇报，在毫无准备的情况下擅自脱队寻找骆驼，违反了行动纪律。但他的初衷是为了保护国家的财产，寻找骆驼的过程中表现了大无畏的革命精神，且是我大队进入柴达木盆地勘探以来牺牲的第一人，为了鼓舞广大勘探职工的士气，打好下一阶段的勘探仗，我们拟宣布王船船同志为革命烈士，择日召开追悼大会，妥善处理好王船船同志的后事。

王船船同志遇难一事，深刻暴露了我们在勘探工作中存在的严重问题，柴达木勘探大队向西北勘探大队党委做出深刻检查，对相关责任人给予纪律处分。

拟给予以下同志纪律处分（略）

王船船同志后事处理情况（略）

……

柴达木勘探大队

1954 年 6 月 18 日

（余小添摘自原西北人民政府勘探局档案 16 号卷）

# 南八仙

1954 年 6 月 22 日　黑风山　晴

勘探大队决定把我们的后方基地扎在黑风山，因为黑风山虽然不是很高，但在这个无垠的荒漠上，是唯一可以遮挡大风的地方，如果再有前些天那样的大风到来，可以让我们少受损失。同时，那位少数民族老人帮我们在东北方向找到了一片水源，离黑风山只有十几里地，现在我们用水已经不用限制了，当然洗澡还是不行。齐大姐说："等我们的任务完成以后，就带你们到水源地去洗澡。"

王船船的追悼会是前天开的，仪式非常隆重，大队领导致了追悼词，称王船船为烈士，说他是我们的开拓者、先行者。很多人都掉了眼泪。王船船的遗体被埋在了黑风山的脚下。因为我们的条件太差了，没有办法给王船船找一口棺材，只能用一个大工具箱盛殓他。齐大姐说："等我们明年从西安过来的时候，带一口上好的棺材来，重新安葬他。"对不起了，王船船，我们以后会怀念你的，我们要加倍工作，快快找到石油，然后建设基地，然后建成一个大的烈士陵园，让你住进去。

明天，我们将开始进行大风过后的第一次勘探工作。我们女子队的任务是勘探黑风山向南的一片地方，大概有几千平方公里。原来是我们队和二队一起勘探，但这场大风延迟了时间，为了把丢失的时间抢回来，现在决定让我们一个队负责那片地区，要赶在11月冬季来临之前完成任务。

下午的时候，班长刘运兰提议我们到黑风山上去看看我们要去勘探的那片地方。大家爬到山顶上看，那是一片黄色的小土包群，大得没有边缘，一直向南延伸着，似乎有一种淡淡的雾在那儿飘浮，增添了一些神秘感，并给我们带来一种无穷无尽的想象。我们就要投入新的战斗了！

### 1954年6月29日　黑风山　晴

江曼病了。刚出去才3个小时，江曼的胃病就犯了，疼得脸都变了色。江曼还想逞能，说是能坚持，可是我们都看得出来，她根本就坚持不了，结果班长让我骑骆驼把她送回了大队营地。

大队部的医生看了看江曼的病，给了三片药，叮嘱她每隔6个小时吃一次，再喝点热水，休息一下就会好。江曼的胃病是老毛病，吃得冷了、热了都会胃疼。在西安的时候，她就经常胃痛。但是到柴达木盆地以后，江曼好像比以前坚强了，胃痛的时候不再大声地叫喊，都是自个儿咬牙坚持。

本来，把江曼送回来后，我还要回到班里去，但许大队长不让我回去，说一个人在路上走容易迷路。这样，我就有了一下午的时间。这几天真是累了，能够休息一下挺不错。不过想到小玉、班长她们还在魔幻国（这是小玉起的名字）里爬土丘、滚沙子，我的心里还是有一点儿不太好受。不过，有这一下午的时间，我刚好能补补日记，已经有好几天没有写日记了。

现在我来说一说魔幻国吧，回到西安以后，我要把这一段生活讲给妈妈听，讲给我的同学听，让她们知道我已经是一个坚强的无产阶级战士了。

听江曼说我们勘探的这片地方，地质上的名称叫雅丹地貌。千百年来，不，应该是千千万万年来，从昆仑山和阿尔金山交汇处刮来的大风不断地剥蚀着这片土地，因为风怪异的力量，先是在地上吹出一条条深浅不一的沟，然后就像一个能工巧匠把魔幻国变成了一个个特别美丽的造型，有的像一头威武的狮子，有的像一只引吭高歌的公鸡，有的像一条垂头丧气的狗，还有的像一个老人，坐在高高的山上，长久地注视着我们。最奇特的是，前天我们到过一个方圆七八里的低洼地，那里排满了一列列被风切削得相当整齐和精致的山丘，它们或大或小，首尾相连，前后有序，像是一群战舰正在集合，准备投入到战场去厮杀。

整个魔幻国里，没有道路，也没有方向，有的土丘下面是坚硬的泥土地，有的土丘则被厚厚的黄沙所包裹。江曼说，那是因为这里长年不下雨，土壤风化成沙子了。

队长为我们班配备了10峰骆驼，让黄锅子为我们牵骆驼，除了每人骑一峰，剩下的都用来驮设备和工具。我们班的人本来就不喜欢黄锅子，他爱贪小便宜又爱吹牛，而王船船失踪后，他一点阶级感情都没有，任我们怎么说都不肯去找，这让我们非常厌恶他。所以，尽管他是给我们班牵骆驼的，但我们谁也不跟他说话，只有李花花偶尔和他说几句。

我们在魔幻国的勘探工作持续进行了6天，每天都是天还没亮就起身，天黑透了才回来，只能睡五六个小时。进魔幻国勘探，先要骑一两个小时的骆驼，到了勘探的地方，架好设备，做好准备就快中午了，然后取样、绘图、打探洞。魔幻国里有大片大片的沙子，不知道已经累积了多少年，沙子软绵绵的，在上面走路最累人了，差不多走两步就得退一步。说来真的好笑，刚开始的时候，我们走在沙子上还和平时走路一样，后来太累了，遇见小沙丘就手脚并用往上爬。小玉还发明了滚沙子，下坡的时候，抱着头直接滚下去，又省时又不费力，就是太费衣服，大家的衣服差不多都磨破了，每天回去都要补屁股和膝盖上的洞。

我们班的人憋足了劲要当第一名，虽然大家的脸都晒得黑里透红，嘴上都起了一层皮，但没有人叫苦叫累，每天都超额完成任务。班长说："我们多干一点，不但可以在竞赛中拿到优胜红旗，还能早一点完成任务回西安。"不过柴达木真的太大了，到今天，我们班才完成了300多平方公里的地质普查任务，要想把魔幻国都勘察一遍还早得很呢。

昨天，后方的骆驼队给我们送来了粮食，还有很多的信和报纸，江曼一个人就收到20多封信，李花花的小男人都寄来了3封，只有我没有信，妈妈不知道我在哪儿。看见她们都在看家里的来信，我的心里特别难受。到柴达木这几个月，我想了很多很多，也许我不该那样恨妈妈，万恶的旧社会是"人吃人"的社会，妈妈一定有她的难处，所以，我要把几个月前写给妈妈的信给她寄出去，让妈妈别再为我操心。回到西安以后，我还要让妈妈到西安来看我，我真的很想妈妈。

### 1954 年 7 月 7 日　魔幻国　大风

我们遭遇了大风。

那是昨天下午 4 点多起的风。起风前一点预兆都没有，突然间，天空就暗了下来，刚开始风像是浓雾一样，一个波浪一个波浪地涌过来，把天空和沙蚀林都淹没了，很快，天和地马上就变得一片黑暗，能见度几乎为零。被风卷起的沙子像下雨一样密集地从天上扑打下来，让人连气也喘不过来。这场风和 6 月的那场大风一样猛烈，或者比那场风更猛烈。我们谁也没有见过，大家都吓坏了，一个个东躲西藏的。

幸好昨天齐大姐在我们班跟班工作，她比我们镇定得多，和黄锅子一块儿把骆驼围成一个圈，让我们躲在中间避风。有骆驼挡着，好像风就小了一点，但我们仍然被吹得东倒西歪，而且狂风刮在魔幻国里还发出一阵阵怪叫声，狼嗥似的，吓得我浑身发抖。若是我一个人，可能都吓死了，这一夜都不知道是怎么过去的。

天亮的时候，风小了一些。但我们遇到麻烦了，骆驼在大风里跑掉了 5 峰。它们是什么时候跑的，怎么跑掉的谁都不知道。齐大姐让黄锅子检查一下骆驼驮的东西，一会儿，黄锅子红着眼睛向齐大姐报告，没来得及卸下的两件大衣、一台水平仪被骆驼带走了。

趁着风小了，齐大姐带着我们沿昨天来的方向回黑风山大队部。我们走的方向应该不会错，虽然天是灰蒙蒙的，但太阳的光线还是能看清楚，可是这个魔幻国实在太奇怪了，怎么走都找不到昨天的路。我们走了那么久，早就该走到昨天进魔幻国的入口处了，可是一直走到中午也没有找到昨天的入口。

黄锅子是拉骆驼的，开始他信心十足爬上爬下，到沙蚀林的高处去找出口，告诉我们该怎么怎么走，但每一回按他说的方向走，都走不出去。每一次他都会说，过了这片沙蚀林就能看到平地了，可是走出这片沙蚀林后才发现我们又进入了另一片更大的沙蚀林。过了中午，他哭丧着脸对齐大姐说："齐指导员，大风把这里的地和路都改了，我们迷路了。"

听了黄锅子的话，我的心很重地哆嗦了一下，看看别的人，大家的脸上也都一下子严肃起来，只有齐大姐和平时一样，脸上没什么变化。齐大姐想了想，决定让我们休息。

不算昨天走的路、昨天晚上的大风，仅今天我们已经整整走了六个小时，我觉得腿都走麻木了。听到休息的命令，大家赶快坐到地下，刘运兰和李花花她们吃干粮、喝水，我连干粮也不想吃，歪着身子就睡着了，醒来的时候已经是下午4点钟，太阳都西斜了。

齐大姐准备带着我们继续找回去的路，可是要走的时候她又改了主意，让我们就地宿营，说天太黑了，而我们又太累了，走也走不出去，留着体力明天再向外走。

我们没有带帐篷，只能露宿在沙地上了，因为大衣被骆驼带走了两件，我和小玉合盖一件。

"大家不要紧张，队部会很快派人来找我们的。"睡觉的时候齐大姐说。齐大姐的话让我安心了很多。是的，勘探大队一定会派出好几路人马来找我们，就像找王船船那样。

脚疼得特别厉害，肯定是脚上打泡了，等会儿我要让小玉帮我把它们挑破，不然，明天就没办法走路了。

### 1954 年 7 月 9 日　魔幻国大山洞　晴

我们陷在魔幻国里出不去了。

整整两天，我们都在魔幻国里不停地走来走去，向南、向北、向西、向东寻找出口，任何一个我们觉得有希望的方向都尝试过了，可就是找不到出去的路，甚至我们自己也不知道现在身在何处！

昨天下午，我们来到了这个地方，这是一座很大很大的沙蚀林，它向南的方向有一个大洞，不知道是什么时候形成的。洞内有十一二米长、两米多宽，洞的中央有一道长长的缝隙，能把光线透进来。齐大姐决定不再徒劳去找出口，就留在这里等待大队的同志来救我们。

即使齐大姐不做决定，我们也都走不动了。迷路三天以来，我们一直不停地在魔幻国里走，走了多少路已经分不清了，每个人的脚上全都打满了泡，头天的刚挑完，新的又生出来了，连革命意志最坚定、最能走路的焦淑红也都走不动了。昨天早上她对齐大姐说："让我们休息半天吧，休息好了我们再走。"而江曼和王月儿因为走不动路，已经被齐大姐严厉批评了好多次。

留在这里不走的另一个原因可能是齐大姐已经察觉到所有人对寻找出口失去了信心。昨天以前，大家还信心满满的，可是从今天早上开始，大家就产生怀疑了。在齐大姐带领我们翻一座沙蚀林的时候，王月儿和李花花不走了，她们说走也是白走，还不如休息一会儿。甚至，李花花还顶撞了齐大姐。另外，小玉也和黄锅子吵了一架，小玉说道："黄锅子你带路带得不好，尽让我们走冤枉路。"黄锅子辩解道："这个地方我也是头一次来，情况并不比你们熟悉。"小玉揭他的老底，说："黄锅子你曾经说西北几省熟悉得就跟进自己家一样，为什么现在不熟悉了？"黄锅子无话可说，转而攻击我们的勘探计划，说："你们到魔幻国里搞勘探是异想天开。"焦淑红和我加入战团，帮着小玉吵架，但只吵了几句，就被齐大姐制止了。

到了大山洞，齐大姐带着班长、焦淑红把勘探用的最大的一面红旗插到我们旁边最高的一座沙蚀林上。这座沙蚀林最少有七八十米高，在晴朗的天气下，几公里外都能看见。

魔幻国里的白天特别长，休息了很久，太阳还明晃晃地挂在天空。洞里不太热，半倚着洞壁坐着还有点凉丝丝的感觉，比起这几天在沙漠里奔波找路，现在真可算得上是神仙日子了。

美中不足的是，中午的时候我已经把分配给我的干粮和水都吃完喝干了，口渴得要命。我想好了，明天给我分配水的时候，我不能一次喝完，要分成十次喝哩。

正口渴的时候，江曼姐叫我，没想到她把自己的水壶递给我说："我还剩下点水，给你喝两口。"我感动得一下子哭了。

其实江曼姐是最可怜的,她平常娇气,这回连续走了好几天的路,可把她折腾惨了。她的脚也是磨得最烂的,脚上包了两层纱布,血水还在往外渗,整个人也都变形了,好看的大眼睛一下子凹下去一大块。现在水是最宝贵的,我怎么能喝她的水呢?

可是江曼姐硬要我喝,她说:"春桃,你会写日记,喝了水后把咱们这几天的事记下来,等见到向建国的时候,让他也看看。"说着她就把水壶硬塞进我的嘴里,我没敢多喝,只喝了一小口,可是就这一小口水却让我的喉咙一下子湿润了。

这时候,我听到江曼问齐大姐:"指导员,我们要在这里等几天?"

"快了,明天就能回去,最慢不会超过五天。"齐大姐又说:"你们想想,咱们已经迷路三天了,马大队长他们不知道怎么着急呢,他们肯定放下了一切工作,来找咱们呢。说不定呵,来找咱们的人就在十里八里之外。"

齐大姐说得很轻松,她这么一说,我的心里好像不那么难受了,但愿齐大姐说得对,救我们的人就在十里八里之外。

"过了5天还没人来救,我们会不会死在这里。"王月儿忽然问了一句。

"不会!"小玉抢着说。她瞪了王月儿一眼说:"咱们是搞勘探的,任务还没有完成,怎么就会死?"

"小玉说得对。咱们辛辛苦苦到这没有人烟的地方来,为了什么?是为了给国家找资源,才走了这么一小片地方,怎么能轻易地死。你们看我这个皮包,里面是咱们半个多月的勘探资料,这个包包都没有交大队部去,死了能甘心吗?"齐大姐笑着说。

齐大姐这几天瘦了许多，她最辛苦了，为了找出口一直跑前跑后，比我们谁走的路都要多。骆驼没有跑完之前，我们都能轮流骑一会儿，齐大姐却从来没有骑过。

"我看不一定，这个鬼地方就跟迷宫一样，大队部的人来了也不一定能找到咱们。"黄锅子在洞口阴沉沉地说。

"那怎么办？"李花花和王月儿齐声问。

"没办法，说不定我这把老骨头就扔在这里了。哼！哼！"

王月儿"哇"的一声哭了，跟着李花花也哭了，然后是江曼，我的鼻子忽然也酸了。

"好了，你们真是孩子，老黄师傅跟你们开玩笑，你们就当真？他骗你们呢！"齐大姐的声音异常严厉。她又说道："从现在开始谁也不能说话，大家要养好精神，要以好的精神面貌等待明天大队部的救援。"

日记链接七：

## 柴达木勘探大队关于队员失踪的紧急报告

西北地质大队并勘探局：

柴达木勘探大队于 1954 年 7 月 7 日发生一起人员失踪事件，"西北红色女子勘探队"所属 8 名女勘探队员和 1 名驼员失踪。

当日，"西北红色女子勘探队"一班进入柴达木西部距勘探营地约 30 公里的区域进行地面勘探，下午 4 时至 5 时遭遇强沙尘天气，两天来未能回归营地。

该班编制 7 人，配属驼员 1 人，骆驼 10 峰。该班失踪时，队党支部书记、政治指导员齐桂香在该班跟班工作。

该班失踪地区为 2 万平方公里的雅丹地形区域，区域内主要组成物为沙蚀岩林和黄沙，无道路，无植被，无水源。气候干旱多变，6 级以上风力即可形成沙暴。地形特殊不易分辨，可参照物少，极易造成迷路。由于该班主要承担近距离地面勘探工作，未给该班配备电台。

该班成员全部为 1952 年至 1953 年招收的社区知识青年，有较高的文化水平，经过一年的培训教育，思想进步，工作积极性高，思想上对艰苦环境有一定认识。随班工作的队党支部书记、政治指导员齐桂香同志参加过解放战争，有丰富的革命工作和艰苦条件下工作的经历，意志坚定，能够成为失踪人员的核心。配属该班的驼员黄三锅有较为丰富的野外生存经验，对辨认地理地形有一定能力。此外，该班以野外应急勘探标准配备被服和 7 日的饮水和干粮，短期内不会发生重大危险。

综合以上情况：我们对失踪人员救援做如下处理：

1. 协助该班自行脱困：着"西北红色女子勘探队"其余 6 个班停止勘探工作，带够饮水、粮食，以班为单位分赴失踪区域各入口，白天登高瞭望，晚上点燃篝火指示方位。为防止新的失踪事件发生，不允许进入失踪地域寻找。

2. 从地质一队、三队各抽调干部职工 6 人，驼运队有经验的驼员 4 人，骆驼 22 峰，电台 2 部，组成两个救援小组，由一队队长和三队队长负责，分别从东西两个方向进入失踪区域寻找失踪人员。

3. 为应对意料不到的情况，制订更进一步救援方案。

……

柴达木勘探大队

1954 年 7 月 9 日

（余小添摘自原西北人民政府勘探局档案 16 号卷）

## 1954 年 7 月 10 日　魔幻国　晴

今天早上天刚亮，齐大姐就把黄锅子叫起来，给了他一点水和干粮，派他骑着我们剩下的唯一的骆驼再去探路和联络大队救我们。齐大姐交代黄锅子一直向北走，因为那是我们来时的方向。齐大姐没有说走几天，找不到出口怎么办，黄锅子居然也没有问。迷路后，黄锅子天天拉着阴沉的脸，讲怪话，有时还大吵大闹，散布悲观情绪，根本不与我们团结起来，昨天还引得王月儿和李花花哭了一场，可这回他倒很痛快地接受了任务，给骆驼喂了一点草料，骑上骆驼就走了。

我们都到山洞外去送他。江曼拦在骆驼前，说："黄锅子你见到向建国让他快点来救我们，我们都快急死了。"王月儿说："黄大叔你三天就回来行不行，你一定要快点回来。"小玉说："黄锅子，你要能探到路，我们集体给你请功。"

黄锅子一一应承，催动骆驼就走了，虽然我们都对他充满希望，可是在他的身影消失在一座大沙蚀林之后，我还是感到了一丝异样的难受，就像谁在我的心口上抓了一把。

我们在山洞外站了很久，大家的眼睛都望着沙漠上那一行骆驼留下的蹄印，也许每个人的心可能都和我一样，被谁抓了一把。

"班长，你说黄锅子能不能找到回去的路？"李花花没头没脑地问了一句。

"不一定，他带着我们东走西走好几天，根本就找不着路，难道他一个人就能找到路？"班长刘运兰说。

"我看他人品不好，找到了路也不会回来救我们，自己就跑了"。焦淑红说。

"齐大姐，咱们不该让他一个人去找路，他把咱们的骆驼骑走了，马大队长找到我们，我们连驮东西的骆驼都没有了。"小玉说。

"好了好了，大家都别说话了。咱们现在的任务是保存体力，等马大队长来救我们。"齐大姐阻止大家说下去。过了一会儿她又说道："这几天咱们到处找回去的出口，都没有找到，把大家累得都走不动路了，不如在这里休息，能争取更多的时间。老黄师傅虽然没有来过这里，对地形也不熟悉，可是他是拉骆驼的，见的比我们多，总比咱们的经验丰富，他骑着骆驼一个人去找路也比我们走得快，大家说对不对。"

我们没有再吭声。齐大姐说得有道理，在沙漠上骆驼比人走得快多了，骆驼走几个小时的路，人一天也走不完。

不过，我还是有点相信焦淑红的话，黄锅子的人品就是不好，找到了路只会自己逃命，根本不会管我们，可惜的是他把我们唯一的骆驼给骑走了。

原本我们有 10 峰骆驼，刮大风的那天跑丢了 5 峰，还带走了我们不少的东西，前天晚上休息的时候，又跑丢了 3 峰，这完全怪黄锅子，他没有看好骆驼，自己一个人睡觉。剩下2峰，我们千叮咛万嘱咐，黄锅子还是没有看好，昨天晚上又跑了1峰，小玉批评他，他还很有道理地说骆驼没有吃没有喝，当然想跑了。

我猜想也有可能是齐大姐故意让他走的。这几天他不停地发牢骚，说些让人不高兴的话，说我们走出去的希望不大，又说他不该跟着我们出来挣一天三元钱的脚力。不跟我们出来，这会儿他正在家吃油饼、喝茯茶水，过好日子呢。他在这里太影响我们的情绪。另外，他还不太听齐大姐的话，前天我们找出口的时候，齐大姐让他再向南走走，他就是不听，还和齐大姐嚷了起来，每次都是齐大姐让着他。

回到山洞里，齐大姐带着我们把水和粮食清点了一下，每天进行定额分配。这次我们出来勘探，带了不少的水和干粮，可惜迷路的前两天用得多了点，尤其是水用得最快。这个可恶的魔幻国，一点儿阴凉地都没有，人最容易渴了。

清点后，还有将近20斤饼子，一大一小两只水桶，大桶里的水还有一多半，小桶里是满的，可能有30多斤水。齐大姐说："为了等待救援，要做最坏的打算，这些水和干粮要分成10天的用量，每天由我来分配。"齐大姐还叮咛我们，"魔幻国里最容易脱水，为了保持体力，减少水分消耗，大家尽量都不要活动，尤其是白天不要出去，就在洞里躺着。"

齐大姐说我们的水和粮食要用10天，那么10天以后呢？哎呀，我不要胡乱猜想了，10天以后，我们当然回营地了，可能根本就用不了10天。

## 1954 年 7 月 11 日　魔幻国大山洞　晴

江曼病了。

江曼可能前两天就已经病了。这两天我们的心情又紧张又害怕，谁也没有发现，直到昨晚下半夜她一个劲地喊冷，我们才发现她的身上烧得跟火炭似的，身体不停地打着哆嗦。我们把两件大衣，还有自己的衣服给她盖上也不管用，黑暗中我们看不见她的脸，但她喘气的声音就像拉风箱一样，听得清清楚楚。

我们一点办法都没有。这个时候到哪里去找药？真是急死人了。齐大姐也没有办法，只能给她多喂点水。天亮的时候，江曼好了一点，好像不太发烧了。她说："现在身上不冷了，就是头沉得很，好像戴了一顶很重很重的帽子。我吓着了你们了，我保证我的病很快就会好起来。"

我们庆幸江曼的病好了起来，还想办法让她吃了两口饼子。可是才过了中午，江曼的病突然又严重起来，不停地喊冷。我们围坐在她身边，不知道该干什么好。

后来，她要找小玉。

虽然齐大姐规定大家白天都不要到外面去活动，但小玉和焦淑红一大早就轮流着爬上插着红旗的沙蚀林去瞭望，说救我们的人找我们，我们也要找他们。

我赶快把小玉叫了回来。

"马大队长他们来了没有？"江曼问。她的脸已经烧得通红了。

"快来了，他们正向我们这边赶过来。"小玉装作信心十足的样子说。

"他们什么时候到，怎么还不来？"

"明天。明天他们就到了。"齐大姐飞快地接了一句。

"那小向呢，他来了没有？"

"来了，向工程师走在最前面，他要第一个把你救回家呢。"

江曼的脸上浮出了笑容。她闭上眼睛，低声说："那好吧，我等他们来。"

我的心像刀子割着一般疼，赶快跑到洞外去，忍不住哭了起来，我知道我不该哭，可是眼泪怎么也止不住。

李花花和王月儿不知道什么时候已经跑到了洞外，李花花满脸都是泪水，王月儿也小声地哭着。

李花花拉着我的手，抽泣着说："春桃，江曼要死了，她的病好不了，咱们也要死了，回不了家了。"她一说，我更忍不住了，结果我们三个人哭成了一团。

这时候齐大姐出来了，小玉也出来了。小玉冲着我们嚷起来："你们几个人就会添乱，江曼都病成那样了，不想想办法，就在这里哭，江曼听见了怎么办？"

齐大姐没有狠狠地批评我们，她轮流叫了我们的名字，说："我们现在确实很困难，找不到回去的路，水和粮食也不多了，江曼又病得非常厉害，这样困难的局面，不要说你们，就连我也没有遇到过。我们怎么办，在这里悲观失望，在这里哭？我想，悲观失望没有用，哭也没有用。越是困难的时候越是需要我们增强信心，团结起来共同面对困难、克服困难。我相信组织，相信马大队长他们一定会来找我们，我们还是要有信心，好不好？现在大家都回到洞里，保存体力。"

说完这话，齐大姐又说："春桃，你喜欢记日记，那你就把这几天我们战胜困难的情况记下来，让别的同志们知道，虽然我们只是几个女同志，但我们照样有战胜困难的信心和勇气。"

日记链接八：

## 柴达木勘探大队扩大搜寻失踪队员的报告

西北地质大队并勘探局：

柴达木勘探大队 1954 年 7 月 7 日发生人员失踪事件，经过我们连续 3 天的搜寻，截至 7 月 11 日，未能找到失踪的 8 名女勘探队员和 1 名驼员。

1. 负责外围接应的"西北红色女子勘探队"所属 6 个班 3 日来在 11 个出口点上连续登高瞭望，燃烧篝火指示方位，未取得效果。

2. 救援一组由失踪地区西部进入搜寻，纵向进入 10 公里至 15 公里，横向进入 30 公里至 40 公里，未发现失踪人员。

3. 救援二组由失踪地区东部进入搜寻，纵向进入 20 公里至 25 公里，横向进入 60 公里，亦未发现失踪人员。

4. 据两个前方救援组报告，失踪人员地区地形复杂，道路难行，目视障碍物多，救援人员体能消耗巨大，致使救援工作进展缓慢，目前两个救援组仅能进行点、线状的搜寻，无力扩大搜寻范围。

5. 根据对失踪人员失踪前工作区域的了解，我们判断失踪人员在大风后迷路，离开原地，误向其他地区前进。因此，有进一步扩大搜寻范围的必要。

6. 根据失踪人员所携饮水、粮食的基本情况，今后3天至4天是救援的最关键时期，有扩大搜寻范围及搜寻密度的必要。

7. 我们决定将地质一队、三队的全部人员抽调出来，与驼运队大部混编为12个搜寻小组，最迟于明日（12日）出发，进入失踪人员地区搜寻。

8. 将原定于纵深30公里，横向70公里的搜寻地域扩大为纵深60公里，横向110公里。

9. 负责外围接应的"西北红色女子勘探队"所属6个班3日来在11个出口点上继续登高瞭望，燃烧篝火指示方位。

10.（略）……

柴达木勘探大队

1954年7月11日

（余小添摘自原西北人民政府勘探局档案16号卷）

日记链接九：

## 西北地质大队给柴达木勘探大队特急电

柴达木勘探大队：

得知失踪的8名女勘探队员及1名驼工仍未回来的情况，甚为焦急，勘探局焦副局长今日亲临我大队，听取情况报告，并就如何在最短时间内救出失踪队员做出指示。根据勘探局领导指示和你们的实际情况，现就搜寻救援工作做如下部署：

1. 由王副大队长带领工作组携带勘探局下拨的 10 部电台今日出发，到后协助你们开展搜寻救援工作。

2. 同意你大队制订的进一步搜寻救援方案，关键要把抢时间放在第一位。

3. 应抽调后方一切人员，在保障必要的运输条件下，组成更多的救援小组参加搜寻救援。

4. 你大队领导除留 1 人在营地进行坐镇指挥外，其余全部到第一线指挥和参加搜寻救援。

5. 要采取有力措施，动用一切手段，防止搜寻救援组发生二次失踪事件和人员伤亡事件。

6. 已经抽调新疆勘探大队有野外生存经验的职工 30 人，连夜赶赴你处，协助搜寻救援。

7. 各小组搜寻救援情况汇总后，每日电报我大队一次。

8. 要进行充分的思想动员，务必使全部救援队员谨记，积极开展搜寻救援工作，尽快救出我们的姐妹是对党忠诚、对革命事业负责、对自己姐妹深厚的阶级感情的具体体现。

西北地质大队

1954 年 7 月 11 日夜

（余小添摘自原西北人民政府勘探局档案 16 号卷）


## 1954 年 7 月 12 日　魔幻国　晴

今天我们陷在魔幻国里整整七天了。

今天是我最悲伤的一天，因为江曼牺牲了。从江曼牺牲到现在，我的眼泪一直都没有停止过，我不相信江曼真的走了，真的离我们远远而去了。

昨天晚上，李花花说有一种土办法，给她手指头放放血，就能减轻她的发烧，我们当时就用针刺破她的10根手指放了血，可是并没有明显的效果。这一夜，江曼都在发烧，身上像火一样，有时还说胡话。半夜时分她叫小玉和我，说她快要死了。我赶快安慰她，可是没说两句，眼泪一下子流了下来。我担心、害怕，江曼病得这么重，又没有药，难道她真的会死？小玉在黑暗中狠狠地扯了我一把后对江曼说："江曼姐，你怎么胡思乱想了，就是发了一点烧，明天就好了。你可要坚持住，我们的勘探任务还没有完成，怎么能死了？你好好休息，明天马大队长把我们救出去，我们班还要继续搞勘探拿红旗呢！"

江曼好像听进去了小玉的话，不再吭声。可是她烧得更加厉害了，我们给她喂水她不喝，跟她说话，她也不答应。天亮的时候，李花花说："江曼姐的病太重，只放一次血，毒气还排不干净，要放第二次血。"齐大姐同意了，正当李花花做准备的时候，江曼忽然清醒了，看着我们还笑了一下，小玉拿起水壶想给她喂点水，却让她给推开了。她说："班长、花花、小玉、春桃、小焦、月儿，你们跟着指导员一定要好好地坚持下去，回去的时候，代我给小向捎个话，说我好想他。还有，每年给我烧几张纸，别把我给忘了。"

我忍不住失声痛哭，小玉、李花花……山洞里哭声一片。

江曼说："你们别哭，别哭。"转头对着齐大姐说，"指导员，以后，不要把我一个人留在这里，一个人我害怕。"

齐大姐的脸上挂满了泪水，哽咽着说："江曼，你不要胡思乱想，一定要坚持住，我们很快就能回去，回你家。"

这时，江曼的脸颊上突然滚落下来几滴泪水。"我回不了家了，回不了家了！"她连说两遍，然后把眼睛紧紧闭上了。

这一天是怎么过来的，我都记不清了，只记得我们一直在哭，一直在流泪，一直……

下午的时候，齐大姐说："我们不能把江曼留在山洞里，会影响我们的情绪，也不能让江曼曝晒在太阳底下。"最后决定暂时把江曼埋在我们避风的山洞边上。我们费了半下午的时间，才挖出了一个浅浅的坑，把江曼埋了进去，然后，又堆出一个小坟包。齐大姐带着我们给江曼三鞠躬。齐大姐说："江曼同志，你安心地走吧，你为柴达木勘探做出的努力和贡献，我们都不会忘记，我们也不会让你一个人孤单地留在这里，我们向你保证，将来，我们一定会把你运回去，运回你的家！"

我不敢和江曼说话，因为一说话我就会哭，只能在心里向她告别："江曼姐，我保证，回到基地见到向建国，一定会把你捎给他的话带到，还要告诉他，你走的时候是多么想他！"

## 1954 年 7 月 13 日　魔幻国大山洞　晴

王月儿昨天晚上偷偷跑了！

真是让人震惊万分，我们谁都想不到，王月儿能够脱离集体自个儿偷跑，齐大姐可能都没有想到。

王月儿什么时候跑的，谁都没有察觉，估计是天快亮的时候。刘运兰说："天快亮的时候，迷迷糊糊觉得有人出去了，我以为是谁出去解手。"

早上我们醒来后，才发现王月儿不见了。她偷跑的痕迹特别明显，沙滩上一溜歪歪斜斜的脚印指向南边，那也是黄锅子骑着骆驼走的那个方向。

更加可恶的是，王月儿带走了一壶水和几块饼子，使剩下的水和干粮更少了。

小玉提议去追，她估计王月儿出走的时间不超过3个小时。她说："王月儿的体质没有我好，走得慢，让我去追的话，下午就可以追上。"她的提议得到了我和焦淑红的响应，焦淑红还愿意和小玉一块去追。

但是齐大姐不同意。小玉急了，大声嚷嚷说："齐指导员，是不是你也害怕我跑了？我就是死也不会离开组织！"

齐大姐摇摇头，说："小玉，你走不了那么远，我怕你人没有追上，自己连回来的力气都没有了。咱们几个人在一块儿等救援，比追王月儿的希望还大一点。"

"那我们就任由她这么走了？"焦淑红狠狠地跺着脚。

"将来再见到她，我一定要狠狠地批评她一顿。她算什么勘探队员，当逃兵不算，还把我们的水和粮食也拿走了。"小玉气愤得很，齐大姐不让追，她也不肯坐下来休息，在洞口外走来走去。我真佩服小玉，这几天我们都喝一样多的水，吃一样多的饼子，我的身上软软的，没有一点力气，她却还想去追王月儿。

"我提议将来回到基地以后，把王月儿开除出我们班，最好开除出勘探队。"焦淑红的情绪也特别大。

我能理解焦淑红，她是想让王月儿留下来。昨天，她还把自己的水分了一点点给王月儿喝呢。我们班，除了小玉，我第二个佩服的人就是焦淑红，她说话不多，可是最能干了。我们陷在魔幻国里的这几天，大家都累得很，那些杂七杂八的活都是她来干。尤其是昨天埋江曼的时候，那个坑大部分都是她和李花花挖的，凭我的力气，可能三天也挖不出来。

"也许，王月儿就能找到出去的路，也许明天就能回到基地也不一定。"李花花说了一句。

"她绝对找不到路，说不定现在已经后悔了。"焦淑红反驳。

"那谁知道？我们进来才走了半天的路，要是走对了路，最多一天就能回去。"李花花说。

"花花姐，你这么说不对，王月儿是贪生怕死，无组织无纪律，就算她能一个人回去，也是可耻的。"小玉接上话说。

"好，算我贪生怕死，你们谁不贪生怕死？谁想死在这里？"李花花一反常态地大声嚷嚷起来。

李花花、小玉、焦淑红三个人吵起了架，连齐大姐都劝不住她们。直到齐大姐让小玉和焦淑红到山洞外面去看一看，吵架声才停了下来。

李花花平时挺害怕齐大姐的，但现在好像不太怕了，也许是救援的人迟迟不来，她害怕了，我真担心李花花像王月儿一样，与我们不辞而别。

王月儿，唉！王月儿真的不应该一个人跑了，我们是一个集体，大家在一块都那么长时间了，她真能狠得下心。不知道她现在哪里？在这沙漠里，她一个不害怕吗？

天阴沉沉的，好像又要刮大风了。

## 1954年7月14日　魔幻国　大风

昨天晚上又刮了一夜大风，到现在风还没有停下来的意思，整个天空昏沉沉的。

黄锅子探路没有消息，江曼死了，王月儿跑了。现在，我们的心情就像外面的天气一样沉重得让人喘不过气来。

焦淑红想救援队伍都想迷了。今天早上，天还没有亮，焦淑红就把我们推了起来，说是救援队来了，有人叫她的名字，叫齐大姐的名字。我们赶快起来听，可除了风声什么也没有听到。焦淑红又自告奋勇到外面去看，过了一会儿，垂头丧气地回来了。说："外面的风太大，我什么也没有看到。而且我们插在沙蚀林上的红旗也被风刮走了。"

救援队到现也没有来，谁也不知道他们什么时候来，谁也不知道他们还来不来救我们？

齐大姐说救援队肯定会来。从我们被陷在魔幻国里，齐大姐就坚持说救援我们的人一定会来。现在她说得更勤了，而且每次说的时候，都显得特别坚决。齐大姐给我们举了很多例子，比如前段时间有个队被困住后，整个勘探大队停下手头的工作，全力以赴救援，结果把人都救了回来。还有一个队与大队部失去联系19天，最后也都安全回来了。

小玉和焦淑红对我们能最终走出可恶的魔幻国充满信心，焦淑红估计有3支救援队在找我们，她还估计黄锅子已经与其中一支甚至是两支救援队会合，正带着他们朝我们赶来。小玉估计得更乐观一些，说是起码有5支队伍在找我们，离我们最近的也许不到10公里。但她对黄锅子不抱幻想，认为黄锅子肯定会逃回自己的热炕头。

刘运兰对救援队的事不表态，每次齐大姐说救援队一定会来的时候，她的头总是向着别的地方。我看得出来，她不相信齐大姐的话，而且昨天晚上我好像感觉到她哭了。

李花花不相信救援队会来。她说："基地离我们不太远，我们只走了半天就进了魔幻国，救援队要是来的话肯定早就来了，为什么我们在这里等了10多天，也没有见到他们的影子。"

我愿意听齐大姐的话，真盼望马大队长快来，现在我闭上眼睛就能看见好多好多的人正从四面八方朝我们跑来，他们带了很多的水，很多的干粮，还有又大又红的苹果。但李花花的话又让我害怕，她说的也有道理，要来，马大队长他们早来了，为什么到现在还不来？

下午，风停了，齐大姐又拿出一面勘探用的小红旗，说："我们还是要把它插在沙蚀林上，让救我们的人远远能看到。"齐大姐想自己去插旗，我们没有让她去，她比我们谁都虚弱。李花花不去，她说："插了红旗也没有用，反正没有人来看。"最后是小玉、焦淑红和我去插旗。我们的身体实在太虚弱了，50多米高的沙蚀林我足足用了半个小时才爬上去，小玉夸口说她的体力好，也用了20多分钟呢。插好红旗，我们差不多连滚带爬才下来，身上都被汗浸透了，现在我补这一段日记时手都在发抖。

日记链接十：

## 柴达木勘探大队给西北地质大队急电

西北地质大队：

今日清晨 5 时 45 分，第 8 搜寻小组报告在一无名山包前发现 8 名女勘探队员的遗留物，计有标本箱 11 个，帐篷 1 顶，水平仪 1 个，无水的水桶 2 个，女勘探队员用小镜子 1 个。所有遗留物品呈半圆形规则摆放。

11 时 23 分，第 11 搜寻小组报告，在一无名山包前发现 3 具倒下的骆驼，经检查已经死亡 1 天以上。此地距女勘探队员遗留物直线距离约 100 公里。

根据以上情况，我们判断如下：

1. 发现遗留物品之处，可能是 8 名女地质队员遭遇大风的第一现场，因随行骆驼跑失，在进行自救时，遗留于该地。

2. 3 具倒下的骆驼系遭遇大风时自行跑散，在沙漠中干渴而死。

3. 搜寻救援目标初步明确，应在遗留物品方圆 50 公里范围内加强搜寻。

据此，我们拟采取以下措施进行搜寻救援。

1. 新疆勘探大队增援的 30 名职工昨日晚已经到达，我们拟将他们分成两个小组，先后出发到失踪女勘探队员遗留物品地参加搜寻救援。

2. 除第 11 小组继续在原地进行搜寻外，其余小组全部抽调到失踪女勘探队员遗留物品地参加搜寻。

3. 因难以估计失踪女勘探队员采取自救措施时向何方向出发，为保证万无一失，搜寻工作以女勘探队员遗留物品地为原点，分向东南西北进行搜寻。

4. 女勘探队员遗留物品地的地形更为复杂，目前的救援力量仍感不足。

5. 救援骆驼损失情况（略）

6. 物资缺少情况（略）

柴达木勘探大队

1954 年 7 月 13 日

（余小添摘自原西北人民政府勘探局档案 16 号卷）

日记链接十一：

## 勘探局给西北地质大队并柴达木勘探大队特急电

西北地质大队并柴达木勘探大队：

得知发现 8 名失踪女勘探队员遗留物，已经初步锁定失踪人员地域范围，甚慰。今日勘探局向西北人民政府 × 副主席就失踪人员一事进行了汇报，× 副主席对失踪人员表示关切，对救援人员艰苦搜寻表示慰问，指令要在最短时间内及时找到失踪人员，并分令青海省政府、驻军大力协助搜寻工作。根据 x 副主席指示和你们救援中的实际困难，部署如下：

1. 已经商得西北军区同意，由驻军骆驼兵团紧急抽调200人赶往你处参加搜寻。

2. 已经商得青海省政府同意，由青海省政府抽调人员、物资及时运送到你处。

3. 勘探局希望广大救援人员克服困难，自明日起，三日内找到失踪人员。

4.（略）

西北人民政府勘探局

1954 年 7 月 13 日夜

（余小添摘自原西北人民政府勘探局档案 16 号卷）

## 1954 年 7 月 15 日　魔幻国　晴

王月儿把我们的水和干粮带走了一点，加上这几天的消耗，剩下的水和干粮已经不多了。齐大姐说："按最坏的情况打算，我们还能坚持 4 天，我把水和干粮重新分配了一次，每个人每天可以分到三大口水和两口干粮。"

这三大口水和两口干粮能让我们坚持 4 天吗？困在这里这么多天，缺粮少水，每个人都筋疲力尽了，我真怀疑我还能不能等到第 4 天。最主要的是，4 天内救我们的人就能来吗？

对我来说，饿还是其次，主要是渴得受不了。在江曼牺牲以前，我们每天还有半斤水喝，虽然也渴，但是活动少，也渴不到哪里去。从前天开始，齐大姐说要坚持更长时间，把每个人喝的水减少了一半，这下子就开始感觉到渴了。尤其是昨天我们爬了一趟沙蚀林，出了一身汗，就更加渴了。我的嘴角已经起了很多泡，喉咙里好像塞进了很多沙子，眼前还老是出现水的幻觉，睡觉的时候，也净做喝水的梦。而且，我连眼泪也没有了。昨天晚上，我又担心又害怕，还想妈妈，就悄悄地哭了，但哭了半天才发现，只有很少的一点眼泪。过去的我可不这样，我要真的哭，眼泪会流很多。

今天早上，小玉和焦淑红也渴得受不了了，她俩商量着到什么地方找点水。小玉说："往地下挖，说不定能挖到水，挖不到水，能挖到湿沙子含在嘴也能解渴。"可是她也只能这么说说，纵然地下有水，我们也没有力气去挖了。后来，焦淑红想了一个办法，学习志愿军，互相喝尿。

齐大姐很支持，说："这是一个办法，能减轻干渴。"小玉拿出了她的饭碗，让我们往里尿，我们的尿也不多了，5个人的尿还没有接满一碗。小玉虽然胆子很大，可是她要带头喝的时候还是犹豫了，结果齐大姐端起来先喝了一口。有人带头，小玉就不犹豫了，喝了一大口。焦淑红跟着喝了，我犹豫了好一会儿，跟着也喝了一口，说起来很奇怪，这么脏的尿，喝进去并没有多难喝，反而很自然地就咽了下去，嗓子里还有点清凉的感觉。一碗尿被我、齐大姐、小玉和焦淑红很快喝完了。

记得在西安的时候，听志愿军英雄做报告，说他们在上甘岭渴的时候都喝了尿。当时我们表过决心，说为了祖国的勘探事业，我们宁可喝尿，现在我们实现了我们的誓言。

刘运兰只往碗里尿了，但不喝，她说她喝不下去。

李花花既不往碗里尿，也不喝。

### 1954 年 7 月 16 日　魔幻国　晴　大风

又是该死的风，虽然没有前几天的风那么大，可是仍然卷起了漫天的沙子，山洞里也吹进了很多沙子，在我们的身上落了一层。

今天，小玉的情绪很好，她说今天救我们的人就会来了，因为她做了一个特别好的梦，梦见我们乘坐在一艘船上，顺着特别大的一条河轻快地往下航行。

我们受了小玉的感染，心情都好了起来，打起精神注意听外面的动静。快到中午的时候，小玉突然说："来了，来了，救我们的人来了，外面有说话的声音。"果然，我也听到外面有说话的声音，但是听得不很真切，我的心激动地跳了起来，也不知哪来的力气，跟着小玉就蹦了起来，跑到山洞外面。可是，山洞外跟从前一样，没有驼队，没有红旗，更没有人，只有黄扑扑的沙子，所谓的说话声不过是风吹在沙蚀林上发出的怪叫声。

中午，我睡得迷迷糊糊，听到小玉又在叫："来了，来了，救我们的人来了，这回真的来了。"小玉跑了出去，焦淑红也跑了出去，我正想挣起身子也到外面看一看，小玉和焦淑红又回来了，满脸的失望，不用说还是风吹在沙蚀林上发出的怪声。

下午，我们又把尿集中到一起，每人喝了几口。刘运兰依然只尿不喝，李花花不但不尿也不喝，看我们喝的时候，她骂我们："你们这些傻蛋蛋，连自己的尿水也喝，害臊不害臊？"

自从王月儿跑了以后，李花花变化太快了。也许是王月儿偷跑给她的刺激太大，她的目光变得呆滞，经常说一些莫名其妙的话，说芹菜凉拌比煮着好吃，说她的婆婆又打她了，专拣疼的地方打。她还自言自语念叨着她的小男人柱子，一会儿说她就要回家了，一会儿说让柱子来接她，说到后来，还说出了很多肉麻的话，让我们的脸都红了。

我心里有不祥的预兆，感觉李花花会像王月儿一样跑了。

### 1954 年 7 月 17 日　魔幻国　晴　小风

花花姐真的走了。

昨天晚上天快黑的时候，本来一直斜斜靠在洞壁上的李花花，忽然站起来问齐大姐："救我们的人怎么还不来？"

齐大姐说："一定会来的，再耐心等两天。"

没想到李花花指着齐大姐气势汹汹地说："你是骗人精，天天骗人，根本就不会有人来救我们。"

小玉拉了一把李花花，问道："花花姐你怎么了？"

李花花一把推开小玉，说道："还有你……你……你们都是骗人精，天天都在骗我，我再也不相信你们的骗人话了。"

李花花的手指一一点着我们，头发散乱，神情狰狞。忽然间，她大声笑了起来，说："你们要等就等死吧，我要回家了，我要去看柱子，他等着我回家。"说完，她拔腿就从我们住的山洞走了出去，径直向西边的洼地走了过去。

我们都喊花花姐不能走，可她好像没有听见。小玉着急了，上去拉住她的手臂，没想到她还有那么大的力气，一下就把小玉推倒在地上，大叫着"我要回家"，就走了。焦淑红不甘心，还想再去追，但齐大姐不让追了，齐大姐说："让李花花去吧，她已经疯了，我们现在没有力量也没有办法救她。"

看着花花姐一点点被黑暗吞没的身影，我难过得哭了（尽管没有眼泪）。花花姐是一个好人，她的话不多，干活又勤快，还特喜欢帮助人。这几个月来，我们相处得一直挺好，现在眼睁睁地看着她走了，却不能帮助她。过不了多长时间，也许到不了明天早晨，花花姐就死了，她的尸体连个埋的人都没有。

这一晚上，我没有睡着，心里想着花花姐，又想着死。我们也会这样死去吧，在一个早晨、中午或者晚上，慢慢地倒在沙地上，让夜色吞噬掉我们的影子，蛆虫爬满全身……不，我不想死，我还要找妈妈，我死了，妈妈怎么办，她会哭啊！马队长，你快来救救我们吧，别再让我们等在这里了，我实在等不了呀！

……

早上的日记没有写完，因为齐大姐组织我们开会，现在我把今天的事再补写下来。

今天发生的事，真是太多太多了，现在我把它记下来的时候，我的手还在颤抖，我的心好像被撕成了一片一片的碎片，我的眼里还在流淌没有泪水的眼泪。

早晨，齐大姐把我们叫到她的身边，说开一次班务会。这几天断水断粮，天天担惊受怕睡不着觉，我们一个个又黑又瘦，而齐大姐比我们显得更加憔悴。她的脸色蜡黄，眼窝深深陷了进去。但是我觉得她比我们都镇定。她问小玉："小玉，昨天晚上是不是哭了？"

小玉本来是低着头的，听了齐大姐的话，抬起头，脸红了，过了一会儿才慢慢点点头。

齐大姐说："小玉，你是我们这些人里最后一个哭的。你才18岁，但比我想象的坚强。告诉你们，我也哭过，咱们被困在这里的第四天，我就偷偷哭过了。你们害怕，其实我也害怕，虽然我比你们大几岁，见过的事比你们多一点，可是像这样被困在沙漠里无粮无水的境况，我也没有经历过。"

"指导员，救我们的人还能不能来？"小玉问。

齐大姐轻轻摇头说："我也不知道，实际情况大家都看到了，我们被困在沙漠里已经有10天了。我想，组织上一定不会放弃我们，组织上一定比我们还要着急，现在不知道有多少人到处找我们呢。可是咱们现在的这个环境实在太复杂了，一场大风就能改变整个地形，所以，救援的队伍什么时候能来，还是一个未知数。"

"指导员，那我们怎么办？"焦淑红着急地问。她的这句话也是我最想问的。我看到小玉的眼里也含着期盼的目光，只有班长刘运兰没有我们那么激动。

"向外走，我们根本没有体力，也走不出去。等在这里，水和粮食只够一两天的。现在，江曼同志牺牲了，王月儿跑了，李花花疯了，也许一天以后、两天以后，我们也会像她们一样牺牲在这大沙漠里。"

我的眼前一片黑，我听到了哭声，是小玉的？是焦淑红的？是刘运兰的？或者是我的？不知道，我记不清了。

后来，我听到齐大姐说："别哭，大家别哭，我还有话说。"接着她说道，"小玉，我听说你在来勘探的路上写过一首诗，现在还记得吗？念给我们听听。"

小玉愣了一下，然后小声念了出来：

我们来了

辽阔的大戈壁

任你冷若冰霜

我们有一颗忠于祖国的红心


我们来了

浩瀚的大沙漠

任你狂风作浪

我们为祖国寻找石油矢志不移


我们来了

希望的大荒原

任你万里无垠

为了祖国的强大我们愿意献出生命


这首诗我记得，是我们出发到这里勘探时小玉在骆驼背上即兴而作的，当时好像还争论过要不要牺牲的问题。呵，小玉为什么要写这样的诗，这是老天爷的意思吧！

"我们是新中国的地质队员，最重要的职责就是为祖国找资源，虽然我们面临着牺牲的可能，但是，我们更不能忘记自己的使命。"

齐大姐说话的节奏快了起来，她从身后拿出了一个黄色的牛皮包说："这是我们将近一个月来获得的这一地区的地质勘探资料，大家这些天起早贪黑，就是为了这些宝贵的资料，它们一定会在新中国的建设中发挥非常大的作用。我们牺牲在这里，今后不能为祖国做出更大的贡献还不是最大的遗憾，最大的遗憾是千辛万苦勘探得来的资料随着我们一同淹没在沙漠里，不能发挥作用。你们说对不对？现在我有一个念头，要想办法把这些资料交到勘探大队，发挥它应有的作用，让后来的建设者根据我们勘探来的资料找到更多的资源，让他们知道，在建设强大的新中国的道路上，也有我们8个女地质队员的足迹。"

齐大姐慷慨激昂的话，说得我心情一下变了。昨天晚上，不，甚至就在刚才我还害怕得要命，现在却有了别样的感觉，是什么感觉说不清，就是觉得有一点点热乎乎的东西从心底升了起来。

过了一会儿，小玉大声说："指导员，你说我们该怎么办，我都听你的，以后我再也不哭了。"

齐大姐依次在我们脸上打量了一番，我们都点了点头。

"我有一个想法，咱们目前的处境还是要等组织上来救援，我们就是尽量把等待救援的日子延长。以现在的粮食和水，最低限度只能维持两天，因此，我想咱们最后只需要留下两个人负责把这包资料交给勘探大队，其余的人把自己的水和粮食留给她们，延长她们等待救援的时间，大家同意吗？"齐大姐缓缓地说着，但她一点难受的表情都没有，好像她说的不是生死的大事，而是在给我们布置一项勘探任务。

我明白齐大姐的意思，用其他三个人的牺牲换取等待救援的时间，这可能是齐大姐想了很久才想出来的办法，也可能是唯一的办法。

那么留下谁呢？

齐大姐已经提前想好了，她拿出保存的干粮和水壶说："我有个提议，咱们把这个重任交给小玉和春桃，她们年轻又有文化，让她们代替我们完成最后的工作。"

"不，指导员，你和春桃留下，我不留下。"小玉叫了起来。见小玉这样说，我也不好意思想说留下了，就建议齐大姐和小玉留下。焦淑红也赞同把所有的水和粮食留给齐大姐，她认为齐大姐最熟悉情况，能向组织说明白我们的情况。

但齐大姐坚持让小玉和我留下来等救援的队伍，她说："留下其实是更艰巨的任务，别的人都走了，只留下你们在这里忍受饥渴、孤单，这必须要有高度的责任感和克服一切困难的决心才能办到。春桃和小玉都是共青团员，现在是最最关键的时候，必须服从组织的安排，一定要坚持把最后的任务完成。"

最后，还是齐大姐的意见得到了大家的肯定，所有的水和干粮都留给了我和小玉，齐大姐要我们再坚持4天。

但是4天以后呢？不知道！我不敢猜想4天以后等待我和小玉的会是什么。

齐大姐留下了遗言，她希望她的爱人保重身体，不要为她的死而悲伤，以后要善待孩子。她希望孩子们听姥姥的话，努力读书学习，长大了建设我们的新中国。她要求组织上给她处分，由于她工作的粗心，导致了今天的重大事故，要用她的教训来警示他人。

齐大姐让焦淑红和刘运兰也留下遗言。焦淑红说她没有别的牵挂，就是担心没有人给孔叔叔烧纸了，如果以后我和小玉想起她，给她烧纸的时候给她的孔叔叔也烧几张。

刘运兰的遗言大出我们的意料。她说："告诉我的哥哥，我欠他的债已经永远还清了，现在我恨他，死了也恨他。"

接下来，刘运兰说："我对不起你们，对不起组织，我一直在欺骗所有的人。其实我是一个杀人犯。我的真名不叫刘运兰，叫杜兰。我的家也不是履历上的湖南沅陵人，而是江苏无锡人。我家是当地的一家大地主，有很多的地，还有饭店、加工厂。全国解放搞土改的时候，当地的农民协会不按党的政策办事，私自把我的父母抓了起来，家里的地、饭店和加工厂也都被分了。那时，我正在上海上大学，听说后从上海回到老家，找农民协会的人讲理，想把父母救出来。没想到回到无锡，当地的农民协会不由分说，把我也关在了一间小房子里，说我要反攻倒算。关了几天，看守我的一个本家哥哥告诉我，我和父母将在开完批斗大会后被执行死刑。那天晚上，刚好又刮风又下雨，我说服本家哥哥只要把我救出去，允诺给他当老婆。本家哥哥是一个穷得一分钱都没有、30多岁还没有成亲的人。听到我的允诺，又贪恋我的美色，就锯断了门锁，把我放了出来。可就在我们逃跑的时候，不巧遇到了另一个看守我的人，本家哥哥上前打斗，我也去帮忙，一下把那个人给打死了。原本我想暂时哄骗一下本家哥哥，跑出来后再到县里、省里去告状，这下子有了人命案，一切都完了。没办法，我只好跟着本家哥哥从一个省逃亡到另一个省，从一个县逃亡到另一个县，最后落脚在湖南沅陵县的一个小镇上。本家哥哥打短工，我给人家干杂活。在担惊受怕中，本家哥哥占有了我的身体。白天，我们兄妹相称，晚上就是夫妻。我过着暗无天日的生活，多少次想逃跑，多少次想自杀，但都没有勇气去做。就在我走投无路的时候，正好碰见地质队招工，我说服本家哥哥，给了他很多很多的允诺，报名参加了地质大队。来到西安后，时间不长，本家哥哥也跟着过来了，不断威胁我，我背负着杀人的罪名，只能依从本家哥哥，把所有的钱都给他，还要忍受他的欺负……"

我没有想到班长的命竟然这么苦，经历又是这么离奇，如果不是班长亲口说，打死我也不相信。以前，总觉得班长怪怪的，现在终于明白了。

"我早就该死了，今天死已经太迟了。"刘运兰对着我们反反复复地念叨这句话，说话的时候我觉得她其实很快乐。

日记链接十二：

## 柴达木勘探大队关于停止搜寻失踪人员请示电

西北地质大队：

今日上午 10 时 18 分，第 3 搜寻小组意外在一无名山包前发现尸体 1 具，经过驼运队职工辨认，系随 8 名女勘探队员一起行动的驼员黄三锅，以此为原点，我们调集 6 个小组对周围进行搜寻，距黄三锅遗体约 1.5 公里处，发现骆驼尸体 1 具，此后扩大搜寻范围，经过 6 个小时，对 20 公里范围内进行拉网式搜寻，未能发现其他失踪人员，也未能发现其他物品。

经过综合分析，我们认为失踪勘探队员已经全部遇难，特此请求停止搜寻工作，其主要原因如下：

1. 自 7 月 9 日进行搜寻工作以来，先后在 3 处发现倒毙骆驼，失踪人员遗留物品及驼员黄三锅遗体。3 处地点呈不规则轨迹，均相距约 100 公里的距离，尤其是驼员黄三锅遗体发现处与女勘探队员遗留物品处相距达到 100 公里，远远超过了原定的有希望搜寻区域，使搜寻工作失去主要目标区域，难以确定下一步搜寻目标。按常理分析，在沙漠地带，驼员黄三锅应与其他失踪勘探队员一起行动，但根据我们几天来搜寻工作的实际情况，在缺粮少水的情况下，其他勘探队员很难徒步到达此地。

2. 失踪勘探队员的粮食及饮水储备为 3～5 天，最长可维持 7 天，目前，勘探队员失踪已经达到 10 天，基本没有幸存的可能，经有经验的勘探队员及驼员对黄三锅遗体和倒毙骆驼进行检查，估计人驼均已死亡 3 天以上，由此说明失踪勘探队员完全断水断粮至少已经 3 天，幸存的可能性极小。

3. 昨日，搜寻区域刮起 8 级以上大风，迫使搜寻工作停止，今天早上恢复搜寻，发现因风沙太大，原重点搜寻区域多处地理面貌完全改变，需要重新进行搜寻，否则将可能发生遗漏。

4. 自 7 月 9 日搜寻工作开展以来，我们不断扩大搜寻的范围和规模，仅我大队直接投入搜寻人员已达 300 人，同时还有人民解放军 200 人，新疆勘探大队 30 人协助搜寻，每日耗费巨大，虽然勘探局、西北地质大队和当地人民政府全力支持，但粮食和饮水运输均感缺乏，继续进一步搜寻困难重重，难以为继。

5. 8名勘探队员失踪的区域地形复杂，条件艰苦，参加搜寻人员每日搜寻达十四五个小时，露天食宿，营养不良，病患大量增加。虽经开展思想政治工作，但仍有个别人员因病或其他原因退出搜寻工作。据我们统计，已有22人因病退出，另有3人(2名驼员、1名勘探队员)怕苦怕死不辞而别。长此下去，病患还将会大量增加，并将影响到柴达木的下一步勘探工作。

6. 运输骆驼大量死亡，我大队原配备有762峰骆驼，有近600峰骆驼参加了搜寻运输，因搜寻人员流动性大，运输量成倍增加，致使骆驼超负荷运输，目前已有18峰骆驼在运输途中累死，100余峰骆驼致伤，非经3~6个月的调养，不能参加运输。个别驼员因爱惜骆驼，自动减少运输量或运输次数。

柴达木勘探大队全体队员愿意倾尽全力救助失踪的勘探队员，但根据现场实际情况和着眼后续勘探工作，只能饱含泪水，忍痛提出请求。

目前我们拟在原地休整1天，根据勘探局和西北勘探大队的指示，进行下一步工作。

柴达木勘探大队

1954年7月17日夜

（余小添摘自原西北人民政府勘探局档案16号卷）

日记链接十三：

## 西北地质大队停止搜寻失踪人员指示电

柴达木勘探大队：

你大队关于停止搜寻失踪人员请示电已悉，西北地质大队党委根据连日来的搜寻情况和你大队目前所处的困难局面，分析了失踪女勘探队员幸存的可能性，认为既然已经发现黄三锅遗体，且死亡时间已逾3日，则整个搜寻工作宣告失败，经过报请勘探局党委批准，指示如下：

1. 自7月19日起，停止对失踪女勘探队员的搜寻工作，各临时组建的搜寻小组恢复原建制，陆续撤回基地休整。

2. 人民解放军参加搜寻人员由勘探局，新疆勘探大队参加搜寻人员由西北地质大队分别通知停止搜寻，回归建制。你大队派出专人到人民解放军和新疆勘探大队表示感谢。

3. 西北地质大队代表全体勘探队员对失踪女勘探队员表示沉痛的悼念和深深的怀念，她们的牺牲是为柴达木盆地的光明未来而牺牲的，她们的牺牲是为祖国的富饶强大而牺牲的。我们相信她们的名字会永远激励全体勘探队员在建设新中国的道路上奋勇前进！

4. 参加搜寻工作的全体人员在气候恶劣、地理条件复杂、后勤保障缺乏的情况下，怀抱着对革命兄弟姐妹深厚的阶级感情，全力投入搜寻工作，付出了艰辛的劳动，尽了最大的努力，西北地质大队向参加搜寻工作的全体人员表示慰问！

5. 西北地质大队党委认为：在柴达木盆地开展勘探工作是一项伟大的、光荣的、神圣的事业，是党和人民赋予西北勘探大队全体勘探队员的历史责任和崇高使命。因此，任何困难都不能动摇我们为祖国寻找矿藏资源的信念，任何牺牲都不能停止我们建设伟大祖国的步伐。西北地质大队党委号召柴达木勘探大队的全体队员牢记责任和使命，不怕困难，不怕牺牲，振作精神，尽快投入到勘探工作中，为祖国寻找到更多的矿藏资源。

6. 西北地质大队党委认为：此次人员失踪重大事件的主要原因是自然地理条件复杂、气候恶劣、装备设施简陋等客观因素，但柴达木勘探大队在勘探区域划分、队伍调配、后勤保障等方面都存在严重疏忽，暴露出对困难估计不足、准备工作不细、革命作风浮躁等根本性问题，应当进行深刻的反思和总结，相关责任人应当受到必要的纪律处分。希望你们在休整期间认真分析此次人员失踪重大事件的原因，妥善制订下一步保障措施，防止此类事件重复发生。你大队应就此次人员失踪重大事件向西北勘探大队党委做出深刻检查，提出相关责任人纪律处分的意见。

7. 积极做好失踪女勘探队员的善后工作，由西北地质大队协助，派出专人与失踪人员家属联系，送还遗物……

8.（略）

西北地质大队党委

1954 年 7 月 18 日夜

（余小添摘自原西北人民政府勘探局档案 16 号卷）

## 1954 年 7 月 18 日　魔幻国　晴　小风

刘运兰死了（牺牲）。天快要亮的时候，齐大姐说后半夜刘运兰就没有动静了，让小玉去摸摸刘运兰，小玉摸了后说："没气了，连身体都冷了。"我们想把她往角落里抬抬，可是连一点力气都没有，只好任由她躺在那里。齐大姐吩咐我们，无论谁活着回去，都不能向勘探大队报告刘运兰讲的事。齐大姐说，那不是真的，是刘运兰临死前产生的幻觉。

下午的时候，齐大姐也不行了，她叫我和小玉，指着装满资料的包，喃喃地说话，一直不停地说，我趴到她的嘴边听也听不清楚。小玉说："指导员你是不是让我们坚持到最后一分钟？一定要把资料交给大队？"

齐大姐点点头，她淡淡地笑了，然后闭上了眼睛。

我们都哭了，虽然没有眼泪也没有哭声，但的的确确哭了。从报名到勘探大队，齐大姐一直像个姐姐，不，像个妈妈一样关心着我们。尤其是我们陷在魔幻国里的这些天里，她更是我们的主心骨，若没有她，我们说不定早就坚持不下去了。现在她走了，今后我们怎么办？

小玉说："我们就剩下 3 个人了，所有的水和粮食三个人均分，要活一块活，要死一块死。"我很赞同，可是焦淑红不同意。她说："把水和粮食留给你们是为了把宝贵的资料送回大队，现在不是谁死谁不死的事，死了事小，把资料送回大队才是大事。这是齐大姐代表组织做出的决定，我们不能违反纪律。"

**1954 年 7 月 19 日　魔幻国　晴　小风**

下午，焦淑红叫我们，说她听到外面好像有骆驼的叫声，让我们去看看。

小玉一下子跑了出去，我也浑身来了力气，跟着跑了出去，爬上了旁边那座 10 多米高的沙蚀包。可是，在目视范围内什么都没有，我们插在更高一点山包上的红旗也好好的。

回到山洞时，因为用尽了力气，我们躺了两个多小时才能慢慢挪动。我发现焦淑红已经牺牲了。她说听到骆驼的叫声应该不是故意骗我们，而是产生的幻觉，以前，小玉也说她听到过。

小玉规定，从现在开始，我们两个人除了每天喝三次水，吃一次干粮，不要再动，也不要说话，尽量节约身体内的水分和能量。

**1954 年 7 月 20 日　魔幻国　晴　风**

今天上午，我和小玉都听到附近有骆驼的叫声，我们出去看了一次，可是什么都没有看到。

救我们的人没有来！

**1954 年 7 月 20 日　魔幻国　晴　大风**

外面又刮起了很大的风，可是我和小玉又都偏偏听到有人说话，小玉说她走不动，让我出去看看。我去了，除了风什么也没有。

今天，救我们的人还没有来！

**1954 年 7 月 21 日　魔幻国　晴　无风**

昨天晚上，小玉说："我不行了，要先死了。从焦淑红牺牲后，我就没有再喝水，每次喝水都是装样子，我把水都留给你了，你一定要坚持下去。"

我吓坏了，连忙说："小玉姐，你不能死，你死了我一个人害怕，我要和你一块儿死。"小玉说："不行，咱们还有任务呢，咱俩一块死了，谁去完成组织和齐大姐交给的任务，你忘了吗？齐大姐说资料比咱们的命重要！现在我代表组织把最后的任务交给你，你一定不要辜负齐大姐和组织的重托。"

我说："我要等到什么时候？救我们的人可能不会来了。"小玉说："留给你的粮食和水还能足足坚持4天，你一定要等上4天。不要害怕，害怕的时候就念我写的诗，我听到了，就会来给你壮胆。"

天亮的时候，小玉就在我的怀里死了。

救我们的人今天没有来！


### 1954 年 7 月 22 日　魔幻国　晴　无风

今天，我干了很多事情，先到洞外走了一趟，去看了看江曼姐。然后我在心里念小玉写的诗，念了不知道多少遍，然后又给爸爸、妈妈，还有我的大妈说了很长时间的话。我告诉他们离开他们以后的生活，我说我快要死了，很想念他们。

我还批评了齐大姐，我说："指导员你可能是好心，想让我留在最后，想让我活着出去，但是你不知道，这种等待的煎熬比死了还要难过，你不该让我代表你们给组织上交资料，不该把这么重的担子交给我！"

时间过得真慢，我干了这么多事，天还没有黑下来。

今天，救援的人依然没有来，他们可能不会来了。

## 1954 年 7 月 23 日　魔幻国　晴　无风

今天，我醒来得很早，心里特别高兴。因为小玉昨天晚上真的来陪我了，她给我梳头发，还给我说了很多很多的话，然后我们骑骆驼到了一座大山前，她让我往上爬，我不敢爬，小玉就生气了，说我的胆子真小，还问我为什么不把资料交给组织？我一吓，梦就醒了。

下午，我把小玉的诗又念了好几遍，甚至念出了声，想让她晚上还来陪我。

我快要离开这个地方了。以后，这个地方会是什么样？会发现很多很多的石油、煤炭、金银吗？以后，这里会盖起很多很多栋楼房吗？就像在武汉看到的那么高的楼？以后的人会想起我们吗？若是有人想起，她们会说我们什么？也许不会有人想起我们！

今天，救援队没有来！我心里明白，这么多天救援队都没有来，大概永远也不会来了，但我现在不能死，我还有任务，我要坚守到第四天，这是齐大姐、小玉姐和组织交给我的任务，我要完成它！我只盼望着第4天快点来到，让我永远地离开这里！

## 1954 年 7 月 24 日　魔幻国　晴　无风

前两天刮的那场风把许多沙子带了进来，在齐大姐她们的脸上落了一层。从早上开始，我就找出了自己的手绢，替她们把脸上的沙子擦干净。然后，我坐在齐大姐、刘运兰、焦淑红和小玉的身边，在她们脸上看了很久。她们睡得真安静，一点响动都没有。我真羡慕她们，她们都能早早地死了。不过不要紧，明天我就会去找她们了。

今天我没有念小玉的诗，现在我什么都不怕了，我只盼望着天快一点黑，再快一点亮，天亮的时候，就到了小玉规定的时间，不，是组织规定我可以死的日子了。

**1954 年 7 月 25 日　魔幻国　晴　小风**
我已经把所有的水和干粮都吃完了。

现在我要做最后一件事，把我的日记装进资料包，然后再把资料包系到我们插在沙蚀包上的红旗上，这样勘探队来的时候，他们首先会发现红旗，然后会发现我留下的资料包。

齐大姐，你放心吧，你交给我的任务我完成了，我会把资料包和红旗紧紧地系在一起，还会在红旗的周围埋上更多沙子，让它飘扬得更久一些。

小玉姐姐，你也放心吧，我坚持到了你规定的时间，其实我很不想坚持，但我怕见到你的时候你批评我，说我不坚强。

刘班长、焦淑红，我找你们来了，你们还要像以前一样把我当成个小妹妹，行吗？

江曼姐，你让我给向工程师捎句话，对不起，我没有捎到，因为我见不到向工程师了……

……

日记链接十四：

## 柴达木勘探大队关于给予齐桂香等 9 人追记二三等功的请示

西北地质大队：

1954 年 7 月 7 日，原柴达木勘探大队女子勘探队 1 班 7 人，带队指导员 1 人和驼员 1 人共计 9 人在柴达木盆地西部勘探中因风沙迷路失踪，经全力搜寻，仅发现驼员黄三锅遗体，其他 8 名女勘探队员全部献身在沙漠之中。

他们是：

齐桂香，女，汉族，33 岁，出生于陕西省长武县。1941 年参加革命，中共党员，1951 年调入西北勘探大队工作，牺牲时任柴达木勘探大队女子勘探队党支部书记、政治指导员。

刘运兰，女，汉族，24 岁，出生于湖南沅陵县，初中文化程度。1953 年由原籍参加工作，牺牲时任柴达木勘探大队女子勘探队一班班长。

江曼，女，汉族，24 岁，出生于江西省南昌市，大学文化程度。1952 年由原籍参加工作，牺牲时为柴达木勘探大队女子勘探队一班勘探队员。

李花花，女，汉族，25 岁，出生于湖北省通城县，初小文化程度。1953 年由原籍参加工作，牺牲时为柴达木勘探大队女子勘探队一班勘探队员。

焦淑红，女，汉族，19 岁，共青团员，出生于江西省吉安县，高小文化程度。1953 年由原籍参加工作，牺牲时为柴达木勘探大队女子勘探队一班勘探队员。

王月儿，女，汉族，19岁，出生于江西省赣州市，高中文化程度。1953年由原籍参加工作，牺牲时为柴达木勘探大队女子勘探队一班勘探队员。

苏小玉，女，汉族，17岁，共青团员，出生于浙江杭州市，高中文化程度。1953年由原籍参加工作，牺牲时为柴达木勘探大队女子勘探队一班勘探队员。

张春桃，女，汉族，17岁，出生于湖北省仙桃县，初中文化程度。1953年由原籍参加工作，牺牲时为柴达木勘探大队女子勘探队一班勘探队员。

黄三锅，男，汉族，43岁，出生于青海省乐都县，文盲。1954年6月参加工作，牺牲时为柴达木勘探大队驼运队驼员。

光荣牺牲的9名同志均自愿参加柴达木盆地的勘探工作，在先期的勘探工作中，他们服从分配，克服困难，主动挑战，为勘探工作做出了不可磨灭的贡献。在柴达木西部的勘探中，他们以大无畏的革命精神，深入高原戈壁，吃苦耐劳，英勇善战，最终献身于柴达木的勘探事业。

为了表他们的功绩，昭示他们的精神，鼓舞柴达木勘探大队的全体队员为新中国的勘探事业奋斗，我们报请给予上述同志记功。

报请追记齐桂香、刘运兰同志二等功。

报请追记江曼、李花花、焦淑红、王月儿、苏小玉、张春桃、黄三锅同志三等功。

柴达木勘探大队

1954 年 8 月 5 日

（余小添摘自原西北人民政府勘探局档案 16 号卷）

日记链接十五：

## 西北人民政府勘探局关于撤销西北地质大队的决定

西勘字（1954）第三三号文

根据西北人民政府和国家地质矿产部指示，西北地质大队于 1955 年 1 月 1 日脱离西北人民政府勘探局建制，并入国家地质矿产部。

1. 原属西北地质大队所有人员全部调入国家地质矿产部，听候分配。

2. 原属西北地质大队所有设施设备随人员一同移交。

3. 西北地质大队已经取得的新疆塔里木盆地、青海柴达木盆地的勘探资料同时移交。

4. 西北地质大队即日起停止物资补给，设备设施补充维修，经费审批、人员调动、评功、授奖、惩处等一切活动。

5.（略）

西北人民政府勘探局

1954 年 11 月 15 日

（余小添摘自原西北人民政府勘探局档案 18 号卷）

# 尾　声

余小添回到亚布尔滩，这个他曾经待了三年的野外营地时，他已经认不出这个地方了。

12 年前他走的时候，这里只是雅丹地貌里一块平坦的土地，无数山坳里一个能避风的角落，在茫茫的荒野上，大家一律住野营板房，水都是从 100 多公里外拉来的，娱乐室里的电视只能收到几个台，三四十本供打发时间的小说和杂志统统都磨破了边，晚上上厕所要到 300 米外的临时厕所，哪怕刮着风、下着雪……

现在，亚布尔滩建起了一座全封闭式的公寓，拱形的玻璃天幕下是三层楼的职工公寓，公寓的房间里配备了电视、网络和独立的卫生间。巨大的天井下，是属于职工们运动的场地。排球、篮球、羽毛球、乒乓球、台球都有，甚至还有一个小小的舞台，能举行歌舞晚会。余小添粗略估计了一下，这个公寓里至少占地 6000 平方米，有 30 米高。让余小添意外的是，在运动场的周围、在公寓的走廊里还能看到很多盆栽的花草，红红绿绿间透着浓浓的生活气息。余小添记得，12 年前的他为了打发时间并给自己增添一点儿情趣，他曾经在自己的野营板房里试栽过好几种花草，但全都没有活过 3 个月。

余小添深切地感受到，这 12 年油田的变化太大了。

迎接余小添的是他过去的指导员"老狼皮"。"老狼皮"看起来变化不大，只是身体比过去更加瘦了，但在握住"老狼皮"的手的时候，余小添大叫了起来，他握住的是一只冰冷的假手："指导员，你的手怎么了？"

"老狼皮"轻轻地把手抽了回去，嘴角带着自嘲的笑，说道："妈的，不小心让抽油机给'咬'了，给了老子一个处分，现在还背着呢！"

"今天早上接到矿里的通知，说有一个余博士要来，让我给你准备房间，我猜想就是你了。你知道我为什么猜到是你，前几个月咱们队里的人在油田总部见过你，说你在总部搞研究哩。""老狼皮"呵呵地笑了起来。

"指导员，我让他们给你带个好，带到了没有？"余小添说。

"带到了。余小添，你娃子一走 12 年，出息了，就把我们都给忘了，只带个话回来，怎么不来看看我们？哼，我看你吃的苦还是不够多。""老狼皮"接着说，他的话里有了快活的成分。

"没有的事，我早就想来看你们，没有找到机会。"余小添赶快辩解。

"好了，不说这个，说说你这 12 年是怎么过来的。""老狼皮"

把余小添领进了他的办公室兼宿舍。

余小添一五一十地向"老狼皮"讲述了这12年的经历。原本他报考的研究生专业是计算机，可是看了"八仙女"的日记后，他的心受到很大的震动，几个晚上都睡不着觉，只要一闭上眼睛，就能看到"八仙女"的影子。后来，他觉得"八仙女"们把日记留给他，就是想让他为这片土地做一点儿事情，若是不为这片土地做一点儿事情，"八仙女"们不会饶过他，他这一辈子也不能心安。于是，就向学校申请改换专业，经过他的再三努力，终于拜在著名的石油地质学家郑三元教授门下，攻读石油地质专业。7年前，获得了博士学位。本来，他是要立刻回到柴达木盆地的，这时候郑三元教授牵头组织了柴达木盆地的一个专项科技活动，让余小添也参加进来，因此，这几年余小添一直都在这个项目里研究柴达木的地质构造。通过几年的努力，他们在亚布尔滩发现了一个非常有利的油气构造，一支钻井队开了进来，进行钻探，郑三元教授派余小添做这个项目的技术负责人来监督施工。

"这个地方会有大的发现吗？"谈到余小添此行的目的，"老狼皮"兴奋地搓起了手。

"地质的事是科学的事，很多未知的问题没有解决，我不敢保证一定会有大油气发现，不过从现有的资料看，有一点可以肯定，这里的地质储油构造相当完整，若是有油气，就会是一个相当大的油气田。"余小添回答。

"好，老子在这个地方待了36年，干的都是小打小闹的事，一口井每天才出吨把油，一年才产两万吨，不过瘾，说起来都丢人。现在快退休了，倒遇上了这样的好事。""老狼皮"兴奋地从椅子上站了起来，走到余小添跟前，问道：

"这回住多久？"

"至少3个月。"

"我把最好的房间给你住，想吃什么我给你开小灶，你能给我们找到大油气田，我心甘情愿伺候你3个月。"

"指导员，告诉你一个好消息。"

"什么？"

"以后就成咱们了。油田领导已经答应，这个科技项目结束以后，我就回到咱们油田来上班。今天，我就是回来向你报到的。"

"老狼皮"眯起眼来，在余小添的脸上来回打量："余博士，娃子，你不会是拿我老头子逗开心吧？"

"哎，指导员，到现在你还不相信我！"

"相信，相信，自从你把"八仙女"的日记寄给我以后，我相信你迟早要回来。"

"老狼皮"大笑起来："余小添，今天晚上听我安排，咱们杀羊、喝青稞酒，欢迎你归队！"

杀羊、喝青稞酒是西源油矿最隆重的礼节。不知道它起源于哪一代石油人，但五六十年下来，已经变成了传统。每当有新人加入采油队伍的时候，每当有人离开采油队伍的时候，大家都要杀一只羊、摆上青稞酒，举行隆重的仪式。

这天晚上，像12年前余小添离别时一样，"老狼皮"专门安排人从100多公里外的牧区买回来两只肥羊，拿出了两箱青稞酒。所有不上班的采油队的职工都来了。眼前许多熟悉的脸，那都是12年前朝夕相处的战友。更多的是不熟悉的年轻的脸庞，那是近几年参加采油队伍的职工。

余小添喝了很多很多酒，别人给他敬酒他便一饮而尽，他给别人敬酒也一饮而尽。让他忧伤的是，他没有看到过去的队长，那个曾经看起来比山还要壮实的汉子，因为高原缺氧，队长得了严重的肺心病，正在内地治疗。也许，再也难以回到南八仙指挥采油了。他也没有看到他的师傅。他的师傅说起话来低声慢气，是一个好脾气的师傅，更是一个技术全面的师傅。和师傅相处的三年中，他教会了余小添很多的东西。如今，师傅调回省城去工作了，因为他长年回不了家，妻子就跟别人走了，而省城里有一个3岁的儿子需要他照顾。师傅不是逃兵！

本来，余小添也可能看不到"老狼皮"了。酒会上，余小添问起"老狼皮"断手的原因，和余小添曾经住过一个野营板房的战友告诉他："那不是'老狼皮'的过错。那天，一个新来的学徒工在油井上作业，违反操作规定，直接在运转的抽油机上添机油，眼看就要被钢丝绳卷进电机，刚好'老狼皮'路过，冲上去把学徒工救了出来，自己却赔上了一只手。当时，'老狼皮'可以不回来，他有很多种选择，调回后勤基地工作，或者直接办理工伤病退，回家享福。可是过了一年多，'老狼皮'却带着他的假手回来了。"

余小添决定给"老狼皮"敬一大杯酒，他还记得12年前他离开的时候，"老狼皮"没有喝他敬的酒。

"老狼皮"干干脆脆地把一大杯酒喝了下去。说道："余博士，娃子，你出息了，好啊，比我强，比我们都强。可有一点你比不过我们，你当过逃兵。没有我们有耐力。我在这里整整 36 年了。他，'李大巴掌'是 29 年。他，'赵葫芦'，28 年。他，'三个跟头'，是我们这一伙里最小的，刚来的时候，老指导员问他会干什么，他说会翻跟头，一翻就是三个跟头，那也是 22 年前的事了。我说得对不对？"

"对，指导员，你说得对，我自愿罚酒一杯，向你们致敬。"余小添给自己的杯子里添满了酒。

"先不要罚酒，你听我说。当年我来到亚布尔滩的时候，老指导员对我说：'娃子，这个地方苦，苦得很，可咱们是石油工人，只要来了，就不能走。什么苦都要吃，什么难都要过。'老指导员把我教育得好，所以再苦再难，我都不敢走。余博士，娃子，你是从我手里当了逃兵的，是我没有教育好你，我心疼啊，所以这一杯酒该罚我，我喝！"

"老狼皮"干干脆脆地把第二大杯酒喝了下去，跟着又倒满了第三杯酒。他的眼睛红了，说话的声音也开始有些沙哑："余博士，娃子，这第三杯酒要敬你。你虽然当过逃兵，却把坏事变成了好事。你找到了'八仙女'留下的日记，给一个传说了几十年的事找到了依据，让我们这些后来人知道，新中国建设初期，我们高原油田勘探是多么不容易，让我们知道在油田开发建设的几十年里，为什么一代又一代的人能够坚守在这块土地上。她们的苦才是真正的苦，她们的难才是真正的难。这是你办的第一件好事。这十来年，你虽然身不在油田，但心在油田，学到了很多知识，为油田的勘探做了大量研究工作，也许还能为我们找到一个大油气田，这是你办的第二件好事。虽然我们这里比起十几年前的生产、生活条件,不知道改善了多少倍,可是比起大城市,无论气候还是环境都还差得很远。你不贪恋城市,不贪恋名利,又重新回到油田工作,给我们所有的人树立了榜样,让我们知道一个石油人的意义是什么,这是你做的第三件好事。所以,我向你敬酒,我们全体都向你敬酒……"

"老狼皮"醉了,余小添哭了……


3个月后,第一场冬雪覆盖了亚布尔滩。

下午的时候,余小添和"老狼皮"一块儿驱车来到亚布尔滩的腹地,余小添曾经发现"八仙女"日记的那座沙蚀林。

"老狼皮"要退休了,退休前他要来这里看看,在高原这么多年,好几种慢性病折磨着他的身体。"老狼皮"说:"我害怕以后再也没有机会来这里看一看了。"

他们登上了这座高大的沙蚀林,极目远眺。亚布尔滩的雪原上已经没有了过去的苍凉和神秘,一条新修的公路从滩里伸向远方。高高低低的沙蚀林后面不时露出一台台钻井机结实的骨架,一座高大的天然气放空燃烧塔在远处发出炫目的火焰。

亚布尔滩的勘探已经取得了可喜成果,在3000米的地下,余小添他们找到了一个储量丰富的天然气大气田,初步预测,已经达到了上千亿立方的规模。

余小添和"老狼皮"并排站在沙蚀林,盯着远方的荒原看了很久很久。

"给'八仙女'们说点什么吧。""老狼皮"说。

说什么呢? 余小添心潮澎湃,他想说,八仙姐姐们,你们流过的血没有白流，你们为祖国寻找资源的心愿可以了结了，在你们献身的地方，我们找到了大气田，以后我们会盖起很多很多的房子，修起很宽敞很宽敞的马路，让子孙后代们过上更好的日子。他还想说，我们没有忘记你们，永远也不会忘记你们，我们要给你们塑像，让千千万万个人知道，在柴达木石油前进的号声中，有你们呐喊的声音，在高高举起的奋斗旗帜上，有你们8个人的力量。

但最后，余小添冲着荒原喊出的话是："八仙姐姐，你们看那儿的燃烧塔，我给你们点了一盏灯，有了灯，晚上你们就不会孤独，也不会害怕了。"

余小添的声音在夕阳晚照的亚布尔滩回荡……回荡……

续篇

# 一场大火

一场重大的事故眼看就要发生。

正在钻进中的"茫 21 井"，在地下 4700 米处，陡遇一股强大的气流，这股气流顺着钻井的井眼涌上来，剧烈地冲击着井口，压力从几天前的 20 多兆帕上升到 60 兆帕。这意味着指甲盖那么大一点地方受到的压力就达到 600 公斤。在如此高强度的压力下，封盖井口的钢铁都发出"咯吱咯吱"的呻吟，上百吨重的钻机似乎随时就要漂起来。

作为这口井的技术负责人，余小添知道，这种情况下，必须立刻采取抢救措施，否则，巨大的地层压力可能会掀翻整个钻机，造成机毁人亡的事故。

"茫 21 井"是柴达木盆地的一口重点探井，目的是进一步扩展茫家岭勘探范围，了解地层情况，确定地质储量。余小添是这口井的技术负责人，亲手设计了这口井。在此之前，因为"茫

21 井"的几口姊妹井在钻进过程中，都出现了地层压力超高的情况，余小添在设计和钻进过程中都预先做了准备，但是没有料到，这口井的地层压力会这么大，余小添一时有点手足无措。

当天下午，余小添将情况通过电话汇报给了 500 公里外的总部。

凌晨 4 点，余小添坐在野营板房里正犯困的时候，一束灯光照亮了茫家岭的山野，一辆越野车直接开到了野营板房的门口。听到动静迎出门的余小添看到一个身材不高的人跳下汽车。借着灯光，余小添认出来人是油田钻采处的处长齐国。

余小添暗自惊诧，齐国怎么来了？大半年前他就听说齐国已经到了退休年龄，正在办理退休手续，现在应该是已经退休的人了，怎么还到前线？但因为齐国的到来，他惶恐的心也稍稍安定了几分。

齐国是油田勘探战线上大名鼎鼎的人物，早在 20 世纪 70 年代就来到柴达木盆地工作，油田几次重大勘探活动他都参加过，在历北天然气的勘探、西梁山油田的勘探，特别是南八仙油田的重大发现中，做出过突出贡献，经验非常丰富，曾经获得过"全国劳动模范"荣誉称号。而且他的命还特别硬，雪里、水里、火里，遇到好多次危险，都毫发未损。

齐国在研究院工作的时间很长，余小添研究生毕业到研究院工作的时候，齐国已经调到油田总部工作。同在一条战线，工作又有交集，彼此已相当熟悉。余小添正要问声好，齐国却抢先问话："昨天下午 5 点，井口压力是 55 兆帕，现在是多少？"

"上升了一兆帕，一个小时前的数据。"

"你在井上时间长，你判断是不是钻遇了高压油气流？"

余小添沉吟了一下，说："从地震资料看，这里可能有石油储藏构造，但随钻测井情况并没有发现有油气，而且现在距离目的层还有相当一段距离。如果说是高压油气缺乏必要的证据，但如果不是高压油气，井口的压力不会这么大，所以真有点难判断。

齐国看了一眼夜色中的钻机，说："给我一间房子，把地质资料、测井资料和 10 天以内的取样样品都给我。"

随行的总部机关李科长说："齐处长，您刚坐了 500 公里的车，太累了，还是先休息一下吧。"

齐国摇摇头，说："这口井的情况比较危险，得想办法尽快解决，别看我年龄大了，但身体扛得住。况且在来的路上一直打盹，也算休息过了，你们赶路累了，该休息就赶快休息吧。"

野外条件有限，没有多余的房子，余小添赶快把自己的板房腾出来，让给了齐国。

在门外，余小添问李科长："齐处长不是退休了吗，怎么又到前线来了？"

李科长笑了一下，说："昨天下午油田开会研究你们这口井的突发问题，有人说齐处长在油田干了快 40 年，勘探经验丰富，何不请他来会诊会诊，打电话联系，他刚从西安回来，放下电话就来了。开会的时候，齐处长说：'这口井的情况很像当年西梁山'西五井'的情况，搞得不好要出大问题，要赶快想办法。'没等领导们商量派谁过来，齐处长主动请战：'派我去井上协助吧，当年我处理过南渡山井喷着火的事故，有些经验。'油田领导有些顾虑地说："那可是高原。您的身体能不能吃得消，毕竟是 60 多岁的人了，不比年轻人了。'没想到齐处长说："我在高原摸爬滚打了几十年，怎会吃不消，照样可以一夜不睡觉，照样一顿能吃三个馒头。'油田领导听了他的话，就同意了，但考虑到天晚了，让他天亮再出发。齐处长发火了，说："我们能等得，那口井等不得，快点儿，调车，现在就出发。'"

6 个小时后，齐国一行人赶到了目的地。

李科长感慨地说："这些老一辈子的石油人呀，只要听见油的讯息，个个都像打了鸡血一样。"

这天的大部分时间，齐国都是一个人在房子里看资料，有时他把余小添找去问一些情况，然后就是思考，余小添给他送去早饭和午饭，他都没有动过。下午 3 点，齐国从板房里出来，对余小添说："我判断这口井钻遇高压油气流，咱们开个会再研究研究吧。"

会议就在"茫 21 井"的野营板房里召开，五六平方米的房间内坐满了钻井队、工程监督和其他施工作业配合的负责人员。

会议一开始，齐国就直奔主题："现在井下是个什么情况？下一步该怎么办？"钻井队长发言："对于地下的情况我不是很清楚，但我当了 14 年队长，还没有见过井下这么大的压力，现在我正拼命组织人员压井，但是一天一夜了，压力不但没有降下去，反而略有升高。据我的估计，肯定是遇到特殊情况了，如果继续向下钻进，危险很大，要赶快做出决策，确定下一步怎么办。"工程监督说："'茫 21 井'的设计井深是 5300 米，现在只打到 4700 米。这口井是口探井，担负着勘察地质情况的任务，如果钻不到设计井深就不能拿到最全最准确的数据，就意味着失败。目前，这口井投入资金已经达到 3000 多万元，目前采取任何措施都要慎重。因此，即使有危险也应该充分考虑到对这口井的投资。"余小添还是白天那个观点，从地质情况看，不应该是遇高压油流，但从目前钻井的情况看，却很像是遇到了高压油流。

齐国发言："我也谈一点意见。各位在井上的时间长，掌握的情况比我多得多，说得很有道理。我的意见与大家不同，说出来供大家参考。今天一天，我看了这口井的资料，我认为在这口井的钻井中我们遇到了特殊情况。茫家岭勘探时间很早了，我记得 1986 年那时就有地质工作者注意到这个地方。1992 年，我也在这座山岭上待了半个多月。过去我在研究院工作时，曾经有过一个说法，说我们在茫家岭五进五退。这一地区的勘探是柴达木盆地最复杂、最困难的地区。地上，全部都是沟壑，机器设备想要上来，得先把几十米高的山梁挖平，填到几十米的沟里去，人家修一条路，就修了，我们修一条路就要搬走一座梁。人家修一条路花 1 块钱，我们要花 8 块钱。想要搞一次地震，费劲得很。我记得 2000 年的时候，准备搞一次二维地震，光把设备抬进去就花了将近两个月的时间。正因为困难，所以地质资料相对不充分，但几十年积累下来，情况大体是清楚的，认识也是比较一致的，这个地方有储油构造，有生油储油的条件。'茫 21 井'，从三维地震上看，就是一个发育相对良好的储油构造。但我有一个想法，这是不是一个复合型的储油构造呢？从表象上看，它是一个构造型的油藏。但在我们不掌握的地下，它是否与其他地区相关联，是一个裂缝性的油藏？如果是这样，这个构造里，原油可能通过地下通道转移到别的地区，而别的地区的原油也有可能顺着通道转移到这个构造里来。另外，我非常担心的是，这个构造里不仅有油，可能还有天然气，甚至是大量的天然气。在地下，天然气的状态比石油更不稳定，如果是这样，我们继续钻进有很大的风险。"

"那我们现在怎么办？"工程监督问。

"向油田建议立刻停钻，同时组织放喷，缓解地层压力，如果不采取紧急措施，很可能会发生不可预料的灾难。"齐国很肯定地说。

这场会开到了晚上，大家连晚饭都是在会议室里吃的。虽然大家觉得齐国对地质判断并没有完全的证据，也不是一个十全十美的好主意，但没有其他的好办法了。特别是齐国提到了20多年前西梁山发生的那一起着火事故，大家就更加心有余悸了。

西梁山事故发生的时候，余小添还在上学，但他不止一次听说过这个事故。当年一个井队在钻井时，突然遇到了裂缝性的高压油气流，由于没有思想准备，采取的措施也不完全，结果发生了强烈的井喷，喷射出来的油气又被静电点燃，变成了一场火灾。当场烧毁了钻机和其他设备，造成极大的损失，不但国家财产受到了很大的损失，就连灭火都花费了很长的时间。

会议开到最后，大多数人同意停止继续钻进，先进行放喷缓解地层压力，然后采取特殊情况下的完井措施。

方案上报后，很快得到了油田总部的批准。

放喷并不是每口勘探井的必要步骤，一般油气在井试采阶段会通过放喷对地层油气类别、资源进行判别和验证，但在"茫21井"，放喷是缓解地层压力的主要手段。

钻井队准备工作进行得很快，第二天上午，就开始放喷。

余小添陪着齐国一块到了现场。现场观看放喷是所有的地质工作者、钻井工人，以及其他所有为这口井工作过的人的荣耀，因为放喷的结果是衡量这项工作成功与否的标尺，是数年甚至数十年来，倾注在地质图谱的心血，是数十天来披星戴月，饱尝风霜雨雪后的补偿。人们希望从放喷管里听到带着热度的、刺破空气的嘶叫声，那仿佛是产房里的啼哭，带给人无限的希望。那是一种奇妙的感觉，余小添有过这样的体验，当一口井完钻放喷时，他浑身的疲惫全部都消失了，心里洋溢着轻松的感觉。

齐国和余小添站在一处低矮的土坡上，余小添兴致勃勃地讲述着他第一次观看放喷时的感受："……我差不多两天没有睡觉了。眼皮子重得像要掉下来，身上也没有一点力气，站着都能睡着。我想快点放喷吧，我要美美地睡一觉，可是放喷的声音一响，看到从放喷管里喷出一股水的时候，只有想笑的感觉，别的感觉都没有了。齐处长，您第一次看放喷时是什么感觉？"

余小添感觉到，齐国脸上的肌肉扭了一下，仿佛很痛苦的样子。这时，一声尖锐的声音传来，"茫21井"放喷了。

一股混合着水的油流从放喷管里喷出，落入一个提前准备好的罐子。

"但是仅仅过了几分钟，从放喷管里传出了不同的声音，刚才略有点沉闷的声音变成了尖利的啸叫，有经验的人知道，气体也从放喷管里出来了。

"这口井里果然有气了，你听它的声音有多大，咱们过去看看。"齐国对余小添说。

他们距离放喷管大约有四五十米的距离，只走了十多米，突然，齐国一把拉住了余小添。说："我好像闻到一点什么味道。"

余小添深深吸了一口气，闻到一股臭鸡蛋的味道。奇怪，现场怎么会有臭鸡蛋的味道，难道是……余小添突然吓住了。

齐国一把抢过余小添手中的对讲机，急促地说："所有人，听着，我是齐国，现场疑似发现硫化氢，放下所有工具，停止所有作业，立即，立即向西南方向撤退。"

发布完这道命令，齐国问道："咱们井上有没有配备硫化氢探测仪？有没有防毒面具？"

"有，在工具柜里。"余小添拔腿跑着去拿，没有多远的距离，一会儿工夫就拿来了。这时候齐国已经撤到了离井口200多米的地方，大部分井队上的工人也撤到了这里，还有人在陆续撤退。

"齐处长，你说有硫化氢？不会是大惊小怪吧，我工作快20年了，从来没听说咱们柴达木的油井里有硫化氢？"急匆匆跑来的井队队长粗着嗓门问。

"我也没有听说过，可是我闻到的味道很像硫化氢的味道。"

井队队长还是很怀疑，说道："齐处长，这两天您没休息好，是不是鼻子有点堵了。"

"不管是不是硫化氢，都必须要预防。你马上把所有人都撤下来，一个都不能少，责任由我来负。"齐国果决地说完后，戴上防毒面具，手持测试仪向着气流的方向走去。余小添说："让我去吧。"可是齐国像是没有听见。

大约过了五分钟，齐国小跑着回来，摘下面具的第一时间就问："人撤下了没有？"

得到肯定的答复后，齐国手一挥，说道："咱们不能待在这里，大家跟着我，继续向后退。

一直后撤到500米以外的一个山坡上，齐国才让队伍停了下来。

果然有硫化氢，而且浓度很高。齐国拿出测试仪让在场的几个人看，浓度达到6000多个单位，这个数字把所有在场的人都吓坏了。硫化氢在空气中的浓度达到2000个单位，五分钟就能致人死亡。6000个单位，可以直接秒杀所有的人。

"这还不是最大数值，这是我在放喷管下风口20多米的点测到的数字，已经被空气稀释过了，如果在核心区，估计能达到12000个单位。"齐国说。

"柴达木怎么有硫化氢？"还是先前有过怀疑的那个井队队长说。但意思已经大大不同，这回表示惊叹。

幸亏大家都在上风口，而茫崖岭高出地面一大截，通风状态良好。也幸亏齐国发现得早，否则，现在井场周围会躺倒一片人。余小添后背冷飕飕的。他敬佩地看着齐国，如若不是齐国在现场，凭他余小添是不可能这么早判断出天然气里含有硫化氢的。

"现在怎么办？"余小添眼巴巴地看着齐国，其他人也都眼巴巴地看着齐国，突然降临的危险让大家乱了方寸。

"情况非常危急，我长话短说，"齐国声音低沉，但含着不能拒绝的威严，"第一，现在的风向是东北风，东南一带都是山岭，很少有人，即便有人，但都相隔很远，硫化氢的浓度稀释了，暂时不会有大问题，可要是风向变了，变成西南风就麻烦了，我们油田的大部分作业队伍都在那个方向，而且地势低，容易造成硫化氢聚集。第二，放喷口是我们控制地层压力的重要手段，不能关闭，若是关闭放喷口，很可能造成井喷，我们就失去了控制手段，问题就更严重了。高浓度的硫化氢扩散开去，会逼迫5公里外整个石油基地的人都得紧急疏散，我们就成了罪人，所以当下只有一个办法，"齐国的目光在每个人的脸上依次看了一圈，手用力向下一挥，硬生生蹦出两个字："点火。"

点火？大家都明白，这是为了将井下的油气烧掉，避免硫化氢扩散。可是一旦点火，"茫21井"就变成了一口事故井，而且点火后会因地层压力大，形成井场高温，会为下一步开展压井工作造成极大困难。然而，现场情况又这么危急，除了点火，似乎没有别的办法。

齐国对钻井队长说："我向油田汇报，你们分头准备点火的工具。"

两个小时后，油田批准对"茫21井"的放喷口点火，点火的工具也准备好了，可是没人愿意去点火。

按照工作任务区划分，目前整个井场都在钻井队管辖之下，操作工作应该由钻井队来完成，只是这个任务太危险了，钻井队队长选了几个人，却没有一个人愿意去点火。现场的硫化氢浓度太高，防毒面具要有一点损坏，必死无疑。听完钻井队队长的汇报，齐国几乎没有犹豫，说："我去点火吧，油田委托我来解决"茫 21 井"的问题，我就负责到底。"说着便开始穿刚刚从后方送来的消防服。

"您不能去，让我去！"余小添抢先把防毒面具抓在手里。"我比你年轻，腿脚比您利索，再说我是这口井的技术负责人，责无旁贷。"

"我的经验比你丰富，1987 年南梁山灭火时，我就是技术负责人，我去把握更大。"齐国坚持。

"可是您已经退休了，没有理由再去，我不能让您冒这个险。"余小添死死抓住防毒面具不放，一步不让。

齐国笑了一笑，说："小余，退了休我也还是柴达木石油工人，你年轻，有知识，将来油田是你们的，你比我有用。"

但余小添坚决要自己去。在这个关键时刻，如果让一个年过六旬的老人去扛危险，余小添觉得一辈子都不能原谅自己。看到余小添还是坚决不肯放开防毒面具，齐国长叹了一口气说："好吧，有一个理由该我去。小余，你在十年前发现了南八仙们留下的日记，给大家看过，我也看过，现在告诉你吧，我是他们的后代，这个时候……这个时候是不是该我去，南八仙的后代不去谁去呢？"

"什么？"余小添大吃一惊。

"是真的，齐桂香是我的母亲，她失踪的时候，我只有三岁。本来很早就该告诉你，但后来觉得自己这些年做得很不够，恐怕辱没了我的母亲，就一直没有告诉你。"

"我不相信！"余小添完全被齐国的话震惊了，甚至忘记了此刻井场上一触即发的危险。他怀疑这是齐国想孤身犯险而编造出来的故事。

齐国在余小添的肩膀上拍了一下，说道："我有一些日记，现在保存在我爱人手中，如果发生了意外，我回不来，你去找我的爱人，看一看就知道了。"

余小添的手松开了。齐国利索地戴好防毒面具，向着山谷里走去。前方，气流在阳光下升腾、幻化，像是魔鬼在起舞。

余小添的泪水流出来了，什么时候流出来的，不知道，泪眼蒙眬中，他的眼前只有齐国的身影在前方蹒跚。

……

半个月后，余小添看到了齐国的日记，一共有42本。这些日记记载了齐国的成长经历，特别是记载了齐国在柴达木盆地的工作和生活。有的日记长篇大论，显然是齐国心情激荡下的有感而写，有的只是寥寥数语，可能工作太忙，来不及详写。有时一连数日天天有日记，有时几个月只有只言片语。有的字迹潦草，有的字体端正。通读之下，余小添抑制不住心中的激荡和感慨。从日记来看，齐国的确是南八仙的后人，是指导员齐桂香唯一的儿子。读完日记，余小添明白了齐国为什么在生死关头抢着进入满是硫化氢、顷刻间就可能丢掉生命的井场。因为他从来到柴达木盆地开始，就给了自己一个目标：踏着母亲的脚步，点亮一盏灯，让黑暗中的妈妈不再孤独。为了这个目标，在几十年的工作中，他多次冒着生命危险冲到第一线，化解风险。为了这个目标，他做了自己能做的一切。

而作为柴达木石油的后来者，余小添读懂了过去岁月里，那些为柴达木石油发展壮大的人们，怀着怎样的理想信念，经历了怎样的磨难,走过了怎样悲壮而不平凡的路,也深深体会到,在这个环境严酷的高大陆上,没有奋斗和牺牲就没有一切。

　　用了将近一年的工夫,余小添把日记整理出来,为方便外人了解齐国和他那一代柴达木石油人寻找石油的艰辛过程,余小添舍去了日记里大部分关于对生活琐事的描写,还对部分日记的内容进行了整合,按照前期、中期、后期,分了三个篇章,相对清晰地勾画出了第二代南八仙人的人生轨迹。

# 到柴达木去，到祖国最需要的地方去

1976 年 6 月 1 日　多云　二级风

我们马上就要毕业了。前几天开始，学院已经公布了毕业分配的地方，大概有十几个单位。根据专业不同，我们地质勘察班有两个选择：胜利油田和青海油田。大家可以根据这两个地方填写分配志愿。

我比别人多了一个选择，就是留在学院。

两个月前，学院团委书记张小帅找我谈话，建议我留在学院工作。张书记说："团委的马干事已经超龄，年底就要转岗，我想让你接替马干事的工作。你一直是七二级的团总支书记，熟悉团委的工作，很适合这个岗位。"

同学岳忠良建议和他到胜利油田工作。岳忠良说："山东东营那边发现了一个超级大油田，前景广阔得很，现在正处于开发的早期，机会多，到胜利油田比到别的油田有前途。"

我当然愿意留在学院工作，我自小就生活在西安，留在家门口工作当然好了，可是岳忠良的话又让我动心。他说："留在学院算什么事，除了实验室，连点石油的味都闻不到，不如到油田去工作，站在高高的井架上，那多威风。"

因为拿不定主意，我去征求爸爸的意见，我以为爸爸肯定会同意我留在学院里工作，可是爸爸却建议我到青海油田。

爸爸说："别的地方不用考虑了，你就到青海油田去，青海油田在柴达木盆地，有十多万平方公里，顶得上半个陕西了，你看看地图就知道那是多大的一片地方。而且40年代就有人发现了石油，说明那里可能蕴藏着丰富的石油。你是学地质勘察的，不到这样的地方去到什么地方去？还有什么地方能比那块儿地方更让人向往？"

我问爸爸："您去没去过柴达木盆地？"我知道爸爸早年在西北勘探部门工作过，可能是过去我太小，爸爸一直不愿意给我谈过去的事。"

爸爸说："我当然去过，不然怎么对柴达木那么熟悉。20多年前，我参加了一支勘探队，在柴达木盆地进行了几个月的勘探工作。"他把我拉到一幅地图前说，"你看，柴达木盆地的地形多么奇特，祁连山、阿尔金山、昆仑山三座大山夹着这么一块高地，东西长，有近1000公里；南北窄，大概四五百公里。当年，我虽然只去了几个月，可它经常在我的梦里出现，我忘不了它呀！"

这幅地图在爸爸的书房里挂了很久，都有毛边了，过去我没有注意过这幅图，现在才知道是柴达木的地形图，不知道父亲是什么时候得到的。

父亲的手指着地图，一个地方一个地方给我讲解："你看，这是冷湖，这是大柴旦，还有大风山、牛鼻子梁、黄瓜梁。过去都是野地，没有名字，都是我们勘探队员起的。那些地方呀，别看寸草不生，到处都是戈壁，氧气也不够用，却是一块宝地呀，有盐、煤、石棉，还有石油。当年苏联的专家判断，根据大的地质演化情况，这里应该有相当多的储油构造，可能有大的油田。我注意过，1958年的时候，在盆地的中南部发现了一个冷湖油田，就是这个地方，规模不大。这些年来没有听说过有什么大的发现。"

"别挤在城市了，你年轻、有学问，要立大志向，到柴达木去施展身手。"说话的时候，父亲的脸上泛起了一点淡淡的红色，那是激动了。父亲很少跟我谈工作上的事，可是就这么一个他只去过几个月的地方，却跟我谈了这么多，真是有点儿奇怪。

我走到地图跟前，看着那些标注着地名的地方，努力想象柴达木盆地是什么样子，可是我想象不出来这个让爸爸激动的地方是什么样子。

但是，在我看地图的时候，突然有一种感觉，好像这个地方很熟悉，我曾经去过。立刻，我就心动了，下了决心，我要到柴达木去。

### 1976年6月12日　阴　二级风

忠良终于被我说服，愿意跟我一块儿去柴达木盆地，去青海油田。

忠良本来已经报名到胜利油田，我说服他和我一块儿去柴达木盆地，他却想说服我去胜利油田。他对我说："齐国，我听说咱们班里报名到青海油田的只有你一个，同学们都说柴达木盆地海拔太高，氧气吃不饱，几年就能把人憋死。柴达木没有面吃，吃饭都是牛羊肉，身上的那股味别提有多难闻。还有就是柴达木没有女人，不好找老婆，搞不好一辈子要打光棍，我看你还是算了吧。"我说："他们又没去过柴达木盆地，怎么能知道那里的情况。青海油田有一万多人呢，真要那么差，人早就死完、跑完了，还有什么油田？"忠良跟我急眼了，说："你怎么就非要去青海油田？"我说："我也不知道怎么回事，反正我看了一眼柴达木盆地的地形图就决定了，无论怎样都要去。"忠良看我到柴达木的决心这么坚定，只好答应跟着我去柴达木。他说："咱俩一个宿舍住了四年，真舍不得你。算我倒霉，认识了你这么个朋友，只好跟着你一块去受罪。"

我和忠良同学大学 4 年，一直是上下铺。他很实在、很能干，也特别讲义气，不过他的性格有点儿急躁，有什么话藏不住，对你好就是好，对你有意见就直接提出来，不是小肚鸡肠的人。

学校发放派遣费时，忠良很高兴。到青海油田的派遣费比到胜利油田的派遣费高了一倍多。到胜利油田只有 16 块钱的派遣费，而到青海油田则有 38 块钱，顶我们过去三个月的伙食费。另外，因为我们是去艰苦油田工作，学院还给我们每人奖励了 30 元。因为派遣费高，忠良猜想青海油田的工资应该也很高，他对我说："齐国，听你的话去柴达木算是去对了，工资肯定高，这下子我对家里就好说了。"忠良出生在关中地区的农家，弟弟妹妹四五个。上大学的时候，他爸爸就对他说："我不指望你多出息，就指望你工作后多给家里贴补几个钱，好让我把你的弟弟妹妹养大。"

我们约定好下个月 10 日出发。


## 1976 年 7 月 3 日　小雨　二级风

我太震惊了，从昨天开始到现在，我的心一直没有平静过，如果不是爸爸亲口讲给我听，我绝对不会相信这是真事，更不相信就发生在我身上。

昨天下午，爸爸说："你快要工作了，我想和你谈谈。"爸爸的神情很严肃。其实这些天围绕着分配、围绕着柴达木盆地，我们已经谈了不少，似乎没必要再专门谈什么，何况今天还不是休息日。当时我觉得有点奇怪。

谈话的地点竟然不是家里，而是在西门外的麻庄。这是西安城里一个很热闹的地方，方圆有好几平方公里，有工厂、街市，十多岁的时候我跟着伙伴们到这里来玩过。

爸爸对这个地方很熟悉，穿街走巷，一直走进了一个大院子。院里有好多房子，人来人往，看起来是个大杂院。

爸爸带着我来到院中的几棵大树下，问我："知道为什么带你来这个地方吗？"我摇摇头，只是觉得奇怪。

"这个地方曾经是我工作的地方，已经有 20 多年没有来过了。"父亲神情黯然地又说道："当年这里是西北勘探大队的驻地，我就住在前面那一排房子的第二间，还有这几棵树，也是我们当年种下的。"

接着爸爸拿出一张照片让我看。我一眼就认出来了，这是妈妈。妈妈去世的时候，我只有3岁。我跟着姥姥生活，姥姥经常拿出妈妈的照片让我认，说妈妈去了很远的地方。但这张照片不是姥姥保存的那张。这张照片上的妈妈30多岁，穿着军装，齐耳短发，显得更加成熟和干练。

爸爸缓缓地说："你认出来了，这是你妈妈。以前你问过我，妈妈去了哪里，我没有告诉你是怕你伤心，也怕我伤心。现在你马上就要去柴达木工作了，我要原原本本地告诉你。你认真听好。"

爸爸脸上表情痛苦，声音缓慢地说道："22年前，我和你妈妈都在西北勘探大队工作，就是现在的这个地方。大队担负着新疆、青海、甘肃、宁夏等地的勘探工作，下设了新疆的塔里木、青海的柴达木等几个专业大队。我是柴达木勘探大队的副队长，你妈妈是女子勘探队的指导员。那时候，咱们国家极度贫油，急需找到石油。新中国成立前，有几个地质家到过青海的柴达木盆地，发现了裸露在地表的油砂，证明柴达木盆地有石油。但国民党政府腐败无能，一直没有开展进一步的勘探。我们的任务就是到柴达木去，尽快发现石油，找到石油，支持国家建设。1954年3月30日，我和你妈妈就是从这里出发，去了柴达木盆地。那时候柴达木盆地在地理地质上还是一片空白，究竟有哪些山脉、哪些河流，只有大概的数字，没有详细的情况。我们先在盆地的东部进行了勘探，又逐步向西部推进。5月份的时候，到了柴达木西部的一个小湖边。柴达木盆地的东西部差别很大，东部有草原，有世代居住在那里的蒙古族牧民，也有一些汉族的农业定居点，水资源比较丰富。西部就不一样了，是一片望不到边的戈壁，除了靠近昆仑山的地方有一些绿洲，其他地方基本上就是黄沙、土丘，没有人烟，最主要的就是缺少水源。所以我们就在这个小湖边设立了队部，按照由近及远，逐步推进的方式去进行勘探。你妈妈她们的女子勘探队有几十个从城市里招收的知识青年，分成几个班参加勘察。由于她们绝大多数是女孩子，专业技术力量也弱，给她们分配的任务就是在附近进行地面勘察，一般早上出去勘探，晚上回来，离队部最远不超过两天的路程。我们认为这样可以保证她们的安全，可是我们低估了柴达木盆地天气极端的残酷性，地形的同质性。我现在还清楚地记得 7 月 5 日那天晚上，你妈妈到队部来，问我老家有没有来信，顺便找一瓶墨水。当时，野外勘探条件艰苦，物资补充困难，按照规定，所有人都是集体住宿，我和你妈妈也不是经常见面。她说第二天要随着女子一班去一片雅丹地形搞测量，就那么简单的几句话。谁知第二天她们出发后不久就因沙尘暴，迷路陷入那一片巨大的雅丹地貌中，从此再也没有回来。"

爸爸喘了几口气又继续说道："当年我们成立了好几支救援队到你妈妈失踪的地方寻找，其中就有我带的一支救援队。后来上级还派来解放军战士，派来地方上的人参与搜寻。可那片地方太大了，我们的交通条件、通信条件都不好，那几天又相继发生过几起沙尘暴，给救援带来了相当大的困难。连续找了十天十夜都没有找到。我们曾经找到过她们露营的地方，也在不同的地点找到了她们使用过的物品，可就是找不到她们。

我们估计她们一直在想办法自救，不断地移动位置。后来找到了一匹她们骑过的，已经渴死的骆驼，组织上考虑，连最耐渴的骆驼都死了，找到她们的可能性基本上没有了，就停止了搜救。"

说到这里，爸爸流出了眼泪，对天长叹一口气，说道："为什么我支持你去柴达木盆地工作，就是不甘心啊！当年西北勘探大队撤销的时候，准备调我去东北工作，我要求留下来，就想着再有机会去一趟柴达木，再去找找你妈妈，可是这些年来一直都没有机会。当年，我和你妈妈的理想就是在柴达木找到大油田，可是谁也没有做到。当年，我们就是从这里出发的，现在你也从这里出发，去柴达木，去实现我们的愿望！"

爸爸饱含眼泪继续说道："这些年来，你妈妈孤零零地独自躺在戈壁里，我想她一定很害怕也很担心你。你有知识有文化，条件也比我们那个时候强了好多倍。答应我，你去柴达木找到大油田，给你妈妈点个亮，让她以后不孤单不害怕……"

爸爸说了好多好多的话，这让我无比震惊。过去多少年，无论是和我生活了14年的姥姥，还是爸爸，都没有告诉我妈妈究竟在哪里，究竟是怎么死的。小的时候问姥姥，姥姥总是说妈妈去了很远很远的地方，说不定哪一天就回来了。长大以后问爸爸，爸爸总是说妈妈很光荣很伟大，但从未讲过详情。原来，妈妈献身在柴达木盆地，连尸骸都没有找到。

现在我知道我看地图的时候为什么觉得那么熟悉了，因为妈妈在那里等着我呢，冥冥中有一根线牵着我呢。

我不会忘记爸爸的话，从现在开始，我要到柴达木去找一个大油田，它不仅仅是我的责任，还有爸爸、妈妈传给我的责任，我要去圆他们的梦。

### 1976 年 7 月 14 日　晴　无风

去柴达木盆地实在太不容易了。我们坐了三天两夜的火车，在一个叫半柳的地方下车，那里有一个青海油田的食宿站。在食宿站，接待人员告诉我们，到油田的冰湖基地还有将近 500 公里，没有公共汽车，只能坐油田拉货的汽车，而且还得一站一站地坐，运气好的话，七八天能到，运气不好的话，那就难说了。

我们的运气不好，在半柳住了三天，才搭上了一辆去敦煌拉水泥的车。

敦煌也有油田食宿站，可以住也可以吃，但是不管交通，要想进到柴达木盆地需要自己搭顺风车。

第一天我们找到了 8 辆去往柴达木盆地的车，6 辆车满员，食宿站住着许多休假回来的员工等着搭车回去。剩余的 2 辆车虽然可以乘坐，但一次只能坐一个人，我和忠良不愿分开走，决定第二天再搭车。第二天找到 3 辆车，车上拉满了货，驾驶室没有空位子。第三天，有十多辆车要进柴达木，但是仍然没有适合我们走的车。

今天是第四天，再不走我们的钱就不够用了。学校发的派遣费本来可以支撑一阵子，可我们把柴达木想得太简单了，以为很快就可以到达，忠良出发时把大部分的钱都给了家里，除了火车票，只带了 3 块钱，还在半柳时钱就已经用完了。我也没有把派遣费全部带来。

没有想到去柴达木盆地竟然这么难，从西安出发已经 10 天了，却困在了半道上。忠良对我发脾气，说："这是个什么破地方，连个车都没有，你偏偏要来，咱们不去了，回学校重新分配吧。"我说："回学校也得拿钱买票，你能走着回西安？"

发脾气归发脾气，再不到单位报到，连馒头也没得吃了。可是食宿站里一辆路过的车都没有，我们只得到公路上去拦车。

快到中午的时候，才拦了一辆车。开车的师傅年龄不大，留着小胡子。问我们干什么去？我说我们是学生，分配到青海油田工作，现在去冰湖报到。小胡子师傅答应把我们拉到冰湖，不过，按照这条线上的规矩，搭车人要管司机一顿饭，他向我们要两块钱。

我们连吃饭的钱都没有了，哪儿还有两块钱？我们说："钱都花光了，给你打欠条，到单位报到后立刻给你。"小胡子师傅说："我见得多了，到地方你们一拍屁股走了，上哪儿去找你们？前年我拉过一个人，还是坐机关的，也说没钱，到了地方给，比你们能说多了。我把他拉到地方，停车一看，他人都不知道去哪儿了，敢情是怕给钱，快到地方时跳车跑了。"

看小胡子师傅的架势，不给点钱不行，我们商量拿东西抵，把随身带的东西都拿出来，穷学生有什么东西？就是饭碗、茶缸、钢笔、笔记本。小胡子师傅直摇头，说："都不值钱，抵不上。"我一咬牙，把一个牛皮包拿出来了。

牛皮包四四方方，上面印着一行字：解放战争纪念，落款是西北人民政府。这是父亲送给我的，虽然年代久远，但保存得很好，看起来还很新。父亲给我包的时候说："你到柴达木搞勘探，可能用得着，这个包能防水，装个资料什么的好用。"

这回小胡子师傅答应了，但不让我们坐驾驶室，说他拉了一台贵重仪器，仪器必须放在驾驶室，我们只能坐在车上面。

说完这话，小胡子师傅吃饭去了，让我们等着。这是辆拉运杂物的车，有木头还有阀门等东西，我们在车厢的一角找了个地方半躺着，现在行了，终于有着落了，听小胡子师傅说大概晚上七八点就能到冰湖镇了。

## 1976 年 7 月 15 日　晴　无风

**我们真倒霉了，被困在路上了**

还是从昨天下午说起吧，反正有的是时间。

我们的车是下午 3 点多出发的，车上东西装得太多，而道路又太差，全是一道一道的搓板路，那感觉就好像汽车是航行在海里的船，不停地摇晃，遇到沟坎，汽车还会猛然地向上弹起，我们也随之被抛起，再重重落下，不一会儿的工夫，感觉身子就散架了。

昏天暗地的，大概走了四五个小时。车突然停下了，小胡子师傅下车查看，检查了一阵子，嘴里开始骂骂咧咧的，埋怨道："这是什么破车，净给我捣乱。"忠良问了一句："师傅快到地方了吗？"小胡子师傅说："做什么梦呢，明天能到就算是快的。"

原来是车坏了，一个重要的零件损坏了。小胡子师傅说："我修理不了，只能去报救急。"前面三四十公里有个食宿点，只有先到那里才能用电话向车队报救急，然后等着车队派人带零件来修。

小胡子师傅对我们说：“我去报救急，你们俩看着车，别的不打紧，过往司机不偷这些笨东西，只有这一台仪器非常重要，是研究院要用的，才从上海买回来，仪器要是丢了，就误了大事，影响研究工作。”

忠良问小胡子师傅什么时候能回来。小胡子师傅看看快要黑的天色，说道：“运气好的话，明天早上我能带着救援车赶来；运气不好的话，明天中午吧。”说完便到路上拦车，天黑前，终于搭上了一辆车，临走时还再三叮嘱我们，一定要看好仪器。

正是8月的天气，应该是一年中最热的季节，在西安时，我们天天热得汗流浃背，但现在却有些寒气逼人。这倒能想得通，这儿是高原啊！

半夜里，突然起了风，顺着山梁子扑下来，风虽然不大，却似乎带着箭头似的，把寒冷一点点射向我们的身体，仿佛是冬天的风。不，甚至比冬天的风还尖锐，能顶到人的心尖尖上。不一会儿，我们就被冻得浑身发抖，我和忠良带的衣物不多，谁会想到这个季节还有这么冷的天？每人只带了一身换洗的衣服，赶紧拿出来套在身上，可是不顶事，风仍然很坚硬地顶着我们。

人逼急了就会想办法。实在冻得受不了，我们就在车上翻腾，结果翻出了一块篷布，现在顾不得了，赶快铺开盖在身上，这一下暖和了不少。

好不容易一夜过去了，天亮了。

太阳升起来以后，就没有那么冷了。但是新问题又来了，我们没有吃的。昨天上车时带的两个馒头，晚上已经吃完了，肚子饿得"咕噜咕噜"直叫唤。我们望着路的两头，盼望着小胡子师傅能早点来。小胡子师傅说中午就能回来，可是等到中午，小胡子师傅也没有回来，不知道他遇到了什么事。

忠良说："我可能快要饿死了，浑身上下没有一点儿力气，肚子上像是扎着把刀。""不会的，人饿死要七天才行，才两顿没吃怎么能饿死？"我对忠良说道。

"你怎么知道两顿不吃就饿不死，你又没挨过饿。"

"小时候听姥爷讲过，抗日战争时他打过游击，被鬼子围了，躲在一个山洞里七天没吃饭也没饿死，后来被一个放羊的老汉救了。人挨饿的时候，刚开始两天最难受，好像五爪挠心，快要饿死时反而不怎么难受，就是没有力气，什么都干不了，只能眼睁睁地躺着。看你刚才还跑到对面的小山坡上，上下折腾欢实着呢，说明你有的是力气，离饿死还远哩。"

后来我们饿得难受了，就想了一个办法，其实也是姥爷讲给我听的，讲自己最爱吃的一种食物。

我先讲我最爱吃的东西，不是鱼，不是肉，是姥姥做的一种野菜饼。春天的时候，家乡的野地里长一种叫"一刀砍"的野菜，很奇怪的名字，姥姥带着我去采。回来后和一点面在锅里烙，火不能大，烙得微黄时，把饼翻过来烙另一面，吃起来脆中带柔，柔中含香，好吃得不得了。忠良也讲了他觉得最好吃的东西，是一块很干的小米饼，小时候他闯了祸，怕父亲打，不敢回家，在外面游荡了两天，后来有个大娘给了他一块小米饼让他吃，他觉得那是人间最好吃的东西。

太阳又快要没入地平线了，整整一天，小胡子师傅都没有来，不知道他在哪儿，短短的 100 多公里路，竟然让我们等了一天一夜。

看起来，今天晚上没有指望了。

## 1976 年 7 月 16 日　晴　沙尘暴

昨天晚上那一夜，又饿又冷，差不多一夜没有睡着。正在车上躺着，忠良突然一下子坐起来，说："齐国，咱俩真是傻瓜，咱们离冰湖镇还有多远？才 100 多公里，我们为什么在这里干等着？路上来来往往的车不少，咱俩干脆搭辆别的车走吧，说不定有车会捎我们。"

"不行，小胡子师傅交代车上有贵重仪器，咱们得在这儿看着它，万一让人盗走了，影响油田的工作。"

忠良大声叫起来，说："齐国，你傻，你是真傻，仪器设备又不是我们负责的，我们就是两个穷学生，凭什么帮他看仪器，你当他是好人？这么大的车，随便就能塞几个人，可他还问我们要钱，咱们别等了，搭辆车走吧。"

"忠良，你忘了，咱们现在已经是油田的人了，看护设备也是咱们的责任。"我耐心地说道。

"齐国，咱们算什么油田的人，学校的派遣单还在口袋里装着呢，不是咱们不仁，是他不义，他说让我们等一天，现在整整两天了。"忠良有些生气。

"咱们从决定来的那天起，就已经是油田的主人了，咱们站在柴达木盆地的土地上，就得为它负责，既然人家交代我们看好仪器设备，就不能马虎。"

"那咱们也不能干等着饿死，谁知道什么时候他才能回来救我们呢。反正我是不会再等着了，你走不走？"忠良有些急了。

我摇摇头说："不能走。"

忠良说："好吧，那你等吧，想等到什么时候就等到什么时候，我自个儿走了。"忠良怒气冲冲地跳下车，跑到前面20多米的地方伸手去拦车。

接连过去了4辆车都没有停，路过的司机们并不愿意随随便便搭人，但是第五辆车停下了。岳忠良与司机交流了几句，大约是司机同意搭车了，使劲向我招手，让我去坐车。我回了一个手势，意思是让他先走。忠良站在那里大喊大叫，但我佯装没有听见，索性扭头看着别处。

一会儿，车开走了，忠良低着脑袋慢慢走回来，狠狠地瞪着我。我安慰他说："最多咱们再坚持一晚上，我和你打赌，明天司机准保会带着救援车来。"

忠良气势汹汹地说："好吧，你愿意死我就陪着你死好了，不枉咱们同学一场，你知道我是不会扔下你不管的。"

又过了好一会儿，忠良突然问："你说咱俩打什么赌？"

"随便你，想打什么赌都可以。"我笑了，知道忠良的气已经消了。

"你输了，把你第一个月的工资都给我，我天天吃肉。"忠良孩子气地说道。我说："可以，如果我输了，不但把第一个月的工资给你，再遇到这种事，我也绝不会把你扔下。不过要是你输了怎么办？"

"我把半个月的工资给你，让你隔一天吃一次肉，你别觉得不公平，我在能走没有走的情况下，大义凛然地回来陪你，所以赌注应该减半。"忠良哈哈大笑起来。

补记：

今天早上，我们遇到了沙尘暴。大约 10 点多，我和忠良正在猜测下面开来的哪一辆车会是小胡子师傅带来的救援车，突然，忠良说："齐国，你看那是什么？"

我扭头，哎呀，竟然是从未见过的奇妙景象。

一道黄色的墙缓缓地向我们推来，气势磅礴而又从容不迫。半边天空一碧如洗，朵朵白云飘飞自如，轻灵有余。半边天空黄色凝聚成团，吞没远峰近水，厚重如山。那仿佛是一幅着色的水墨画，简简单单却又立意高远，似乎是作画者站在宇宙宏大之处的信手挥洒，又如黄河的水流，带着冷峻的笑容，无孔不入，无物不没，一路自信地奔泻而去。

正当我们惊惧得不知所措的时候，那道巨厚的土墙一下子吞没了我们，连同我们身边的一切。风发出一阵阵尖厉的啸叫，像号哭，像咆哮，更像地狱里的咒语，一声声直戳心口。被风挟带着石子、黄沙、草根、树皮猛烈地击打着车顶，天空瞬间变成了暗红色。车窗外只有猛烈的、漫无际涯的风和土，周围什么都看不见。我看看忠良，忠良的头和脸都被沙尘遮掩，更像是一个剪影，想开口问忠良怎么样，却让一口带着沙子的风给狠狠地呛了回去。

我才意识到我们遭遇了沙尘暴。之前忠良说沙尘暴最厉害的时候，可能会把整辆车抬起来，带向未知的远方或者发出一声巨响，然后我们被黑暗吞噬。他害怕地紧咬着嘴唇，嘴唇都被他自己咬烂了。

足足过了两个小时，沙尘暴才小了一点，天空变亮了，风的呼啸声也低了，能彼此看清对方的脸、鼻子和嘴巴。我打量忠良，他差不多变成了土人，而周围凡是裸露在外面的东西都落上了一层厚厚的沙子，幸好我们有一块帆布挡着，否则还不知道会发生什么呢。

"齐国，这个地方绝对不适合人类生存，我发誓一旦有机会我就离开，到时咱们一块离开。"忠良边吐着嘴里的沙子边说。

"忠良，你可以走，但我不能走，我发誓，我要在这儿工作和生活，我要找到大油田。"我看着忠良认真地说道。

"为什么呀？你看咱们还没报到呢，老天爷就让我们吃了一场大风，要在这儿工作，以后还不知道要吃多少沙子呢。"

"忠良，我给你讲讲我妈妈的故事。"我就把妈妈的故事讲给忠良听。我讲着讲着就哭了，忠良听着听着也哭了。当年，妈妈就是因为一场沙尘暴而没能回来，今天，这场沙尘暴绝不能让我动摇。忠良一边哭一边说："齐国，我以后再也不提走的事了，我陪着你。我发誓我要跟你一起找到大油田，圆你妈妈的梦想！"

### 1976 年 7 月 17 日　晴　无风

今天是我们困在半道上的第三天。天亮的时候，冻饿之下，我们都不会动了，但头脑还清醒，这时听到有人说话，我费力地睁开眼睛，看到小胡子师傅欣喜地叫道："你们还活着，还活着。"

忠良问道："你是骗子，骗我们帮你看车，你说好一天就赶回来，为啥过了三天才来？"

小胡子师傅急得直跺脚，说："不怨我，都是这些破路破车害的，我从基地要了救援车，可是还没到这里，救援车又坏了，重新又要了第二辆救援车，真的不怨我呀。"

小胡子师傅给我们带来了食物和水，在我们吃喝的时候，小胡子师傅说："我以为你们早就跑了，我车上的仪器也早就丢了，可是没想到你们两个学生娃娃，这么守信，硬是死守着车没挪动一步，让我说什么好呢，这么着吧，今天到了基地，我带你们去洗澡、找房子，请你们喝一碗地道的羊杂碎汤，我保证，很快就能到基地。"

我们困住的地方离基地总部没多远，也就百十公里，可是这百十公里就差点儿要了我们的命。到冰湖镇时还不到中午，小胡子师傅说话算话，带我们先洗了澡，吃了一碗羊杂碎，又带着我们到人事部门报到。他人熟地熟，事情都办得挺顺当。临别的时候他把我的牛皮包还给了我，说他叫王大海，是运输公司的司机，以后有什么事尽管找他。


### 1975 年 8 月 16 日　晴　无风

油田总部设在柴达木盆地的冰湖镇。

冰湖镇处在一片茫茫的戈壁中，位于祁连山脚下，天气晴朗的时候，能看到远处祁连山顶的白雪。

这里是一片荒芜了几万年，甚至更久的土地，空旷的大地绵延几百公里。极目远望，到处都是苍凉的景象，细碎的石子混合着沙土从脚下一直向前延伸，亘古不变。偶尔有一只苍鹰在空中急掠而过，或有一股旋风在大地上盘旋，那就是变化。离我们不远的地方，有一座小山包，大家叫它肯曼岭，虽然与祁连山不相连，但从山系上说，也属于祁连山的余脉。可能它从大地裂开的口子里蹦出来的时候，因为温度太高，所以整座山岭都是黑色的，非常特别。前两天休息的时候，我们几个同学相约着去肯曼岭玩，虽然看着挺近，但是走起来还是挺远的。我们走了三个小时才到岭下，玩了几个小时，回来天都黑了。肯曼岭上有一种小石子非常圆润，握在手里很舒服，也可以放在瓶子里观赏，我们每个人都捡了不少，打算寄给同学。

　　这里的天空简直太晴朗了，来了一个月了，别说下雨，连云彩也很少能见到。每天，太阳火辣辣地从东方升起，又火辣辣地从西边落下。阳光照在脸上，都有点儿针刺般的感觉。因为紫外线强烈，这儿的人脸上的皮肤都是黝黑的。听说这里的日照时数是全国最长的，每年的日照时数比号称"日光城"的拉萨还要多五六百个小时呢。不过天空虽然晴朗，但温度却不高。这个时节，西安热得穿不住衣服，一片纱都觉得多余，而在冰湖镇却必须要穿上外衣。夜晚的时候，温度更会急剧下降，上夜班的工人还需要穿上棉衣。

　　从我们住的地方向西20多里有一个湖，湖边是一片草地，长着很硬的芨芨草，开着无数不知名的野花，奔跑着各种各样的动物。这个湖就是我们唯一的水源地，这片草地也是方圆几百公里内唯一能够看得见植物的地方。这个湖就叫冰湖，是当年第一批勘探队员起的名字，不知道当年妈妈她们来过这里没有？

冰湖镇很小，镇上只有一条长街，两边是高高低低的房屋，有邮局、小卖部、食堂、粮油供应站、招待所。最气派的建筑是一座三层楼房和一座影剧院。楼房是石油总部机关所在地，影剧院则是全镇的中心。这儿的人们基本上没有什么娱乐活动，也不常放电影，下班后，影剧院周围自然地聚集了一些人，有的找朋友说话，有的在打羽毛球，有的交换书籍，有的则打听下一场电影什么时候放，片名叫什么？

冰湖镇因油而生，50年代因为发现石油而设立，现在有1万多人口，差不多全是石油工人。走在长街上，都是穿着蓝色工衣的工人，空气里似乎都飘着石油的味道。

冰湖镇的周围，东南西北散落着4个基地，向南30公里，是一号基地，向北16公里是二号基地，向东22公里是三号基地，向西30公里是四号基地。四个基地是根据地质构造编成的，当年先后在这里发现了4个地下构造，进行石油勘探和开发，渐渐就形成了现在的基地群。

从各个院校分配到柴达木油田工作的一共有二十几个大中专毕业生，油田要对我们进行集中培训，然后才能分配具体工作。

### 1976年8月18日　晴　无风

培训快要结束了。今天，油田总部对我们进行了油田历史教育。油田有一个100多平方米的荣誉室，讲解员说："1954

年就对柴达木地区进行了勘探，1958年，在一号基地的'岩二井'发现高产工业油流，原油畅喷三天三夜，日产原油达到800方。当时，这在中国是一个非常了不起的发现，石油部调集了好几万人进行石油会战，持续了半年多。在此期间又先后发现了二号、三号、四号地下构造。到1959年，仅用1年多时间，就建成了年产原油30万吨的油田，占到全国产量的12%，是名副其实的第四大油田，在全国都有很大影响力。因此，国务院特地批准建立了冰湖市，是青海省的第二个市，交通条件也得到了改善。最兴盛的时候，冰湖市有将近10万人，在青海各级地方政府还设有办事处，支援油田建设。"

讲解员边走边讲解："不过，冰湖地下的资源并不是太好，总共只探明了几百万吨的原油储藏量，没有成为像大庆油田那样世界闻名的大油田。而在后续的开发中，没有进行注水开发，地层能量递减得很快，石油产量也下降得很快，现在只有几万吨的产量。目前这里已经不是油田最主要原油生产区，只是总部和后勤保障单位的所在地。油田主要的勘探方向，在300公里的西南地区，那儿也有一个镇，还有个好听的名字——露花镇。"

我在荣誉室里意外见到了关于妈妈她们的描述。没有图片，只有一段文字介绍：1954年，8个风华正茂的南方姑娘，响应国家的号召，深入到油田南八仙一带进行石油勘探，因为遭遇沙尘暴迷路，不幸在雅丹地区消失，至今尸骨无存。后人为了纪念她们，将她们献身的地方命名为南八仙。'南八仙'和'岩三井'都是柴达木油田最能代表石油工人战天斗地的意志和不怕艰苦、不怕牺牲精神的标志。

忠良问："8 个风华正茂的南方姑娘都叫什么名字，为什么没有把她们的名字写上去？我们好把她们的名字记下来学习。"讲解员是个 20 来岁的姑娘，她回答道："当时新中国刚刚建立，各项工作千头万绪，有些基础工作没有条件做，加上年代久远，她们都没有留下自己的名字，我们习惯上都用南八仙来代替她们的名字。"

"这就不对了，她们为了我们柴达木的油田事业光荣牺牲了，我们却连她们的名字都不知道，实在有点儿对不起她们，应该想办法找到她们的名字。"忠良的话明显带有负气的成分。

讲解员姑娘倒也冷静，她说："同志，你说得对，我们是该把她们的名字记录下来，也许她们的名字是有的，不过我年轻还没有听说过，很抱歉我学习得很不够，以后有机会我去找她们的名字。不过咱们油田环境艰苦，工作又比较危险，为了柴达木油田牺牲的人很多很多，他们都是我们学习的榜样，也不必拘泥于某个人的名字，同志，你说呢？"

忠良的眼睛望向我，似乎就要讲出来，我赶快拉住忠良的手，重重地捏了一下。爸爸说过："当年，他们来柴达木勘探是另外一个系统的勘探队，只几年就解散了，与现在的青海油田没有关系，没有留下姓名也是有可能的。"这个当口儿，我不能说我就是南八仙中齐桂香的儿子，别人不但不会相信，还以为我是沽名钓誉。

但我仍然很欣慰，妈妈虽然没有留下的名字，但是有一个地方是属于她们的。

1976 年 8 月 20 日　晴　无风

我们的工作很快分配了。根据每个人学习的专业、个人志愿进行分配。

忠良要求到最艰苦的地方去。他问人事处的人："同志，哪儿最艰苦？""最艰苦的当然是地震队，他们长年流动作业，每年才能回基地几个月。"人事处的人回答道。忠良说："那我要求到地震队工作。"分配的时候，忠良如愿以偿地被分配到地震队工作了。我当时的想法和忠良一样，也觉得最艰苦的地方才能锻炼人，也要求到地震队工作，可最后居然没有批准，不知道什么原因，竟然把我分配到研究院工作了。

其实我是有想法的。到地震队工作东征西战，可以天天在野外，也许还能找寻妈妈她们当年的蛛丝马迹。就算找不到人，能找到一些用过的物品也行。当年，爸爸他们组织庞大的队伍进行搜寻，但限于时间，肯定有疏漏，肯定有没有找过的地方。现在我的时间多的是，不就可以去接着找吗？妈妈她们失踪的那个地方是沙漠地区，干旱少雨，我相信只要找对了地方，即使几十年过去，也一定会有收获的。

我们一块来的同学里，有一个同学引起了我的注意。他叫蒋四路，从北京石油学院毕业，看起来非常结实的一个小伙子。他干活勤快极了，我们集中培训的几天里，有时候也组织去劳动，他总是跑在最前面。比如，油田曾经让我们去附近平一个井场，要求两天内把场地搞好，达到标准。我们是学生出身，干体力活没干几下就累得干不动了，全凭蒋四路，他又是扛铁锹，又是拉架子车，别人休息他不休息，硬是带着我们把活干完了，让我们很佩服。分配工作征询大家意见时，他问人事处的同志："油田哪个工作最有代表性？"人事处的同志说："那当然是钻井工，你没看见电影《创业》，王进喜就是钻井工。"蒋四路说："那我就当钻井工，干别的没意思，请组织批准。"人事处的人说："钻井工和地震队一样，都是油田最苦最累的活，你要有思想准备。"蒋四路说："报考学校的时候，别的我不选，专门报了石油学校，不怕苦的思想准备4年前就做好了。"组织上也真的把他分配到钻井队工作。他特意来找我和忠良，说："岳忠良同学，你好好搞地震。齐国同学，你好好搞研究。我呢，给你们把井打得漂漂亮亮，咱们三个人一起建功立业，怎么样？"我们心潮澎湃，重重地击了掌。

新的明天就要开始了。


## 1976年11月21日　晴　无风

在研究院工作已经三个多月了。研究院是油田主要的地质研究机构，承担石油、天然气勘探开发综合性研究、油气勘探开发部署方案研究与编制、储量计算与管理、矿权登记与管理、油气藏工程研究、综合地质研究、经济评价、随钻研究、地震资料处理和解释、分析化验、井位测量等工作。研究院的历史很早，于50年代末期就建立了，在油田的各个时期都发挥了重要作用，也有好几位传奇式的人物。报到后，院领导让我在各个科室轮流实习，熟悉工作业务和流程。

上班半个月后，院里接到一个重要工作，组织一个小组，协助国内著名地质专家林小雷对柴达木盆地大龙山地区进行一次地质普查。这是一次十分难得的机会。林小雷教授是目前我国第四纪地质研究的领军人物，40年代毕业于西北地质大学，曾经师从李四光教授，具有丰富的经验，能跟着他一块参加地质考察，学习他的工作方法，一辈子都不见得有一次，等于走路捡了个大元宝。研究院里有很多人都想参加这次普查活动，我实习的科室就有三名同志向院里写了申请书。没想到的是，最后名单下来，竟然有我的名字。

普查组一共有15个人。院长乔海涛、主管石油勘探工作的副院长张冲，剩下的基本上都是院内各个研究室的主任、副主任，一色的中坚骨干。但有两个年轻人，除了我，还有一个上届毕业的大学生。副总工程师朱江来告诉我，这是林小雷教授要求的，他说这个普查团里不光要有研究骨干还要有年轻人。队伍出发的那一天，我见到了林小雷教授，他大约60来岁，头发已经斑白，但脸色红润，精神很好，看起来是个很慈祥的老人。

大龙山地区在柴达木东部地区，区域内有高山、湖泊、草原，也有大片戈壁，甚至还有一片冰川，极具地理多样性、生物多样性。朱江来告诉我们，大龙山地区除了做过简单的地质调查外，一直没有进行过正规普查，还是个未开垦的处女地，整个院里来过这个地方的人没几个。所以这次普查工作极具挑战性。

这次普查是从大龙山西面进入的，横贯整个地区，从东面出来。途中根据实际情况和林小雷教授的要求，临时决定是否停顿几天。我们考察队有七八辆车，除了供考察队乘坐的车，还有水车、食品车、修理车。大龙山地区没有路，汽车只能沿着一些自然形成的洪水冲刷出来的浅沟探索着前进。

第一天很顺利，地面比较平坦，我们走了30多公里，扎了帐篷，考察半天。但第二天就不顺了。车走出去没多远，就遇到了深沟和断壁。到处寻找能通过的地点，拐来拐去，到了天黑也没有找到可以通行的路，只得就地宿营。第三天对附近的地质情况、地理情况、生物情况进行考察，后勤上的同志负责找路。停留两天，我们取得了不少的第一手资料，收集了一些小样品，还找到了通向核心区的路，接着往前走。路上我们遇到了一个乱石堆，长有十多公里，纵深也有一公里多，虽然大小不一，但排列得很有规律，像是有人专门摆出来的。林小雷教授很兴奋，对这堆乱石做了很细致的测量和记录，据他说，这也是一种地质现象，过去从来没有见过，只是听说某个国家有过。

我们遇到了草原，面积挺大的，总有几百平方公里，见到了十多种野生动物。规模最大的一群是黄羊，可能有上千只之多。大概从来没有见过人类，它们根本不怕人，我们在离它们很近的地方给它们拍照，它们也不躲避。还有一些动物摆出雄赳赳的样子，仿佛告诉我们，这里的主人是它们。我们还遇到了三条河，河都不大，是冰川融化形成的，只有十多米宽的河面，河水平静地流淌着，清澈见底，寸把长的小鱼在水中嬉戏。

遇到小河是我们最开心的事了，因为一路上的用水都是随行的一辆水罐车供给，为了预防找不到补充的水源，有很严格的管控措施，绝对不能随便用水。遇到小河我们就可以很放肆地用水了，灌饱肚子后，再洗洗澡。特别是在第二条小河附近，有罕见的地质断层。我们在这里停留了5天，每天从野外考察回来一身汗，都能用清冽的河水洗一洗，真是绝少的享受。还有好多次我们遇到了深沟和断崖，有两次不得不放弃原来的路线，折回头从别处找平整的路前进。大龙山地区东西不过400多公里，但我们却用了一个多月的时间，到达中心区域就花了20来天哩。

考察结束了，这一个多月里，我深刻地认识到了地质工作者的艰辛与不易，特别是在柴达木盆地工作的艰辛。我们每天工作时间加上坐车时间都在十几个小时以上，没有脱过衣服睡觉，基本上没有吃过新鲜蔬菜，用水控制得很严，除了遇到小河的那三次，大部分时间没有洗漱过。这种工作状态没有尝试过的人根本不知道个中滋味。现在已经是70年代了，我们的各种条件比起妈妈她们当年不知要好多少，但仍然很苦。也由此可见，当年妈妈她们首次来柴达木盆地搞地质调查有多么艰苦。

## 1975 年 11 月 23 日　晴　无风

这次考察给我最深印象的就是林小雷教授。

林教授真不愧是著名的科学家。他对待工作极其严谨，我们跟着他学习工作方法，他的工作方法和我们大学实习时老师教的工作方法并没有多大差别，就是观看剖面、收集资料而已。所不同的是，他严谨细致的工作作风，任何事他都要亲自走到，亲眼看到。这次考察因为没有路，车在野地里行走非常颠簸，坐几十公里的车下来，整个人腰酸背痛，我才20来岁，都觉得吃不消，而他都是60多岁的人了，来到高原又有反应，却从来没有叫过苦。在野外考察时，他跟我们一样，自己背着地质包、水壶，说几点走就几点走。大家要帮着他背地质包，他坚决不让，说搞地质的人，地质包就是武器，武器哪能让别人帮你拿？他虽然带着一名助理，但看剖面、收集岩石、拍照片、做考察记录，基本上都是自己做。

有一次，我们对一座小山进行考察，在半山腰上发现了一处地质现象。这座小山包比较陡，爬上去很困难。乔院长看他年龄大，就说："林老，上山难度大，我让他们给你取个样，您就在山下看吧。"林教授轻轻一笑，说："我人老了心不老，你不让我上去看，今天晚上就睡不着。"结果他硬是花了两个多小时爬到了山上，认真对地质现象研究了一番。作为著名的科学家，林教授却非常谦虚。整个地质考察是由乔院长安排的，每次向他征求意见时，他从来不发表意见，只是说："你们别考虑我，怎么方便怎么安排。"

野外考察一个月，食品都是随行携带，能简单尽量简单，有时候就只有一碗面，或者发一块饼子和咸菜。乔院长考虑到他是知名科学家，年龄又大，特意给他额外加一盘菜，但他立刻拒绝了，说："搞地质的人都知道，野外调查条件艰苦，必须依靠团队才能完成任务，既然同在一个团队，除非病了，都不应该有特殊待遇，无论他年长年少。"

整个考察期间，林教授一直温文尔雅，只生过两次气。

水是野外调查最主要的保障品，因为不掌握大龙山里的水源情况，我们的日常用水由一辆随行的水罐车保障。整个考察队包括后勤人员有将近 30 人，而一车水不过 3 吨左右，考虑到突发情况，必须留有一定的储备水，所以考察期间对用水做了很严格的控制。就是除了吃饭、喝水外，都不能用水。不能刷牙洗脸、不能洗衣服，甚至连吃过饭的碗都不能洗，但对林教授给予一定照顾，就是每天早晚给他一盆水洗漱，他吃过饭的碗要清洗一下。前两三天他没有发现，后来他发现吃饭时几个司机的饭碗都没有洗。有天下午宿营后，他走到几个司机旁边说话，一问才知道整个考察队只有他和助理有洗漱水、能洗饭碗。他生气了，当天晚上就不吃饭，助理问了原因才知道考察队给了他特殊待遇。乔院长来劝他，他很不客气地说："野外调查有一顿没一顿，有什么吃什么，就是为了保证整个考察工作的顺利进行，采取什么措施都没有问题，问题是为什么给我搞特殊，我是地质工作者，就是来吃苦的，不是来搞特殊的。"最后，乔院长答应生活上绝不给他搞特殊，他才答应吃饭。以后吃完饭他和我们一样，伸出舌头来舔碗，舔得有滋有味，他还说小时候家里穷，为了节约粮食就舔过碗。

还有一次，在野外考察地质剖面时，林教授收集了几块样石标本，吩咐带回来，石头太重，乔院长安排了两个工作人员往回背，工作人员嫌重，觉得样品那么多，少几块也不会发现，回来的路上就扔了两块。第二天装箱时，他一一过目，发现少了两块，他生气了，自己去找那两块扔掉的样石标本，谁劝都不听。他拄着拐杖一去一来走了十几里路，硬是把样石标本找了回来。乔院长带着两个工作人员向他道歉，他说："不怪别人，怪自己偷懒，本来就是自己干的事，委托别人去做，做的人怎么能知道样石标本的重要性呢？"

这一个月里，林教授和乔院长他们的工作作风给我留下了深刻的印象，这是任何书本上都学不来的。我本身有粗心大意的毛病，要想做一个合格的地质工作者，做一个有作为的石油勘探人，必须要养成严谨的工作作风。

## 补记：遇狼记

这次考察还有一件险事要记录下来。考察的第 17 天，已经接近大龙山的核心区了。当天我们宿营在一个小山头下面。这里有山，还有一条小溪，条件不错。乔院长决定在这里休整一天，顺便补充淡水。第二天早上，林教授想到附近转转，但不让人陪同，他说不走远，就在跟前看看。那天林教授的助手罗老师有点不舒服，林教授说："小齐年轻，让小齐陪着我转转。"

我就陪着林教授在附近转悠，周围都是一座座的山，山很奇特，通体黝黑，非常陡峭，山峰像一支支刺向天空的剑，风景相当不错。林教授兴致很高，拿着地质锤，东敲敲、西敲敲，还跟我讲解地质演化的知识。按照他的判断，这里地貌的形成时间大概在 1500 万年到 3000 万年之间。翻过一座小山，又翻过一座小山。当我提醒林教授要返回时，时间已经接近正午，我们走出去三四个小时了。林教授说："不要紧，我们是绕着弯进来的，可以抄近路回去，翻过这座山，就能省下一半的路。"按照林教授的意见，我们沿着山脊翻山往回走。准确地说，这不算山，只是一座山峰，几十米高，整体像是被人精心修理过似的，山脊也像刀刃一样。这座山峰处处都是断崖，几乎无法立足，我走在前面，手脚并用，花了将近 40 分钟才爬到了山顶。总以为往下走可能会好走一点，谁知往下一看，比上山时更加难走，几乎不可能翻过去，只好原路返回，下山也花了几十分钟，其间林教授两次失足，差点儿摔下山去。好不容易回到山下，已是满头大汗，全身都让汗水湿透了。正要喘口气原路返回，一抬头，我的天哪，我们前面不知什么时候竟然来了一只狼。这只狼毛色淡黄，黄中带黑，身上带着彪悍的野气，站在离我们大约30步的地方，正好堵在我们要走的路上。狼死死地盯着我们，那架势好像随时都会猛扑过来。

我吓得心都跳出来了，不知道林教授是什么表情，只听到他很重的呼吸声，显然也被吓到了。狼要是扑过来会怎么样？我们出来的匆忙，只有两柄小小的地质锤，根本不能阻挡狼的进攻。我脑子里闪过一个念头，今天莫非要让狼吃了？

我和林教授一动不敢动，也盯着狼看。就这样僵持着，不知道过了多久，狼终于挪动了，向着左后方走了100多米，又停下来趴在地上看着我们，但把先前堵住的路让开了。

"咱们敢不敢走？"我问林教授。林教授说："应该是它害怕了，我想它可能从来没有见过人类，害怕人类伤害它。""那它为什么不走远呢？"我接着问。"可能是好奇，它想知道这两个从来没有见过的怪物来干什么？有什么打算。"林教授说。如此关头，林教授依然保持着科学家的风范，说话也得不疾不徐。

我们试着走动了几步。我们一动，狼就站了起来，但是没有更进一步的动作。我突然想到有些书上说，狼既残忍，又很聪明，也许它会趁我们走动偷袭我们。我把这个疑虑告诉了林教授。林教授说："要真是这样也没办法。小齐，你要记住一条，狼来的时候不要管我，只管往回跑。我跑不动，帮你挡一挡。

我这一把老骨头，也有 100 来斤，够它吃了。你说不定能保住一条命。"

林教授的话，让我无限感激。他是一个大科学家，生死关头没想着自己，却想着我这样一个小青年。我也下了决心，狼如果追来，我绝不能跑，要用生命保护林教授。

我们慢慢地挪动，生怕惊动狼，直到转过一个弯，看不见狼了才放开大步疾走。那只狼始终没动，一直远远地看着我们。大概走了一个多小时，实在累得走不动了，我们靠在山崖边休息，突然林教授叫了起来："你看那只狼！"我抬头一看，那只狼竟然站在我们曾经爬上的那座山峰顶上，似乎仍在看着我们。

看来林教授说得没错，我们害怕它，它也害怕我们。


## 1981 年 5 月 18 日　晴　无风

我来到历北项目组研究已经快一年了。这是院里新成立的一个项目研究组，主要负责历北天然气的研究与勘探。之前我一直在西梁山区块从事研究工作，本来不想来，但院领导说天然气的研究是油田未来发展的重要领域，要加强力量，就把我给加强过来了。

我们的组长是院里的副总工程师朱江来。除了我，组里还有三个人，一位叫孙丽华的女同志，30 多岁，北京石油学院毕业，已经来柴达木工作十年了。一位叫许路山的工程师，40 岁上下。最后一位是 50 多岁的工程师李磊。在这个小组里数我的工龄最短，年龄最小。朱江来半开玩笑地对我说："知道我们为什么把你调来吗？因为这个项目组的人要经常出野外，要扛机器设备，需要一个年纪轻、身体棒的，所以你既要搞研究还要干体力活。"

朱江来高高的，瘦瘦的，皮肤白净，一看就是南方人。他来油田工作已经二十几年了，一直从事地质研究，参加过像花儿北、野兔子坪、马尾巴滩等好几个油田的勘探。说起那几个油田的地质特征和发现过程，他能如数家珍，有一段时期，知识分子受到冲击，也把他弄去喂猪，别的"臭老九"下放都被弄到最偏僻的地方，可他因为承担着很重要的研究工作，缺了他研究工作就得停止，所以，油田绞尽脑汁想出了一个办法，把他从研究院三楼办公室下放到后勤食堂的一楼，白天让他去喂食堂里唯一的一头猪，晚上回来搞研究。

朱江来平日为人谦和，但仅限于生活，工作上要求很严格，谁出了错都会发脾气。我刚来不久，许路山填写报表的时候填错了一个数字，朱江来不依不饶，专门开会让许路山作检查，还让大家对照检查自己，弄得许路山灰头土脸的。

孙丽华走起路来风风火火、说起话来脆巴儿响，相当干练。她是从事天然气研究时间最长的一个人，工作时就跟着老一辈的地质工程师研究油田天然气资源，目前是研究室的主力。她喜欢到野外现场去，东跑跑、西看看，一去就是十天半个月。野外生活条件艰苦，吃住很不方便，风吹日晒的，但她从不在乎，每次回来都舌绽口裂，根本不像一个女人。有一次，她要住在一个地震队，地震队住的是帐篷，都是男人，七八个人一顶，哪儿有女人住的地方？她有办法，挨个在帐篷里转了一圈，对队长说："你们队部这顶帐篷只住了三个人，地方大，我就在你们帐篷里住，在门口弄块木板搭张床就行，我还能给你们挡风。"队长说，"你是女人，咋能和我们男人住？"孙丽华说："那有什么关系，咱们四个人睡觉不脱衣裳就是了。"跟着反问一句，"你这个人有没有艰苦奋斗的精神，我一个女人家都不害怕，你怕什么？"有些人甚至包括领导都劝她："你少去野外吧，我们把资料带回来也一样，难道你还信不过我们？"她把头一扬，说："我师傅讲过，地质工程师不到野外实地看现场，就不是合格的地质工程师。"

孙丽华也喜欢争论，最喜欢与朱江来争论。因为论研究成果，组内其他人都比不上她，争上几句就败下阵了，只有朱江来工作资历深，有自己研究的方法，也形成了自己的研究思路，经常有一些问题会与她产生不同的见解，与她产生争论。有一次，他们争论了小半天，把朱江来都争论生气了。第二天朱江来不理她，她倒像没事人一样，说："朱总，你知道你什么时候最有魅力？以一个女人的角度观察，是你生气的时候。昨天我观察到你的眼睛比平时睁大了 0.3 厘米，嘴角上扬的角度比平时增加了半度。"一句话就把朱江来说笑了。据说，她与油田的总地质师也争论过，就是关于历北天然气研究的问题，总地质师想说服她，她想说服总地质师，他们争论到晚上也没争出结果。总地质师说："今天你先回去休息吧，你看你的眼角都是红的，好好睡一觉。"孙丽华问，"那我什么时候再来，明天？"意思是明天继续争论。总地质师说，"明天不行，我有重要会议。你等我电话。"一等半个月，孙丽华把话打过去，说，"×总，我等了半个月，你什么时候让我去？"总地质师说，"不用来了，我正在用你的理由说服别人，差不多都同意了，你做下一步方案吧。"

孙丽华结婚很晚，快30岁了才结婚，爱人是他的大学同学，在东部的一个油田工作。小组成立的时候，她正准备调动到爱人所在的油田工作，她要等着这个项目完成后办手续。

许路山不爱说话，脾气有点怪，不愿意与人交流，特别对我这样刚来的人更不喜欢交流。我有时候问他事，能简单的他绝不复杂，能用一个字回答的绝不用两个字。上班就是中规中矩地上班，下了班就走了。他也是很早从事天然气研究工作的人，也有相当不错的研究成果。据说他的爱人调到东部工作，让他也调过去，但油田不批准，拖了三四年后，竟然与他离了婚，因为这个原因，他性情大变，从此工作积极性不高，还容易出差错，经常受到朱江来的批评。

李磊是组内最特别的人。论年龄，已经50岁了，组内最大；论资历，他50年代就到油田工作，是柴达木最早的一代石油人；论学历，他是北京石油学院毕业的，但他却是一个新兵，因为他参加工作不到一年就被打成"右派"，后来又变成"现行反革命"，他在劳改队待了20年，平反回来只有3年时间。这么多年不从事研究工作，对地质工作早都生疏了，本来院里安排他在后勤工作，可他不干，说："我是学地质的，前半生没用上，后半生能用。"油田的一位领导是他当年的学弟，在他的强烈要求下，就安排他到项目组来了。李磊很乐观，受了那么多年的苦，却没有在他的身上留下多少印迹，他每天都乐呵呵地工作，虚心向每一个人求教，包括向我求教，态度非常谦虚。他总是第一个到办公室上班，早早地把里里外外打扫得干干净净，把每个人的办公桌收拾得整整齐齐，若是朱江来或者别人交给他一点儿工作，他总是能提前完成，且做得特别好。我来项目组不久，朱江来派李磊和我去参加一个会议。会议不是特别重要，也没有发材料。可是回来后，李磊竟然把一份特别工整的记录稿交给了朱江来，我数了数，竟然有8页之多，而我记在笔记本的会议记录还不到2页。李磊一直没有结婚，但生活能力很强，会做多种饭菜，星期天不太忙的时候，他会做几道菜邀请组里的人去吃。以上种种，李磊博得了所有人的好感，成了组里最受欢迎的人。

在这个组里工作还是挺舒心的。

## 1981年6月11日　晴　无风

历北是柴达木盆地中部一块广阔的戈壁，对这个地方进行油气研究已经快20年了，在是否有生成油气的条件、地质构造、含油气的可能性等基础研究上做了大量工作，耗尽了两代研究者的心血。最初在理论认识上有不同的看法，有人认为根据一般的油气生成条件和规律，不可能生成和储存大量油气，也有的人认为柴达木盆地地质结构复杂，在一般规律中又存在着特殊规律，完全有可能发现丰富的油气。经过多年的研究、争论，在理论认识上逐渐统一，大部分地质研究者都认为这一地区可能是油气的富集区。有了统一的认识，就要找油气储存的构造，通过地震的反射波辨别是否有构造，现在构造也找到了，就要验证在这个构造有没有油气，范围有多大，丰度有多高。验证的唯一办法，就是打一口探井。我们这个项目组就是为了打这口探井而成立的，要根据现有的研究成果，选定探井的井位，确定探井的深度。朱江来和孙丽华时常发生争论，争论的就是这些关键问题，因为井位选择不好，就可能顺着构造的边缘滑过去，打成空井。深度不够可能发现不了油气，太深又会造成浪费。

有时候公司的领导、院里领导，甚至是知名专家也会参加讨论。在这个组里我的资历最浅，只做过几年的研究，但也让我发言。参加这种讨论会，虽然有时候言辞很激烈，但让我受益匪浅。

在我来到项目组的第四个月，井位选定了。因为这口井是在历北地区开钻的第一口井，按照惯例，将它命名为"历一井"。

一支钻井队调了过来，计划在5个月内完成钻探。开钻那天，我们项目组的人都参加了开钻仪式。开钻后，朱江来说："这口钻井非常重要，要打破常规，项目组留一个人在现场随时获取资料，我决定留下做这项工作。"大家一致反对。因为朱江来是项目组的负责人，有许多工作需要他来做决定和协调，而且野外生活条件艰苦，朱江来年龄大，一住三个月恐怕身体也吃不消。我说，"我年轻，让我留在井上吧。"可李磊也要求留下，他的理由比我充足。李磊说，"当年我来到柴达木就是为了想要看着一口井从地下喷出原油，谁知道这一等就是28年，现在有这么个好机会，大家就让给我吧。"他还特意向我作揖，说，"小老弟，你还年轻，以后有的是机会，我老了，机会不多了，让给我干一回吧。"其实留在井队十分艰苦，住的是帐篷，冬不挡寒，夏不避热。遇到大风天，常常能把帐篷刮倒。日常副食大部分是咸菜，很少能见到新鲜蔬菜，用水受限制，没办法洗澡。李磊是想把最艰苦的活抢在手里，但他既然那样说了，大家也不好再说什么。

井场离基地有200多公里，钻井队配备电台。每天，李磊通过电台把一些主要的数据发送回来，但总体上还是不太方便，所以，朱江来和孙丽华隔三岔五就到井上了解情况，查看钻进中的数据。我也跟着来了好几次，看钻井过程中的样本，听朱江来和孙丽华讲解土层、岩石层的情况，着实长了不少见识，对地质的认识更深了几分。

这两个月来，钻井工作非常顺利，也不断有好消息传来，钻进过程中发现气泡，显示活跃，取样化验后发现气泡中甲烷的含量达到了百分之三十。这说明前期研究的某些判断得到了初步验证。有一天，看完井场上新报来的数据，看了测井资料的解释后，孙丽华信心很足地说："我能肯定可以在这里找到一个大气田。"朱江来到底是小组负责人，比较谨慎，他说："搞科学工作的人要严谨，不要用肯定，应当留一点余地，这样说，我们有可能找到一个大气田。"他说话的时候拉着重重的鼻音，惹得我们哈哈大笑。

### 1981年6月18日 晴 无风

昨天，我跟着朱江来和孙丽华来到了"历一井"的现场，参加明天"历一井"的放喷仪式。

实际上"历一井"还没有打到设计的目的层，但是钻机在钻进中遇到了很大的困难，主要是地层情况复杂，压力陡然升高，存在极大的井喷的可能性，难以继续钻进。同时，钻进过程中多个层段都发现了天然气，作为一口首次部署的探井，可以说已经达到了目的。经过专家们的讨论，决定提前完钻，放喷。

不光我们来了，钻井公司的领导、油田机关的相关人员也都来了。大家的脸上洋溢着笑容。当天晚上吃饭的时候，总部机关的一个领导格外激动，说："根据现有的资料看，我们可能在柴达木找到了一个规模空前的天然气田。这是在新区新领域的新发现，对柴达木油气勘探具有里程碑的意义，说明在这块12万平方公里的地下，等待我们探索的还有很多很多。"他特意带来了一朵用红绸扎成的红花，准备用在明天的放喷仪式上。朱江来也很高兴，还对孙丽华说："将来等到我们证实这是一个储量丰厚的大气田，投入开发的时候，要在这里立一块纪念碑，把你的名字刻上去。"朱江来这样说是因为孙丽华对这块气田的发现做出了巨大的贡献。孙丽华笑着说："朱总，搞科学工作的人要严谨，这个项目可不是一个人能完成的，所以不是我，是我们！"

一直坚守在井场的李磊当然更加高兴，他说："老天爷看我前半辈子太艰苦，补偿我，让我也参与发现了一个大气田，这辈子不亏了。"李磊在井场上待了将近三个月，胡子拉碴的，人也瘦了不少。中间还得了好几次重感冒，好多次我们要替换他，都被他坚决拒绝。

这一晚，大家高兴得睡不着，李磊用新买的录音机播放了《青年圆舞曲》，情不自禁地跳起了舞。虽然他已经是50多岁的人了，但舞步很娴熟，帐篷里那一点小小的地方他却旋转自如，姿态从容。这是我第一次看他跳舞,想来年轻的时候他一定是个多才多艺的人。朱江来唱了一段京剧,杨子荣的《打虎上山》。我也用口琴吹了一首《莫斯科郊外的晚上》。我们还鼓动孙丽华给我们唱首歌,孙丽华说她的嗓子像破锣一样,唱不了歌,只能用来吵架。

### 1981 年 6 月 20 日　晴　无风

没有想到,发生了这么大的事故,真是太悲惨了,到现在想起来还像剜心一样地疼,我首次参加的放喷竟然是这个结果。

昨天放喷预定的时间是早上 11 点。我们早早就来到了井场,钻井平台的周围聚集了不少人,有做放喷前准备工作的工人,有总部机关和我们研究单位的人员,还有好多不当班的工人也来了。这是一次具有历史意义的劳动成果的检验,谁都不愿意错过这个伟大的时刻。

当时我就站在站台上,等待放喷。眼看放喷的时间就要到了,突然,朱江来对我说:"我的地质日志本忘记带上来了,你腿脚快,到帐篷里帮我取一下。"

当时我心里还有点不情愿,但既然朱江来说了,只得跳下钻台去帐篷里取。没走多远,突然听到了一声剧烈的、异乎寻常的声音,好像是一列火车从地底下驶来,大地因颤抖而发出的哆嗦,又好像是一块巨石从天而降,空气被撕碎后发出的咆哮,还像是鬼的哭叫,听到一声,就让人的汗毛根根倒立。

我下意识地回头,愣愣地看着眼前的一切。那真是奇怪的景象,朱江来飞跃在四五米的空中,脸朝着我的方向,双臂伸展开，像跳水运动员一样。李磊跳起了舞。是难度极高的旋转舞，在短短的瞬间，就转了好几个圈。钻台上其他的人也在飞舞着，因为动作太快，他们做什么我看不清。

有那么几秒钟，我根本不知道发生了什么，大脑完全停止了一切的活动。突然，我回过神，这是发生事故了！这是发生了重大的钻井事故了！我发出了一声号叫，向着钻井台扑去，其实我根本不知道要扑过去干什么，只是下意识地向前冲去。

刚刚冲过去两步，脚下绊了一下，一个人扯着我的衣服，和我一块儿滚倒在地下，我看清了扑倒我的人，是孙丽华。孙丽华扯着嗓子叫："混蛋，你想干什么，你想找死吗？"我愣了一下，再抬头看钻台上，飞舞的人没有了，只有一根铁管扭动着不断击打钻台边的铁护栏，发出剧烈的"啪啪"的声音。

突然间，声音停止了。孙丽华跳起来奔向钻台。我也跟着爬起来跑上钻台。

钻台上的情景惨不忍睹。我和孙丽华先冲到朱江来身边，朱江来平平地趴在地板上。我们把朱江来翻过来，孙丽华叫唤："朱总，朱总你怎么了？"朱江来紧闭双目，面色像往常一样看不出一点儿异常，只是嘴角上涌出一道血水。我再去摸脉搏，一点儿动静都没有，朱江来已经死了。我们转身再看别人，发现李磊正蜷缩在两排钻杆的中间。我们奔过去，轻轻托起李磊的头，孙丽华叫道："老李，李高工，你怎么样？"

李磊睁开眼睛，苦笑了一下，想要说什么但没有说出来，长长出了一口气，头便在我的手中歪向一边。

我的泪水一下子流了出来。今天早上，李磊还对我说："我这次驻井有好多收获，其中一个是跟蒙古族学会了煮开锅羊肉，煮出来的肉鲜嫩无比，特别好吃。等这口井完工了，到草原上买一只活羊回来，煮给你们吃，保证香得能把舌头都吞进肚里。"可现在李高工竟然就死了！

昨天这一天，我们都处在慌乱之中，不知道干什么，也不知道不干什么。

这是一场极其惨烈的事故，除了我们研究院的朱江来和李磊外，钻井队的指导员当场死亡。还有 5 个人受了重伤，钻井队已经组织车辆把伤员送往医院，不过这儿离最近的医院也有 200 多公里，而且路不好，他们什么时候才能送到医院还是未知数，其中有两个钻井工人受伤很重，都是胸口受了重伤，即使赶到医院也不一定能救活，只有希望奇迹能发生。

### 1981 年 6 月 23 日　晴　无风

昨天传来了坏消息，送到医院抢救的钻工又死了一个。当天 5 个重伤号往医院送的时候，一个人在半路上咽了气，另一个人刚上手术台也咽了气，这样算下来，此次事故已经造成了 6 人死亡，剩下的两人还在医院治疗，不知道能不能活下来？

回顾整个事故，只有一分钟的时间，在那一分钟里到底发生了什么？油田火速派出专家进行调查。事故原因初步查清了，罪魁祸首是放喷的管子，这根管子 9 米长、口径 4 厘米，一头连接着伸向地下的套管，一头伸向钻台外的旷野，是用来测试地层下压力并进而预测储量的。但是这口井的地层压力超过其他井的几倍，在实施放喷作业时，巨大的地层压力传到管子，让这根管子像软面条一样的左右摇摆，横扫半个井场，所有在那个范围内的人都无一幸免地遭到了扫击。我看到朱江来飞跃在空中，是因为横扫过来的管子恰好打在他的腰间，把他扫到了半空中。而李磊则在短时间内先后两次受到了管线的横扫，所以在我的眼中好像跳舞一样。

我和孙丽华属于不幸中的万幸，在事故发生前的几分钟，我们都在钻台上，在朱江来的身边。如果当时朱江来没有让我去取作业日志，我绝对不会幸免。孙丽华是看见了总部机关的一个熟人，下钻台去打招呼，幸运地逃过了灾祸。

前天晚上，我们护送朱江来和李磊的遗体回到了基地，等待他们的家属到来，然后统一安葬在烈士陵园。

朱江来的亲属昨天晚上赶了过来。他的父母、妻子带着三个孩子一直生活在江苏。这次是他的老父亲带着他的妻子和孩子前来送葬。他的妻子是一所小学的老师，出人意料的是她没有号啕大哭，而是对所有人反复念叨着一个数字，751天……751天。我不知道是什么意思，大家都莫名其妙，还是朱江来的老父亲做了解释，说朱江来和妻子结婚18年，两人在一起的时光仅仅只有751天。而在此之前，因为工作忙，他已经两年多没有回过家了。

朱江来的妻子打算把朱江来带回老家。她说："他活着我们没有相聚几天，死了就陪着我们吧。"但朱江来的父亲做了最后决定，说："让他留下吧，他是学地质的，当年来柴达木时说过，不做点大事，就不回去。现在就遂他的愿吧。"

李磊恢复工作只有三年多的时间，父母已经去世，自己一直没有结婚，家中只有一个哥哥，拍发电报后，一直没有得到回音。

**1981 年 6 月 25 日　晴　无风**

今天院里举行追悼会，会后要把朱江来和李磊送到烈士陵园安葬。

院里的人差不多都来了，这是研究院建院以来最惨重的一次事故，深深震撼了每一个人，谁能不来送他们一程？

仪式一项项进行，在大家的哭泣声中两位烈士遗体就要起运时，突然发生了一件事，从队伍后面跑来一个女人，她一边跑一边大声吼叫："等一等！"

这是一个 50 岁上下的女人，中等身材，头发已经花白，身上挎着一个黄色的挎包，看她的样子似乎是从远道匆匆而来。

她几乎是三步并作两步地扑来，冲着主持追悼会的乔院长说："让我看看李磊，我要看他一眼。"

乔院长脸上一阵错愕，他不认识这个女人，不但院长不认识，其他人好像也不认识。

乔院长说："李磊同志为柴达木的勘探事业牺牲了，我们都很悲痛，现在让他好好休息吧，不要再打扰他了。"

"不行，今天我必须看他一眼，我是他没有过门的妻子，不看他一眼死不瞑目。"泪水从女人的脸上流了下来。她沙哑着声音说，"我叫张芳容，求求你们让我看他一眼吧。"

听到这个名字，乔院长的身体似乎震了一下。这时，黄副院长走上去在乔院长的耳旁说了几句话。黄副院长是院里的老人，对院里的事知道得比较多。听完黄副院长的话后，乔院长脸色大变，他冲着正要搬动棺木的工作人员说："停下来，启棺！"

几个工作人员有点犹豫，乔院长再次下令。已经钉好的棺木重新启开，乔院长给我和孙丽华使了个眼色，让我们跟在女人的身后，防止出现意外。

看到李磊的那一刻，女人开始哭叫，凄厉的声音一阵阵撞击过来，似乎立刻就要撕破耳膜，给本就压抑的追悼会增添了更多的哀伤。"石头，苦命的小石头，你怎么走了呢，你说过干完了手上的这个活，就来找我，可是你凭什么就走了，你走了让我怎么还你的债，你说呀，我怎么活呀……"女人哭诉着。

女人纵身向棺材里跳去，要不是我和孙丽华紧紧拉住她，她真的就跳了进去。

她是谁？为什么说她是李磊没过门的妻子，可是从来没有听李磊提过她，黄副院长给乔院长说了什么，让乔院长下令启棺？按中国人的习惯，这棺材一旦钉上就不能再启了。

这些都是我脑子里的疑问，到现在还想不明白。我问了孙丽华，孙丽华也不知道。

那个女人的哭声至今还在我的耳边回响，她哭得真惨！

## 1981 年 6 月 26 日　多云　三级风

今天早上，黄副院长带着叫张芳容的那个女人来找我，让我接待她，说："小齐，张芳容想了解李磊去世前的一些情况，你给她说说。"比起昨天追悼会的现场，她已经平静了许多。她说："我是采油四队的技术员，因为离基地太远，得到消息来晚了。

还好，赶上送李磊最后一程。我想听听李磊最后是怎么生活的，凡是李磊的一切我都愿意听。"听她意思，她对李磊也不是很了解。

我就把近一年来对李磊的了解讲给她听。我说："这几年来，李磊一直从事柴达木盆地生物气的研究，李磊很勤奋、很努力，特别是近几个月来一直驻在井上，做了很多工作，很受大家尊重。李磊对生活充满信心，从来没见过他沮丧，作息很有规律……"其实我对李磊的了解并不是很深，但为了安慰她，只好编些事给她听。

在我讲述的过程中，她不断插话，问李磊在研究工作中吃力不吃力，毕竟他离开岗位已经20多年，专业扔下很久，再捡起来不容易；问李磊的饭量怎么样，喜欢吃米饭还是面食，看见过他吃红烧肉吗，20多年前他一顿能吃一大碗红烧肉，现在还能不能吃一碗了，还问李磊现在还拉不拉手提琴，他最喜欢拉中国的《梁祝》还是贝多芬的《春天》。

在我讲述的过程中，她的情绪随着讲述的内容不断变化，有时她的脸上现出潮红，好像想到了一件什么事；有时她紧紧地攥着双手，身体不安地拧来拧去；有时她陷入沉思，仿佛回到了什么时代；有时她突然就哭了，但不像白天那样哭，而是咬着嘴唇，任泪水慢慢地流淌。在我讲述的过程中，她表现出来的是一种负罪情绪，好像是因为她没有照料好李磊，李磊才死了。

在这中间，她也笑过一次，我说："大家给李磊起过一个外号，工作的时候大家叫他李高工，下班的时候大家叫他外号。"她追问他的外号叫什么，我说："叫'牛皮鞋'。"她问道："为什么叫'牛皮鞋'？"我回答说："他的性格其实很好，对人很和蔼，但他又有自己的主见，他认准的事特别不容易妥协，只要他认为正确的事，一个人能和一帮人争论，脾气跟牛皮鞋一样硬。"她笑了一下，脸上现出妩媚的样子。

"你一定很奇怪，为什么我想要知道他的事情，因为我们是一对苦命人，现在我把我们的故事告诉你，如果不告诉你，也许以后就没有机会再告诉别人了。"说完，她闭上眼睛，仿佛是要下决心来讲隐藏在心中的往事。我仔细打量她，发现她的额头上爬满了细细密密的皱纹，她这个年龄的女人，不应该有这么多皱纹，那得受过多少苦才能让额头爬满这么多的皱纹。她睁开眼睛看了看我，缓缓地说道：

"我和小石头是1955年认识的。对了，小石头是我给他起的外号，我一直都这么叫他。我们是北京石油学院的同学，我俩一个系，他学的专业是地质勘察，我学的专业是油气储运。小石头是江西人，我是贵州人。小石头可聪明了，他会演讲、写诗，还会拉手风琴，上大学的时候我们就相爱了。毕业的时候，他想留在学校搞研究，我想到柴达木盆地来，因为有个苏联专家刚从柴达木盆地考察回来，给我们上过一课，苏联专家说，'柴达木盆地面积很大，地质结构很有希望，是个出大油田的地方。'苏联专家的话让我动了心，那时候我们国家特别缺少石油，搞石油的人谁不想找大油田给国家做贡献，我想来柴达木搞大油田，小石头拗不过我，被我动员着一块来了柴达木盆地。我分配在研究所，他分配在测量队。来了不久就赶上了'运动'，我们刚刚出校门，一点儿社会经验都没有，还以为在学校里，有什么话就说什么话。特别是小石头认死理，觉得不合适的地方就给领导提意见，你们给他起外号'牛皮鞋'真的挺贴切的，他就是那样性格的人。有一次为了一个方案，他和队上的书记闹了起来，说了一些过头话，书记就抓了他的典型，说他挑拨群众，反对党的领导，向党猖狂进攻，结果就把他打成了右派。一开始，队上觉得小石头有文化，工作上用得着，舍不得把他弄走，让他戴着'帽子'在队里的监督下劳动，可小石头不服，一再上诉。我也不服，帮着小石头找书记讲理，找上级去申诉，还给中央写过信呢，结果把人家搞烦了，干脆把我算成右派分子的帮凶，也打成了右派。最后把小石头送到劳教农场改造，把我遣送回贵州老家。小石头走的那天，我们见了一面，小石头说，'这一分别不知道什么时候才能见面，你照顾好自己，遇到合适的人就嫁了吧。'我不答应，说，'生是你的人，死也是你的人，总之我要等着你，等你解除了劳教来娶我。'当时小石头哭了，说，'既然你有此心，我吃多少苦都能忍，那你就等我的消息吧。'"

她若有所思地看着外面，又说道："回到贵州后，我在一个大集体的自行车修理铺工作，起初，小石头每个月给我写两封信，告诉我改造和生活的情况，我也给他回两封信。日子虽然苦，可是心里有盼头，也能过得去。我从小没有父母，只有一个姐姐，姐姐看我打成了右派，还和小石头交往，特别反对。她说，'你脑子不开窍，明明是受了小石头所累，还天天想着小石头，不肯嫁人。'为了这事我们姐妹不知吵了多少次架，但无论姐姐怎么反对，我一直都没有动摇。这样过了两年多，突然小石头就不给我回信了，前一封信他还说因为表现好，快要解除劳教了，等他解除劳教，日子安定了就来找我，后面就再也没有音讯。我着急死了，不知道他是病了，还是出了别的什么事，我发了疯似的给他写信、发电报，可是所有的信、电报都石沉大海，没有一点儿的回音。我想去找他，可是他寄来的信封上的地址只有代号，根本没有具体地址，青海那么大，到哪里去找他呢，何况那时候，我也还戴着右派的'帽子'，街道上也不容许我去。"

"自从断了小石头的音讯后，姐姐就逼着我赶快嫁人，她说，'小石头一定是另有新欢，重新找人结婚了，否则为什么快要解除劳教了就突然不来信了。'我说，'不会的，小石头绝对不是那样的人，他绝对不会抛弃我去找另外的女人。'姐姐说，'如果不是另外找了人，那就是死了。'我嘴上不相信，可心里却很害怕，如果他好好地活着，为什么突然不给我写信了呢？30岁那年，我得了一场重病，算起来我们已经分开整整8年了，而没有他的音信也6年了，我想姐姐说的也许是对的，他可能另外找人过日子了，要知道有些话说起来容易，做起来却很难。或者他真的是死了，不然为什么6年来一封信也不给我写呢？万念俱灰之下，我按照姐姐的安排，嫁给了当地的一个炼钢工人。其实我们也没有过多久，结婚才五个年头，男人就得病死了。

"上前年落实政策，我回到油田，打听他的消息，知道他还活着，也平反回来了，可是他竟然没有结婚，一直是一个人生活。我找到他问道，'为什么不给我写信，也不来找我？'他说，'在劳教所里我又牵扯进一起反革命案子，判了8年徒刑，没法来找你，但我一直在给你写信，整整写了10年。'而且，在我收不到他的信的同时，他也再也没有收到过我的信，他也以为我变了心，早早嫁人或者死了。我问他，'为什么不结婚？'他说，'除了你，什么人也不会娶了，从我们分手的那一刻，我的心就永远给你了。'"

"为什么会这样？这么多年我写给小石头的信和他写给我的信都去了哪里？我回去问姐姐，姐姐这才说了实话，说这是她干的。她觉得我完全是受了小石头的牵连才把好好的工作丢了，以后跟着小石头不会有好日子过，所以坚决反对我和小石头继续保持联系，更不想让我嫁给小石头，但她又劝服不了我，所以想出了扣留我们书信的办法。我姐夫在邮电所工作，有这个便利条件，只要是小石头写给我的信，我写给小石头的信，统统都被我姐夫扣留下来，整整两麻袋。"

"一下子我变成了负心的罪人，竟然用一纸空口的允诺耽误了小石头的半生。我恨姐姐，这完全是她一手造成的，可是她也是为我好，想让我过上好日子，只能说上天对我不公平，对小石头不公平。我把事情的原委全都告诉了小石头，我说，'你打我吧骂我吧，只要你心里能畅快点怎么样都行。'小石头一点儿也不记恨我，他说，'不怨你，是那个时代造成的，现在我们都回来了，一切向前看，咱们可以重新开始。'前两个月，他给我写信，说等他忙完这一段，秋天的时候，我们俩就举行一个婚礼，把下半生过好。可是谁知道老天爷却要这样安排，让我们只有开始没有结束，只有梦想没有果实。"

"为什么，这是老天爷用最恶毒的法子来惩罚我们，我们到底做了什么亏心的事啊!"女人捂着脸,泪水顺着指缝溢了出来。

我深深地被震惊了,我终于明白在追悼会现场,这个女人为什么会发出那么哀恸的哭叫?这是我听到过的最悲惨的故事,如果不是她亲口讲出来,我都不会相信世上会有这样的事。我不知道怎么安慰这个女人,其实什么话也安慰不了她,一个人经过了这么多事,就像心里始终扎着一把刀子,每走一步都会流出脓和血来,就算一时挤干净,在今后的岁月里还能流出来。今后,她将怎么生活,该怎么打发剩下的日子呢?

临走时,张芳容说:"虽然小石头走得急走得快,我们最终无果,但他也算是得偿所愿,死在了工作岗位上,他是体体面面死的。"

### 1981年6月30日　多云　无风

庆功会变成了追悼会。惨重的伤亡让整个研究院都充满着极度压抑的气氛。特别是我把张芳容和李磊曲折悲惨的爱情故事转告院里后,大家更是唏嘘不已。"历一井"就像一块沉甸甸的石头压在大家的心口上。

昨天中午在食堂吃饭,突然听到了哭声,是好几个女人在哭,有的抹眼泪,有的直接哭出声来,原来中午吃萝卜烧牛肉,有个资料室的女同志说了一句这饭朱总最爱吃了,就这么简单的一句话,引得几个女同志哭了起来。这顿饭大家吃得一点滋味都没有了,个个低着头走开了。

因为这次事故,大家上班都没有情绪了,一个个在办公室里默默无语,谁都不愿意多说一句话。许路山说要做一张报表,做了三天都没有做出来。孙丽华一向拿得起放得下，我觉得除了工作她就没有什么忧心事，平时拿着样品或者地震解释资料能一看几个小时，话也数她说得最多。可这几天，她也没精神头了，面前放着样本，她却没有看，只是怔怔地发愣。她的调令早就来了，原来说过等这口井钻探成功后，她就去和爱人相聚，大概她唯一的想法就是快快地调走。也难怪，她亲眼看见了朱江来和李磊的死亡过程，心里的压力一定很大。虽然她在我眼里是个女强人，但也毕竟是个女人。

"历一井"的工作受到事故影响，扔在那里，"历一井"怎么办呢？

**补录：**
**同日 晚9点**

下午5点，突然通知开会。参加会议的人是院里中层以上的干部，加上项目组的三个人，主管勘探的马副局长亲自主持会议，还带来机关的几个处长。

这个会就是专门为"历一井"召开的。机关的一个处长先讲了一下"历一井"现在的情况。因为放喷没有成功，第一手数据取不到，后续的测试工作、评价工作都没法做，仍然不能准确判断历北这个构造的性质，难以估算储量。要想掌握第一手资料，应当继续放喷，完成后续工作。但这口井的地层压力过大，再次放喷时可能还会发生危险。另外，这次事故对大家的心理造成了很大影响，大家都很害怕，钻井队的好多人请求调离，要求休假的人也比往日多了很多。

马副局长让大家都谈谈意见。发言中大家的意见不一，有的人说现在大家情绪低落、士气不高，继续放喷很容易出问题；有的人说探明历北构造的天然气储量的现实意义不大，即使探明了，拿到了储量，但没有条件开发，增加不了效益，还不如暂时封存起来，待以后有条件开发时再做进一步的工作，应该把有限的资金和技术投入到石油勘探中；有的人说开弓没有回头箭，就算有困难也绝不能半途而废，应当组织精干力量继续完成下一步工作。油田领导让我们研究院的三个院长谈谈意见。三个院长的意见也不太一样。乔院长说："要慎重一点，我们对原油的勘探有点经验，但对天然气的勘探没有什么经验，需要好好总结一下，重新制订方案，不能操之过急，等方案成熟再说。"黄副院长说："放不放喷，根本不是一个讨论的问题，必须组织人员尽快放喷，不放喷这个井就是'半截子井'，咱们怎么给外人解释，说死人了，咱们害怕了，不敢干了，丢不起这个人。"路副院长说："'历一井'对队伍的士气挫伤很重，一时半会儿不容易恢复，从事故调查原因看，可能存在岗位工作麻痹大意、责任缺失的问题，所以继续放喷一定要把队伍的士气恢复起来。"

马副局长点了孙丽华的名，说："小孙，你说说看，你对历北地质情况研究的时间最长，这几个月又经常跑现场，情况最熟悉，现在我们怎么办？"孙丽华思考了一下说："放喷失败，就是对地质研究成果没有什么验证，相当于我们对这一地区的认识仍然是资料上的认识，而不是实践上的认识，在地质上还是半瞎子，也相当于过去20多年的努力在我们的手上放弃了。因此，我们不但应该组织第二次放喷，还要尽快完成。"停了一下后，她又说道："我的能力不强，但如果组织需要，我愿意担任第二次放喷的技术负责人。"马副局长说："你不是打算调走吗，我听说调令来了好几个月了。"孙丽红猛然一扬头，一字一句地说："放喷前我说过，这口井如果没有眉目，我是不会走的，现在还是这个态度。"

马副局长在桌子上猛地一拍，说："好，孙丽华，我以为你'草鸡'了，也被'历一井'给吓住了，看来没有。大家的意见讲完了，说的都有道理。我也讲几句我的意见。这次'历一井'发生了重大事故，造成了油田十多年来没有见过的重大人员伤亡，这暴露出我们在管理上的许多问题，暴露出许多新的领域存在的短板，教训很深，需要我们认真思考。但是，难道因为这样一次事故我们就止步不前了？这几天来，我也听到不少的议论，有人说发生这么大的事故是我们走得太急太快，那么究竟快不快呢？大家都是搞地质开发的，知道我们这个盆地虽然地质结构上发现了不少有利的圈闭，但总的来说资源不是太好。现在发现的几个油田都是小油田，几百万吨，顶多是千把万吨的储量，始终没有形成大场面、大规模。抓住地质勘探，发现新的油田，既是我们十分迫切的任务，又是万分艰难的事，不走得急、不走得快，何时才能发现大油田，何时才能兑现我们为祖国献石油的承诺？现在历北出现了好的苗头，但我们因为害怕伤亡就放弃了，或者暂时放弃了，谁能答应呢，首先我就不答应。我要告诉大家一件事，'历一井'没有国家投资，完全是靠我们压缩各方面资金开的钻，甚至连职工的福利都挤出了钱，没有结果我们怎么向上级交代，怎么向全油田的职工家属交代！"

马副局长还说："这次'历一井'发生重大伤亡事故，令人心痛，但也要客观地看待。要奋斗就要有牺牲，搞勘探工作从来不是一帆风顺的，何况是在柴达木盆地这个艰苦的地方。历北的东面就是南八仙，那个地方为什么叫南八仙，有的人知道，有的人不知道，我来给大家讲讲，1954 年，有 8 名年轻的女地质队员进入到那个地区，遭遇沙尘暴迷路，全部遇难，至今尸骨都没有找到。她们的牺牲比我们今天的牺牲更大，过程更悲惨，但是老一辈勘探人并没有因为重大牺牲就停止勘探柴达木盆地的脚步，反而把她们牺牲的地方命名为南八仙，让她们作为我们奋斗的旗帜、学习的榜样，让她们鼓励我们，鞭策我们，永远不能停止前进的脚步……"

马副局长的话铿锵有力，讲得太好了，特别是他提到了妈妈和她的伙伴们牺牲的事，让我感动得都快要落泪了。的确，作为石油人，我们就应该像妈妈她们一样，不畏艰难，不怕牺牲，勇往直前。

马副局长又说道："南八仙是一块有希望的地方，难道那里死过人我们就不敢去吗？现在我们没有能力去勘探那一片地方，但是我相信，将来一定要去南八仙，要在那里开辟新的战场，建设新的油区，要让八仙们知道，我们绝不会辜负她们的期望。"

马副局长的话深深地鼓舞着大家，这是在伤亡事故发生后，第一次油田领导在会上这么讲话，这代表了一种态度，代表了一种决心，也扫去了大家心中的阴霾，我感觉到这个会开得太及时了。

院里的三位院长都表示要尽快组织队伍继续做好"历一井"的后续工作，完成好放喷工作，告慰牺牲在"历一井"的6位烈士。

**1981年7月17日　阴　无风**

来到"历一井"快20天了。

我们组里又补充了两个人，一个是蒋运国，和我年龄差不多，工作经历也差不多，比我早一点来研究院，此前一直在基础研究室工作。王涯，是个老同志，有十多年勘探的工作资历。孙丽华被院里任命为组长。

这些天来，针对地层压力大的问题，我们和井队的师傅们共同研究，采取了多项措施，稳住了压力，使井下达到了放喷所需的条件。

针对上次放喷时出现的问题，我们对放喷的每一个步骤进行了推演，很快就找到了办法。其实这不是多么难的事，之所以发生那么大的事故还是经验不足，考虑得不周全，放喷前把这口井当成一般的油井进行放喷，采取的措施也是按照油井放喷做准备，没有考虑到天然气构造的地层压力，从而没有对放喷管线进行固定，现在我们加固了放喷管线，给它套上了三道铁箍，相信它再也不会乱动了。

目前，各项准备工作已经完成，把放喷的时间定在了明天，油田的领导和院里的领导正从基地赶来。

为了防止意外发生，制定了新的安全措施，规定明天放喷时，除了必要人员，其他人不能待在钻台上，我们项目组需要一个人到钻台上记录数据，孙丽华要去记录，我和其他人都不同意，因为她是组长，又是研究天然气勘探的专家，不能出现不测。最后我把这个工作抢到手了，我的理由很充足，我是组里的老人，除了孙丽华，就数我熟悉这口井的情况，没有人比我更合适。

我坚信安全措施不会有问题，但万一遇到问题，我也不后悔。朱江来和李磊已经牺牲在前了，顶多我做一个后来者。站在高高的井架上，在晴朗的天气下向东望去，是一片更加广阔的戈壁，也能隐隐约约看到沙蚀林，那就是著名的雅丹地貌，是妈妈牺牲的地方，我没有害怕，反而有一股豪气。

### 1981 年 7 月 18 日　晴　无风

今天的天气好极了，天空没有一丝云彩，这就是好兆头。马副局长亲自来了，还带来了许多专家，在我们周密准备的基础上，马副局长又带着人把放喷前的各项步骤进行了详细的检查，连我的工装和安全帽也有人检查。上钻台前，马副局长和我们每一个上钻台的人握手，预祝放喷成功。和我握手时还特意问我："紧张不紧张？"我说："一点都不紧张。"马副局长说："不紧张是假的，我都很紧张，心扑通扑通地跳，不过要有信心，咱们的准备工作做了一个多月呢。"

10 点钟，马副局长下达放喷命令。空气顿时紧张起来，人人都屏住呼吸。负责开启闸门的两个工人站到闸门前，做最后一次检查，其中一个年龄大点的人居然还擦拭了一下额头，显然他紧张得出汗了。我的心跳也开始加速，真是奇怪，这有什么好紧张的，放喷不过是一项简单的工作，根本不算什么，我想可能是受了上次放喷事故的影响，才让人紧张。

闸门打开,高压气流发出尖锐的叫声,从放喷管里喷涌而出,然后被点燃,一团橘红色的火焰绽放在 20 多米的空中,整个过程不到一分钟。放喷成功了。

我快速记录放喷时的流速、压力,这些都是我们后期进行储量测定的重要依据。这时候,一阵欢呼声在气流的啸叫声中传来,我抬头向下看,下面的人跳跃着、欢呼着,还有不少人把自己的头盔一次次抛向天空。

我再次望着燃烧的火焰,火焰在气流的作用下,变幻着各种不同的形状,仿佛是礼花,那是多么美丽的景象。远在烈士陵园的朱总、李磊他们应该也能看到,他们为之而努力的事业有了结果,他们可以放心了。

# 铁马冰河话当年

1985 年 4 月 3 日　多云　五级风

今天刚上班，院里召开紧急会议，说西梁山的"西五井"出了事故，着大火了，油田要我们准备地质方面的材料，派人上去协助灭火。

听到这个消息，我的心一下子揪了起来。蒋四路的钻井队就在西梁山打井，不会是他的井队出事了吧？半个月前，蒋四路回基地领材料，我们见过一面，还喝了一场酒。那次他说在西梁山打井，但是我们没有细谈，他没有说究竟打的是哪一口井，不知道是不是"西五井"？

散会后，我赶快四处打听消息，下午终于有消息传来，这口井正是蒋四路的 4051 队打的，消息很多很乱，有人说火着得挺大，周围的井场都烧红了，有人说烧死、烧伤好几个人，有人说把井架都烧倒了。我更加担心了，要是有人伤亡，肯定少不了蒋四路，他本就是个敢打敢冲的人。来柴达木的这十多年，他的性格变得更狠更硬了，遇到困难和危险是绝对不会退缩的。

西梁山是盆地内地质比较奇特的地方，前期研究表明，受喜马拉雅山隆起的影响，板块断裂，相互重叠，储油构造不完备，地下条件相当复杂，而且很有可能是油和气伴生的构造。

我和蒋四路虽然不是一个学校的，但因为是一块分配来油田工作的，所以是广义上的同学。这些年我们相处得很好，我在研究院，他在钻井队，忠良在地震队，每年冬休时都要聚上好多次。我们在一起时，常开玩笑说："忠良是负责发现储油构造的，我是负责论证构造里有没有石油，而蒋四路负责把石油打出来，三个人谁也离不开谁。"

要是有机会，我想上去看看他。

## 1985年4月7日 多云 三级风

根据油田的指示，院里决定由张副院长带队，派一个工作组到"西五井"的现场去协助灭火。

前线成立了灭火指挥部，已经初次尝试了灭火，但火势太大，灭火没有成功。

我向院里要求到现场去协助灭火，我讲出了我的理由："我在四年前参加过这一地区的研究工作，对地下的情况有一定的认识，虽然很不全面，但总比别人熟悉些。而且我经历了'历一井'发生的事故，心理上有准备，派我去比较合适。还有一个原因，现在现场抢险是由4051队为主组成的抢险队，队长蒋四路是我的同学兼朋友，方便沟通。"其实还有一个理由不能明说，我是南八仙的后代，有危险有困难怎能少得了我！

院里有好几个人要求到前线去，孙丽华也要求去。她对院长说："西梁山虽然与历北的地质构造有差别，但已经证实有天然气，她可以借此机会进行新的研究。"看着几个院长都倾向让我去。她又对我说："齐主任，你让让我，当年你可算得上我的半个徒弟哩。"

我说："孙总，我不是半个徒弟，完全就是您的徒弟，没有您的指导和帮助，我根本就什么都不是，不过我比您年轻，见到危险也比您跑得快，所以我去合适。"

孙丽华对我的回答很不满意，说："解放这么多年了，你们还是有偏见，看不起妇女，我不一定比你跑得慢，有机会咱们试试。"

我的心里很感动，说道："孙总，前线资料没有这里多，您留在后方比到前面去作用大得多，我有不懂的地方，立刻通过电台向您求援。"孙丽华"哼"了一声，不再坚持。

平心而论，我确实比孙丽华去现场更合适。因为她的主攻方向是东部的天然气，当年我们一块经历了"历一井"生与死的考验，"历一井"放喷成功后，孙丽华继续从事天然气的研究，不像我去了好几个研究组。我想她之所以要求去灭火前线，还是她对柴达木盆地、对石油的挚爱。哪里艰苦到哪里去，哪里危险到哪里去的信念支撑着她。6年前，她原本要调到别的油田工作，但受到朱江来和李磊牺牲的影响，她没有离开油田，而是把她的爱人调到青海油田来工作。据说，他的爱人嫌柴达木盆地艰苦，不愿到柴达木来工作，她发出最后通牒，要么到柴达木来，要么离婚。还听她对别人说过，历北虽然发现了大气田，但一直没有开发，她的任务就不算完成。这些年来，她潜心于历北天然气的地质研究，不但搞清了一号气田的储量，而且还有新的发现，有可能发现第二个气田。说实话，我太佩服她了。

最后，院里决定，组成一支6人的技术工作组，都是各研究室的骨干，到"西五井"协助灭火。

### 1985年4月11日　小雨　五级风

昨天，我们地质技术小组到达着火现场。

到了现场后，我才知道这场火有多么大。一股冲天的火柱从西五井的井眼喷射而出，火柱高达七八十米，像一条火龙在空中盘旋不去。强大的气流声划破天空，如同天上的巨雷，一个接一个炸响。没有烧尽的油气冒出浓浓的黑烟，向着西北的山峦铺展开，遮住了半个天空。而油气燃烧时形成的热辐射更是无形地扩展开来，侵扰周围的一切。离现场还有几十米的时候，我已经感受到热浪一阵阵袭来，烤得脸上火辣辣地疼。

来到柴达木工作十多年了，我还没有见过这么大的火，难怪好几天了都扑不灭。昨天中午在半路上的临时食堂吃饭时，有个老工人才从灭火前线下来，说："这是柴达木勘探以来，着的最大的一把火，根本不要指望扑灭，说不定要烧几年才灭哩。"我问他："为什么扑不灭？"他回道："人根本靠不上去，走到半道上就让火给赶回来了，怎么灭火？"我又问道："为什么着几年才能灭火？"老工人说："等把地下的油气烧完了，火就灭了。"当时听了他的话我还有几分生气，觉得他说话太不负责，可现在看到这场火，才知道他为什么这么说。

大火牵动了很多单位，临时道路上一台台车辆赶往事故现场，不但有各种工程车辆，还有后勤车辆。火场周围扎满了帐篷，听说油田的主要领导也都来到了现场，成立了灭火指挥部，协调各路人马灭火。由此可见，上上下下都很着急。柴达木地质条件不好，这个咸水湖盆油田，加上地层板块多次发生挤压、叠合，发现新的油田很不容易，西梁山是很有希望的地区，却意外着了大火，要是看着所有油气资源都被火烧光了，这是一件多么让人痛心的事啊。

昨天晚上，我一路问过去，终于找到了蒋四路所在的井队，他正在帐篷里喝闷酒。看到我的到来，他惊了一下，连忙问道："你怎么来了？"我开玩笑说，"这么大的火，把天都照亮了，我怎能不来陪你？"听了我的话，蒋四路竟然流下了眼泪，说道："我对不起油田，把一口井打着火了。"我赶快安慰他说，"不怨你，这是新的地质构造，现在看来，你打的这口井，不仅有油，而且有气，不事先采取特别的措施，换成谁都难免要出事。"

我发现蒋四路的左胳膊上缠着厚厚的绷带，眉毛也没有了，连忙问道："听说你受伤，真把人着急坏了，后来又打听到伤势不要紧，到底是怎么回事？"

"算不得什么伤，是他们夸大其词。"蒋四路摆摆手，又说道，"来，喝酒吧，咱们还没有在野外喝过酒。"说着从床铺下摸出一瓶酒，用牙咬开盖，直接墩在我面前。

刚刚来到现场，事情很多，我本不想喝，但为了安慰蒋四路，就扬起脖子喝了一大口，问到底是怎么回事？

蒋四路叹了一口气，说："怨我们大意了，去年我们打的是

'西三井'，2500 米的井深，打了半年多，打成了，不理想，只发现了两层薄薄的油层，合起来也不过一米多，也几乎没有遇到多大的地层压力。搬迁到这口井后，从地质资料看，和西三井差不多，再加上我们这口井不是基准井，所以也没有太在意。出事前有点预兆，井下发出'轰隆隆'的声音，地层压力快速升高。当时我站在柴油机旁，觉得有点不对，安排人去背重晶石粉，准备加大泥浆比重，后来声音越来越响，我赶快招呼钻台上的人往下跑，刚跑出三十来米，就听到一声巨响，好像要把地翻过来一样，然后就看到一股气流从井口处喷了出来，还没回过神，那气居然就变成了火，几十米高的井架，才半个多小时就烧塌了，变成了一堆铁水。幸好当时我们钻台上的人跑得快，没有人烧死，只有几个人的衣服、帽子被烧着了，受了点轻伤。"

我想看看蒋四路的胳膊伤得厉不厉害，他不给我看，说："胳膊不是烧伤的，第二天我组织了井队的人，想自己把火给灭了，可这火真的太厉害了。我们在棉衣上浇水，穿上往上冲，才到火场跟前，棉衣就烤干了，还想坚持一会儿，指导员说：'不行了，再一会儿就把人全部烧死了。'几个人架着我往回跑，路上摔了一下，把胳膊给摔伤了。"

我能想象到当时的情景，一定是蒋四路不甘心，想自己解决问题，明知危险也不下令撤退，逼得大家只能把他硬给拉下来。

蒋四路说："火已经着了好几天了，要赶快灭火才行。"但怎么才能灭火呢？我俩说了半天，觉得这个火实在是太大，很不好灭，不知道指挥部有没有什么办法？

## 1985 年 4 月 16 日　多云　五级风

今天前线指挥部开会，商议灭火情况。

各方谈意见，张副院长也把地质情况介绍了一下："早在50 年代就对西梁山进行了勘探，发现了几个有利构造，也打过几口勘探井，效果不好。此后一直沉寂，投入的研究力量也小。80 年代初期，离西梁山 100 多公里的崖桦油田被发现后，受崖桦油田的鼓舞，才又开始研究。总体上的认识，这里可能是第四系的油田，早期具有生油的条件，但在喜马拉雅山脉隆起中，原有的地质构造遭受了不小的破坏，生成的油气可能转移，但也可能存在于 2000 米到 4000 米的地层中，所以布设了几口探井进行预探。前面已经钻探完成的几口井只发现了少量油气，效果并不明显。西五井为什么会有这么高压的油气流，情况不是很清楚。支撑大火的原因是地下超高的油气压力，特别是天然气的压力很大，从这几天井喷着火的势头来看，可能是一个蕴藏量比较可观，以气为主的油气田。目前属于无节制喷射，对地层损害极大，超过一定时限，可能就会毁了这个有希望的油田。"

油田消防部门的意见是，要灭掉这场火是世界级的难题，主要是地下压力非常高，油气混合，随时喷随时着火，就像是火焰喷射器一样。形成高温的热岛效应后，灭火人员难以靠近，不消灭动力源根本就灭不了火。消防部门的人员做了这么一个说明：一般的火，采用喷水、打阻燃剂的方法隔绝空气，降低温度就能慢慢把火灭掉，一天不行两天，两天不行三天，可是油井着火，采用喷水、打阻燃剂的方法都不管用，因为它处在戈壁旷野中，隔绝不了空气，灭掉了一个火头另一个火头马上就蹿了上来，好像是排着队等着往上蹿一样。数十支高压水枪同时喷射，只能暂时压制火头，但没有实际作用，以常规方法根本灭不了火。

如何灭火成了当前最难的事。会议开来开去，基本上形成了两个办法，一个是调动最能干的钻井队，在"西五井"的附近再打一口新井，缓解地层压力，达到灭火的目的。另一个办法是派出一批人，突击到着火的井口上，在钻井套管上安装阀门，强行关井，达到灭火的目的。前一种办法稳妥，成功的把握性大，但不利原因是时间长，耗费大。这口井是口深井，现在已经打到3000米了，在它附近打一口相同的井需要小半年的时间，至少得花几千万元。另外一个难处是，现有的地质资料并不能完全解释地下的情况，如果新井打成后与"南5排三井"之间油气不贯通，那就花了钱还办不成事。第二个办法却是既快捷又花费少，时间短而成效大的办法。根据观察，由于井内压力大，油气喷射出来还没来得及点燃就冲到了空中，从井口到最低的火点有一米多的空当，可以组织一组人冲上去，在井口上安装一套阀门，就能关闭井口，实现灭火。不过这个办法有一个更大的难处，就是太危险！火场温度极高，站在几百米开外都能感受到灼热，到了跟前会怎么样，人能不能坚持着冲到跟前，安装完阀门？这个过程中会不会有人受？受伤还是小事，关键是会不会死人？而最讨厌的是，在大火初着时，原来的井架全部烧塌，在井口处形成障碍，就算是组织人员冲上去，但现场的那些钢铁也会影响安装阀门。

现场争论得很厉害，有个钻井公司的老同志，可能是个负责人，拍打着胸脯说："不用太多考虑，组织敢死队往上冲，一定能成功，以前我们有这方面的经验，在'坪12井'我们就这样灭过火。"有人反驳他："'坪12井'才多大的火，能跟这场火比吗，你敢保证不烧死人吗？"这位钻井公司的老同志没有回答能不能烧死人，他说："为了油田的利益，必要的危险也是可以冒的，我们总不能看着油田的利益、国家的利益受损失吧。"

我对他的话不敢苟同，如果没有科学的依据就是蛮干，但是他的下一句话却让我佩服，他说："这是我们钻井公司的事，我愿意当这个敢死队的队长，要烧先烧死我。"

总指挥没有当场作出决定，这个决心太难下了。

按现在的情况，当然是采用最快灭火的方法，这样既缩短了灭火的时间，又减少了地下能量的损失，为下一步发现新的油田留下希望，但如果没有有效的防护措施，把人都烧死或者烧残了，即使灭火成功，那也是失败的。

据说，情况已经上报到北京，部里派出了一个专家组，究竟怎么灭火，要听专家组的意见。

## 1985 年 4 月 30 日　多云　五级风

今天早上醒来得很早，看帐篷外面，天还没有亮。应该是冻醒的，昨天夜里风大，冷气直往里钻，但我不能起身，怕影响别人。听动静，其他人也有醒来的，大概也是冻醒的。

我们已经在前线快 20 天了。在野外的日子真是不好过呀，我觉得与我刚工作时参加林教授组织的那次野外勘探普查差不多，甚至还要艰苦。

我们的工作任务是为指挥部提供相关数据供参考，条件简陋，办公室就是我们住的帐篷。床铺当工作台，资料箱当凳子，搞地质研究不是一时半会儿的事，每天得趴上八九个小时。有时，晚上还得点蜡烛。一天下来，弄得人头昏脑胀的。前天，组里宋玉喜和庞宁半天没出门，下午出去透口气，一出门人就晕了，看着天都在转。张副院长说："这样不行，不要火没有灭，先把身体搞垮了，以后再怎么为油田工作？"他规定我们每天工作一小时就要到外面去活动十分钟。

比起工作，生活上的条件更加简陋。这是一场突发事故，本身没有任何准备，大量人员向这里集中，调度部门的人说："现在在前线的各路人员已经达到1000多人，后续还要调动不少人。"这里是荒山戈壁，没有依托，所有的事都是靠自己解决。住的方面，我们是技术人员，来的人又少，指挥部比较关照，给我们分配了一顶小帐篷，六个人挤住在里面。帐篷是应急用的帐篷，比较薄，又不太严实，夜里的风大，"呼呼"地直接往帐篷里灌，加上配给我们的被褥单薄，睡一觉起来，身上都没点热乎气。就这，我们还算是优等待遇。其他的人就更惨了。根据我的观察，有的单位上来之前有准备，自带了帐篷，好歹还有个容身的地方，有的单位上来时准备不周，只能用些旧木板搭建临时窝棚，有的单位甚至挖地窝子住，还有一些司机直接就住在车里。4月在内地已经花红柳绿，但柴达木盆地似乎还在冬天徘徊，气温低得很。早上气温在零摄氏度以下，特别是前两天下了雨，住在这样简陋的地方，把大家冻得够呛。宋玉喜感冒了，到临时医疗点去打针，两个小时后又返回来了，说："感冒的人太多，医生根本顾不过来，也没有那么多药，但凡感冒的，就只有一种药，发给你完事。要想打针，必须要经过指挥部的特别批准。"吃的方面，整建制调上来的队伍好点，有自己的食堂，也有些物资储备，可能好一点，像我们这样小单位的人，就只能到临时食堂吃饭，临时食堂是前线指挥部搭起的几个帐篷。大笼蒸馍馍，每顿饭有定量，每人两个馒头、一小块榨菜。我来了这些天，就吃过一顿白菜炒肉片，肉好像有点变质，即便是这样，大家吃得却很香。在饮水问题上，开饭的时候给一碗开水，其他时间就只能喝凉水了。吃完喝完就要拉撒，方便就成了大问题。周围都是帐篷、地窝子和临时的木板房，方便一次要走一里多路，为了少方便就只有少喝水、少吃饭。宋玉喜对我说："吃得这么差能忍，可是没有地方上厕所真让人忍受不了。"

条件虽然艰苦，但大家发牢骚的不多，只要有新的任务分配下来，都是以最快的时间完成。现在是紧急时刻，灭火是当务之急，工作条件差点、生活条件差点算什么呢，先生产后生活是油田的老传统了，何况我们几个都是自愿报名来的，这点觉悟还是有的。


### 1985 年 5 月 7 日　多云　三级风

今天下午晚饭，张副院长变戏法似的拿出了两个罐头，一个是红烧肉罐头，一个是红烧鱼罐头。大家高兴坏了，这么多天没见到几顿荤腥，几下子就把罐头抢着吃完了。张副院长说：

"你们知道罐头是哪来的？告诉你们，是指挥部特意奖励给我们的。今天下午，后方拉来了一车罐头，指挥部说我们辛苦，先给了我们两个。"张副院长又问我们："这段时间大家觉得苦不苦？"我们没吭气，好一会儿宋玉喜才说："苦点没啥，就是上厕所不方便。"张副院长笑了，说："大家不好意思说苦，我替大家说，真苦。工作量这么大，又没有办公条件，一天趴在床上十几个小时，吃的喝的又差，怎么能说不艰苦，不过以后就好起来了。前一阶段，指挥部想先灭火，重点运输生产设备，没顾上大家的生活，但现在看来可能是持久战，油田已经着手改善野外的生活条件，吕局长现在专门负责这项工作，可能还要调动一些野营板房上来，用不了几天，咱们的工作和生活条件就要改善了。"

听完张副院长的话，让我们都很高兴，但也有点担心，这么看来，大火一时半会儿是灭不了了，北京的专家早来了，但还没有确定方案，看来消防部门说这把火是世界级难题是有一定道理的。

吃饭时，张副院长还讲了他当年的一段往事，给我留下了深刻的印象。他说："我早年在地震队工作，有一年冬天带了几个人到野外踩点，为来年工作做准备……我们住在一个山坡下面，住的也是小帐篷。冬天住帐篷就跟住冰窖一样，四面透风，睡觉的时候，别说不敢脱衣服，皮帽子都不敢摘下来，必须戴着睡觉，不然头冷得睡不着。工作快结束的头一天，半夜里刮起了大风，小帐篷经不起大风，被刮倒了。三更半夜的，又冷得受不了，也没有人起来收拾收拾帐篷，就那么躺着一直到天亮。

这时，风小了点，我爬起来挨个叫人，都答应了，只有个叫郭大路的，叫了两三声没一点动静。我就扒开帐篷去看他，这家伙，不但被子上、皮帽子上盖了厚厚的一层土，脸上也盖了一层土，那样子就像被活埋了。我心想坏了，这家伙不会是冻死了吧，赶快去扒他脸上的土，把土给弄干净了。刚弄完，他突然开口说话了：'给我脸上留点呀，有点土还能挡寒。'那一回呀，我们虽然吃了不少苦，但提前踩好了点。第二年我们队一出去就能开工，22个地震队，年终我们拿了第一……"

张副院长给我们讲这个故事，我能体会到他的深意，他是用这样的故事鼓励我们，告诉我们在柴达木盆地工作不吃点苦干不成大事。其实不用讲故事，他已经用行动起到了带头作用。张副院长是北京石油学院的学生，比我们大十来岁，身体也一向不好，但这次带我们上来，跟我们住小帐篷，吃一样的饭，干起活来也不输任何人。都说当领导要以身作则，张副院长就是以身作则，今后我要向他学习。

### 1985 年 5 月 18 日　多云　三级风

究竟什么时候灭火，指挥部还是没有决定，北京的专家来了，但专家们也有不同的意见，听张副院长说依然是两个方向，争论得很厉害。大部分人倾向于组织精干人员，到井口抢装设备，但顾虑火场温度太高，可能会烧死人。

我郑重地向张副院长提了一个建议："现在的问题是把着火连同井喷联系在一起，认为只有先解决井喷，消灭了动力源就能自然灭火，这是一体化灭火方案，解决了井喷才能扑灭大火，所以每一个步骤都必然面临现场温度较高、危险性大的问题，实际上这也是迟迟不敢去灭火的主要原因，害怕人到不了井口，或者到了井口因为温度太高把人烧死、烤死。但如果换一种思路，把灭火分为两个阶段，第一阶段先灭火，后一阶段再解决井喷，就没有那些顾虑了，也有较充足的时间解决井喷问题。"

张副院长很感兴趣，让我再说说。我举了个例子："有一盆炭火，某个物件不慎掉到了火盆中央，把它取出来有两种办法，一是直接伸手去拿，因为火盆的温度太高，直接伸手去拿极有可能把手烧伤，而且不一定取出来。二是在火盆上浇一盆水，先把火盆里的火灭了再去拿物件，这样手不会烧伤，物件也能保证拿到手。现在我们面临的主要问题是火场温度太高，人不能靠前，干着急没有用。如果分成两步走，把火先给灭了，然后再抢装井口设备，制服井喷，这样就容易多了。"

张副院长问我："现在的情况下用什么办法才能把火先给熄灭？"我回道："我看过国外的一个资料，他们利用爆炸产生的巨大气浪扑灭大火，就像我们吹蜡烛一样，只要气压足够大就能把火给熄灭。"

张副院长让大家也都说说，宋玉喜说："这个办法有点悬，万一爆炸把整个井场都给炸了怎么办？"庞宁说："也许有用，只要计算好炸药量就行了，而且得在空中爆炸才有用。"组里其他两个同志没表态。

张副院长说："让我想想。这个想法很怪，但确实有可取之处，要多想想才行。"

**1985 年 5 月 20 日　多云　三级风**

今天下午，我被叫到指挥部开会。

会上主要听我讲用爆炸的方法灭火的建议。原来，张副院长已经把我的想法汇报到指挥部去了。

我就把自己从资料上看到的情况说了一下。有个专家说："我也看到有的国家用这个方法来灭火。战争年代也用过，有的地方打仗起了大火，人靠不上去，就扔一个爆炸包灭火，效果好像不错。"另一个专家说："这个方法从原理上说是可行的，但实际执行起来就有很多问题。比如这么大的火能不能用爆炸的方法解决？这场火可不是一般的火，光火头就有近百米高，需要多大的爆炸量才能把这么大的火熄灭？比如会不会产生次生灾害，如果爆炸波及地面怎么办，会不会造成更大的破坏？"也有的人说，"这简直是异想天开，靠爆炸的方法来灭火根本行不通，现在火场周围几十米以内人都靠不上去，炸药包怎么安置，怎么把握爆炸的火候？说不定炸药包还没有送上去，就被大火给烧爆了。"

总指挥点名让我发言，说道："既然你能想到这个主意，管用不管用先不说，必定是经过了你的思考。你说说看，用多少炸药合适？"我回道："这个可以通过建模型搞试验来确定，请爆炸专家来计算，应该可以计算得出来。"总指挥又问我："那你说说怎么才能把炸药包送上去？""我想了一个办法，用两台大型车辆扯着一根钢丝绳子，从井场的两端同时开进，钢丝绳的中间绑好炸药包，到火头中心时引爆。"我把我的想法告诉了大家。

总指挥坐在椅子上双手抱头，考虑了很久。总指挥是油田创建的元老，听说油田刚成立时就在油田工作，这些天他奔波在井场上，操心着所有的事情，胡子拉碴的，眼睛里也满是血丝，显然是没休息好。说实话，在这个环境下，也没有办法好好休息，他虽然是现场级别最高的领导，年龄也最大，也只有一间简陋的板房。别说住的条件不好，就是条件好也休息不好。火场上井喷出来的气体不断发出刺耳的声音，鬼哭狼嚎似的，人人都睡不安宁，我刚来的那几天，每天只睡三四个小时，现在习惯了，用两个棉花团塞住耳朵能稍微好点。

　　最后，总指挥说："这场大火是油田历史上遇到的最大火灾，大家都看到了，为了扑灭大火，我们抽调到现场的各方人员有1000多人，生活保障都发生了困难，做了几次尝试，都没有好的结果，现在看来办法也不是很多。我看这样吧，齐国同志刚才的这个建议虽然实施起来可能有很多困难，但也不失为一个办法，立刻成立一个项目组，拟定方案进行深入研究，需要哪些人员、哪方面的专家，尽快提出，以7天为限，明确能否按这个方案实施灭火。"

　　总指挥指定我也参加这个小组。


### 1985 年 5 月 24 日　晴　无风

　　我们的灭火方案仅用4天就完成了。从北京总部来的一位专家帮了我们的忙，经过他缜密的计算，用200公斤炸药爆炸时瞬间产生的气浪可以扑灭大火。以这个炸药量为基础，我们进一步细化了方案：使用两台大功率拖拉机，以火场中心为圆点，分别从 200 米外开进，牵引 400 米长的钢丝绳，绳子中央放置炸药包，使用电打火，瞬间引爆。这个距离也是提前计算好的，可以保证操作拖拉机人员的安全。爆炸应当在空中才有威力，但究竟有多高却很有讲究，太低了可能对地面造成损失，太高了又可能达不到灭火的效果。这段时间从全国各地来了不少专家帮助灭火，一位从四川来的爆破专家按照 300 比 1 的比例，进行了好几次试验，最后认为在 6 至 8 米的空中爆炸最为有效，因此也对两台大功率拖拉机进行了改装，焊接了 8 米高的坚固的支架。对炸药爆炸后的步骤也进行了推敲，消防队员首先向火场喷射水柱，降低井场温度，三分钟后，专业安装队伍上去，用最快的速度安装井口设备，彻底解决井喷。

这个方案迅速上报到指挥部，从理论上来说，这个方案是比较完备的，各方面都考虑周全了，但是现场的情况依然有很多不确定性，失败的风险也很大。比如，爆炸后能不能灭火？虽然先期 300 比 1 的试验都成功了，但并不意味着现场的爆炸就能成功。还有就是能不能保证驾驶拖拉机的人员的安全？200 公斤的炸药是什么威力，其产生的震动连爆破专家也没有具体的说法。我问那位爆破专家究竟有没有把握，他回答说："应该没有问题。"应该是什么意思，那就是没有十足的把握。然而最让人担心，也最为恐怖的是，现场的大火虽然扑灭了，但静电或者高速喷出的油气流与其他物体会不会摩擦产生火花，引发第二次大火。这口井起火的原因就是高速油气流摩擦引起了大火，要是这样，就完蛋了，冲进现场安装井口设备的几十个人可能都会陷入一片火海中。

另外，通过观察，有一个难题，那就是大火刚燃烧时，把40多米高的井架烧塌了，部分融化为铁水凝固在地面上，部分堆积在井场上，还有一些其他设备因为现场温度太高，也遗留在现场，这些都对灭火造成极大影响。要想实现灭火，首先得把这部分杂物先清理出去，否则没办法灭火。

我打算把我的想法在指挥部的会议上提一提。

现在，我们住宿的条件有所改善，从后方调来了一批新式的野营板房，给我们分配了一套。这种新式野营板房一套分为三间，左右两间每间有高低床铺，可睡四人，中间有办公桌，供大家办公。有了板房，比住在帐篷里强多了。饭食也有了很大的改善，今天早上吃早饭时，每人发了一个鸡蛋，来到前线一个多月还是头一回吃到鸡蛋。


## 1985 年 5 月 25 日　晴　无风

早上 7 点多钟，指挥部就召开会议，研究我们的灭火方案。很多人还没有顾上吃早饭，手里拿着馒头就进了会场。前线就是这样，说开会就开会，不管多早多晚，张副院长还在半夜里接到去开会的通知呢。

会上，对我们的方案进行了评估，我也把我的意见提了出来，供领导决策。综合各方面意见，大家认为这个方案并不是最好的方案，成功的概率只有 50%，特别是万一发生第二次火灾，后果将是灾难性的。关于可能发生的第二次火灾，不仅我想到了，好几个人都想到了。有个人还下了定论，如果真的发生第二次火灾，现场的人基本上没有生还的可能性，会被高温活活烤死。

但这个方案却是目前最快捷、最有效的方案。在没有更好的方案前，这个方案不能轻易舍弃。讨论到最后，总指挥作出决定，继续进一步做好准备工作，需要的时候随时可以付诸实施。

关于现场那些影响灭火的杂物，特别是井架的残骸，当然必须提前清走。总指挥挥挥手说："让抢险队上，带火清障，他们已经训练几个星期了，你们项目组配合。"

### 1985 年 5 月 29 日　晴　无风

前线有一支抢险队，大火着起来没几天就成立了，对外叫作"抢险队"，其实私底下大家都叫"敢死队"。这支队伍有 20 来个人，由好几个专业的人组成。他们的任务是按第一个方案确定的，就是冒着大火冲到井口安装井口设备。因为这个任务十分凶险，很可能全都被烧死、烤死，所以都是自愿报名参加的。条件很苛刻，必须是年轻的、没有成过家的，家里必须要有两个儿子的，还要有相关的技术，参加之后还写了保证书，蒋四路就是这个队的队长，他的保证书我看过，我的理解是保证书就是遗书。

蒋四路是报名最积极的一个。抢险队成立之初，他就去报名了，并且拉上了队里的另外三个人。好像当初指挥部并不同意他去，因为他有老婆，不符合条件，但他直接找了总指挥，说："您给我这个机会吧，让我立功赎罪，这口井是我负责打的，给油田造成了这么大的损失，我难受啊，不把大火灭了，我这一辈子都过不好。"蒋四路还列举了他的优势，对井场周围环境熟悉、自行组织过一次灭火，有初步的经验，等等。最后，总指挥拍板，让他当了抢险队的队长。

抢险队一直在训练，练习快速跑，快速抢装井口设备，但是指挥部一直没有用到他们，因为井场的温度实在太高，风险太大。

我们项目组和蒋四路的抢险队见了面，商议清障的情况。来到前线以后，我和蒋四路一共才见过四五面，虽然我和他住得并不远，但大家都忙着各自的事，见面也就说几句话。我发现蒋四路比我第一次见他时瘦多了，也更黑了，完全像个黑人，那是他们训练太苦的缘故。有一次我路过他们的训练场，看着他们从百米开外向着模拟的井场奔跑，扛着那么多设备，还跑得飞快，不经过艰苦的训练根本办不到。

蒋四路对爆炸灭火很不以为意，说："我看用不着这么麻烦，我天天都在现场琢磨，早都找出了绕过这些破井架的路。依我说，直接派我们上就是了，何必还要绕圈子，浪费时间。"我们项目组的组长是油田的副总工程师，他听完以后骂道："混账东西，不让你们上就是怕你们上去后被全部烧死，你敢保证能全须全尾回来？要是完成任务烧死也值了，没完成任务烧死了冤不冤？现在的办法就是想方设法保证你们的安全，你当我们都是摆设？"

挨了训，蒋四路不敢吭气了。我们一起研究如何清障的问题，商定的方法是派出精干人员到这些障碍处，固定上挂钩，然后用大功率的拖拉机一点点拖出来。要清除的主要杂物就是烧垮的井架，井架由钢方梁组成，比较容易固定挂钩，最关键的还是高温的威胁，火的辐射温度很高，人不容易靠近。蒋四路说："我们有办法，我们制作了一些隔热板，可以在短时间内隔开高温。"蒋四路带我们去看了一下他们制作的隔热板，是由两米高的薄铁皮制成，内外包裹了一层石棉板，看起来很轻巧，一个人就能举起来。蒋四路说："这个隔热板很好用，我们到井场周围试过，没有这个东西，我们在火场 20 米以内只能待上两分钟，用了这个隔热板可以待上 10 多分钟。以前 10 米以内不敢去，现在如果前后左右以及头顶都用上隔热板，我们敢到 5 米内去转一圈。要不是怕上级发现，差点就要冲到火头跟前了。"为了让我们相信，蒋四路吩咐队员拿了几块隔热板去火场上试了一下。我也亲身体验了一下。我在没有任何防护设施的情况下，只能走到离火点 80 米左右的地方就烤得前进不了。现在有了隔热板，能走到离火点 30 米的地方，证明这种板子确实很有效，我们立刻放心了不少，纷纷赞扬蒋四路他们开动脑筋，想出了好办法。蒋四路拉出了一个二十出头的小伙子，说这个办法是他想出来的。我们组长走上去跟他握手，说："感谢你呀，你立了功，我要把记者们叫来，好好宣传一下你。"一句话让腼腆的小伙子羞红了脸。

　　根据我们现场观察，影响火场救援的那些井架基本上都散落在离火点一二十米的范围，其外缘则都在二三十米的范围内，从我们亲身试验的情况看，应该不会有太大的危险。但现场的滋味非常难受，我只在距火点 30 米左右的范围内待了不到一分钟，就已经有了一种全身好像烧起来的感觉，五脏六腑似乎都沸腾了。要在这个距离，甚至更近的距离进行工作，那该有多难受啊。

最后商定，蒋四路他们再做两天详细的准备工作，我们项目组去向指挥部汇报，如果指挥部同意，第三天开始清理井架。

看着蒋四路跃跃欲试的样子，我知道他肯定要打头阵。我们是一块从学校分配到柴达木的，又是好朋友，在这个关键时刻我应该陪着他，有苦同尝，有危险同闯。我向组长请示，为了保证下一步灭火工作，允许我参加带火清障工作，方便掌握情况。组长还没有发话，蒋四路一口回绝："不行，你不能参加，别看咱们说得轻巧，其实现场很危险，我们都是经过几个星期专业训练的，还有点把握，你一个搞研究的，绝对干不了这个活。"我也有我的理由，"让我跟你一块干吧，咱们可是同学呀！"蒋四路说，"这个时候说什么同学不同学，你只会碍手碍脚，帮不上一点忙。"可能是看我眼睛里有不忍的意思，蒋四路又说，"齐国，你放心吧，我是不会出事的，你需要什么情况，直接问我就是了。"组长说："蒋四路说得对，齐国就不要参加了，咱们这是去干特别危险的工作，不是闹革命英雄主义，一切都必须按要求、按标准做。"

### 1985 年 6 月 1 日　晴　无风

带火清障的工作整整进行了三天，终于把现场的杂物给清理干净了。

指挥部对这次带火清障工作特别重视。总指挥亲临现场指挥，各种工程车辆和消防、医疗人员都到位了，全天守候在现场。后勤人员设立了五六个供应点，把饭和热水直接送到现场，用保温桶装着，随时可以吃喝。

第一天的清障进行得还算顺利，最外围报废的井架及其他杂物按计划都清理干净了，受高温影响晕倒的人只有3个，其中一个还是后勤上的工人，不知什么原因晕倒了。

最困难的是昨天。原本井架是一个整体，但在倒塌的过程中由于受高温烧灼，断裂成几大块，每块的体量都不是太大，约莫在几吨到十来吨之间。需要清理的报废井架主要有三部分，分别位于东、西、南三个方向。较之于前天，离火场更近，当然现场温度也更高。目视这三部分报废井架之间没有联系。南边的这部分最小，就决定先对南边的井架进行清理。

作业的办法像前天一样，蒋四路和几个抢险队员们穿戴好防护服，在隔热板的保护下拖带钢丝绳冲到了报废井架前，用最快的速度将挂钩挂在一个点上，向后面发出号令，大功率拖拉机开始拖动，但怎么也拖不动，拖拉机拼命加油门，排烟筒冒出一股股黑烟，结果把30毫米粗的钢丝绳都拉断了，报废井架还是纹丝不动。刚开始以为报废井架下有别的东西卡住了，换了更粗的钢丝绳拖带，还是拖不动，更粗的钢丝绳也拉断了。接着增加了一根钢丝，用两台拖拉机一块拖带，这回报废的井架才稍微动了动，不仅是南面的井架残骸动了，东、西两面的井架也动了。这时才发现，东、西、南这三部分井架残骸是连接在一起的。原来，井架在大火中倒塌的时候，部分钢铁融化了，把井架分成了三部分，但这只是表面现象，实际上融化的钢水落到地面后，在冷却过程中凝固在了一起。一个多月来，风沙把连接的那部分掩埋了，所以给了我们错觉，以为它们是断裂的。

忙活了一早上，总算把问题搞清了。这一上午可把蒋四路和抢险队员累得不轻。他们来来回回奔波在危险的火场周围，急速奔跑到火场固定好挂钩又急速奔跑回来，一上午就有6名抢险队员晕倒,其中有一名年轻队员从现场跑回来,摘下头盔时,满脸都是汗水,像是刚从水底下钻出来一样,他只说了一句"已经挂好了"就晕了过去。

　　三部分报废的井架连接在一块,有几十吨重,因为方向不同,根本没办法整体拖出来,只能把三部分切割开,分块拖出。可是蒋四路和他的队员们都累得躺在沙滩上,还能继续干吗?总指挥把蒋四路叫到跟前问:"你们这帮小子还行不行,能干不能干?不能干咱们今天就收工。"蒋四路把脖子一扬,说道:"咋不能干?只要还没累死,就能干。""行!给你们两个小时休息,缓口气接着干,我倒要看看你们是英雄还是孬种。"总指挥说。

　　要是刚从学校出来,听到总指挥的话,蒋四路,不,还有我,可能都会跳起来与总指挥大吵一架,会骂他不顾工人的死活,逼着大家累死。可是现在我们都不这么想了,在困难的时候不叫苦,在危险的时候敢拼命,这是柴达木石油人的传统。我体会,在这样艰苦的环境下,只能前进没有退路,往前走一步也许不会有多大作用,但要是往后退一步就可能毁于一旦。要想干成事,没有这样一股子拼命的劲头是不行的。

　　蒋四路说:"总指挥,你等着瞧吧,我们都是英雄,肯定能完成任务。"

　　下午还没有休息两个小时,一切都准备就绪了。蒋四路带着抢险队员冲上去刨沙土,找连接点,用气焊枪切割,用铁锤砸,挂铁钩。说来也奇怪,那些躺在沙滩上一动都不想动,喝水都要人喂的抢险队员听到命令,爬起来奔向火场的速度还是那么快，干活的速度也丝毫没减。

这次，抢险队留在现场作业的时间更长，高温、劳累和危险形成的心理压力，使他们把所有的潜力都发挥到了极致。不断有人晕倒，背出来休息一会儿，喝几口水，又主动进去了，连蒋四路都晕倒了两次。下午，总指挥看着抢险队员实在太累了，换了一拨人替他们，但是这一拨人没有受过耐高温的训练，有的人走到半道上就折返了，有的人上去不到两分钟就跑了回来，最后还是蒋四路和他的队员们咬着牙把任务完成了。看着他们累瘫的样子，现场的人差不多都流泪了。

总指挥拿着一块毛巾，亲自给每个抢险队员擦汗，说："好孩子，你们都是真英雄，不愧是柴达木石油人，明天用不着你们了，我批准，明天你们休息，好好吃一顿，好好睡一觉，养足力气把最后的活也干了。"

剩下的清理任务比较轻松，只有一些重晶石粉堆积，但距离火点比较远，指挥部调来一支队伍，只用一上午就全部清理干净了。

现在现场灭火的条件已经具备，就看指挥部决定什么时候实施灭火。

今天是油田创建 30 年的纪念日，清障工作圆满完成，这是个好兆头。


**1985 年 6 月 5 日　晴　无风**

指挥部决定，明天实施灭火。

下这个决心是很不容易的，张副院长说总指挥一夜没有睡觉，就站在火场前盯着大火看。

灭火是一个系统工作，需要多个方面配合。最核心的工作是火场上空实施的爆炸和爆炸后冲上去安装井口的抢险队，这两个环节紧密相扣，如果爆炸不能顺利实施，或者爆炸后没有像预期那样灭掉大火，后面的抢险就没办法实施。同样，如果爆炸灭了火，但抢险队员不能及时安装井口，控制井喷，高压油气流随时会产生静电，造成第二场大火，那后果真的不堪设想。

总指挥带着我们项目组几个人一大早直奔爆炸组，总指挥特别心细，对两台拖拉机、钢丝绳、爆炸包都一一细细检查，还听取了爆炸专家汇报的爆炸方案，实施爆炸的每个环节。爆炸组的负责人说："已经演练了很多次，从接到指令到实施爆炸，15分钟内就可以完成。"

但是，能不能炸灭大火，爆炸组的负责人说："虽然小型试验过几次，效果较好，但200公斤炸药是大型爆炸，并没有完全的把握，最多只有50%的把握。"总指挥面色凝重，半晌才说："这是没有办法的办法，有危险也得干，我不能看着火把地下烧空了。"

我要求参加明天的爆破，总指挥开始不同意，说："你不懂爆破，在现场反而碍手碍脚。"我也说出了我要参加的理由："这个方法是我提出来的，有我在可以增强操作手的信心。驾驶拖拉机往上送炸药包的人是灭火的关键，任谁拖着一个200公斤的炸药包去炸火，心里都会害怕的，驾车的时候万一惊慌手抖，出了差错，就可能导致爆炸的火候掌握不准确，最终影响爆炸的效果。我坐在他们身边，陪着他们，他们就会好一点。"

总指挥想了想，可能觉得我的意见有道理，同意我明天陪着驾车手一块去引爆炸药，吩咐我一定要按照要求做好防护。

接着，总指挥带着我们去了抢险队，蒋四路带领抢险队队员整整齐齐列队欢迎。经过了两天的休息，抢险队员已经恢复了体力，个个精神抖擞，总指挥十分满意。

在这里，总指挥询问得更加细致，什么人在什么位置，什么人用什么工具，什么人干什么活，等等。而且，总指挥还亲自走了一遍流程，从他的行动上，我能感觉到他的心理压力有多大。因为明天就是生死存亡的关键时刻，虽然大家谁也不明说，但都知道这其中存在的极大危险。那些年轻人围在总指挥身边，脸上绷得紧紧的，没有人多说一句话。突然间，总指挥转了话题，问："你们中间有没有能喝酒的家伙？"大家不知道什么意思，半晌，有一个抢险队员说："我能喝点。"

"你能喝多少？"

"一斤没问题。"

总指挥哈哈大笑，说道："那你算是逮着了，我备了两箱子好酒，是我自己掏钱买的，明天晚上请你们喝好酒，你们都给我努一把力，手脚利索点，早点结束，快点让我把好酒喝到嘴里，你们说行不行？"

所有的人受了这番话的感染，齐声说："行！"连我们项目组的几个人也跟着喊："行。"还有两个俏皮的小伙子说，"总指挥，我们刚才没敢说会喝酒，我们也能喝 1 斤，你的好酒可要管够。"总指挥大手一挥说："放心，不把你们这些家伙灌得像死猪一样，我不会罢休！"

我真佩服总指挥，检查工作的时候那么认真，又能在顷刻间把大家的紧张情绪给化解了。说实话，我从今天接到通知，心里就不自觉地紧张起来。总指挥的话让我放心了不少，可见没有多年的工作经验是根本做不到这些的呀。

天黑了，再过十来个小时就是决战的时刻，这注定是一个无眠的夜晚，我暗暗祈求上苍保佑这片土地上的人们，我们经受的苦难够多了，我们的牺牲也够多了，不要再有新的牺牲了。

### 1985年6月6日　晴　微风

最神奇的事情发生了。如果有一个小说家，不知道他会用什么样的语言来描述这件事情。不，即使有一个小说家，他也会词穷语尽，找不到最恰当的语言来描述。那么，让我来重重地记录一笔吧。

变化应当是在入夜后的十一二点，火场上的声音渐渐小了，映入板房里的光亮似乎也弱了，不过那时谁也没有注意。已到深夜，大家困意正浓，我当时也迷迷糊糊的。凌晨的时候，我突然听到了外面有喧哗的声音，宋玉喜年轻，跑出去看发生了什么事。没过一分钟，他一下蹦了进来，差点把板房的门都撞坏了，他冲着我们喊了一声："火小了，火小了。"然后挨个把我们的被子掀飞，又一步蹦了出去。我们急忙跟出去，看着火场。我敢说，谁第一次看到那个场景都会发愣的。

那高达近百米的火头不见了，那股蔓延十多公里，白天遮住太阳，夜晚遮住月亮的黑烟不见了，那如雷声般咆哮的井啸声也几乎没有了。我们的眼前是这样一幅景象：一团两米多高的火焰静静地在原野中燃烧，偶尔爆出一个火花，随即又归于平静。它和前方雄伟的巴喀路山、满天的星光，映照出一幅美丽的画面。

一波一波的人从四面八方涌来，我敢说所有的人都来了，来的人一排排地站着，目视着荒原里的这团火焰，谁也不知道发生了什么，谁也不知道一天前还像虎狼般凶恶，随时要吞噬生命的烈火为什么变小了。因此，所有的人不敢说话，生怕惊动了它。大家只是静静地看着，似乎在欣赏着这团火焰，欣赏它的安静和它的美丽。

时间仿佛停滞了，不知道过了多久，两个小时，也许更长。太阳开始从东方升起，我看到有几个人走上前去，围着这团火焰走了一圈，又走了一圈，终于一个声音通过手持喇叭传了出来："所有的人退后100米。抢险队，来，把这个火给我灭了！"这个声音雄厚有力，一听就知道是总指挥的。

蒋四路的抢险队从人堆里钻了出来，他们好像早就等着这声命令。他们像猴子一样灵活，闪电般地靠近了火焰。其实他们用不着这么迅速，这团火已经构不成什么威胁了，但几个月来的训练已经让他们习惯于迅捷和彪悍。一块厚重的毛毡吸足了水，在4个人的合力下，飞了起来，准确地落在了那团火焰上。顿时，火焰不见了，仅有的那一点儿气啸声也消失了。倏忽之间，毛毡挪开，重达几百公斤的井口设备准确地卡住伸展出来的井筒，四个抢险队员手中的各种工具交换使用，飞速旋转，那动作之快令人眼花缭乱，好像他们不是从事一项工作，倒像是在杂耍。感觉不到一分钟的时间，井口设备已经安装好，这口燃烧了几个月的井终于被制服了。

一刹那，我的眼泪流了出来，它不经大脑的思考，不由自主地流了出来。好像它们在一个地方憋屈得太久太久，急欲找到一个倾泻的口子。我相信一定有更多的人像我一样流泪了，这一时刻我们有理由大哭一场。

泪眼蒙蒙中，我看到总指挥摘下头盔，抛向天空，跳起来欢呼。在场的人都把头盔抛向天空，跳起来欢呼，我们跳呀，不停地跳呀，那一刻，数个月来的艰辛、疲惫和心酸都化解在那一跳之中。


### 1985年6月8日　晴　微风

昨天，张副院长带着我们研究院的几个人赶到了"克东三号井"。

燃烧了近两个多月的"西五井"突然间失去燃烧的动能，被我们很轻松地扑灭了，井口也得到了控制，这当然是天大的好事情，避免了很多问题。但是它留下了一个谜，为什么突然间失去了动能呢？

最合理的解释就是地下的高压油气，通过地下的通道，转移到了其他地方，有了新的出口。

离"西五井"最近的井就是"克东三井"，它也是一口探井，刚刚钻完，并获得较好的油气显示。但是"克东三井"距离"西五井"直线距离有10多公里，从地面上说，完全不是同一类型，"西五井"是山地，"克东三井"是平地，还有一座小山包将两个地方完全分割了。从地下说，也是两个不同的构造，根据前期的勘探研究资料，它们分别是西梁构造和克东构造，若说是"西五井"的油气都转移到了"克东三井"，也有点让人难以置信。此前，油田从来没有发现过这种情况。

任务是总指挥亲自部署的。扑灭了"西五井"大火的当天晚上，总指挥来到我们居住的板房，居然还带了一瓶酒。总指挥说："这些天来，你们几个搞研究的专家吃了不少苦头，也为灭掉这场大火出了力气，本来应该好好地请你们喝一顿酒，解解乏，可是野外没有条件，只能这么将就了。"张副院长找出一只白瓷碗，将一瓶酒全部倒入碗中，大家转着圈，一人一口地喝，很快就把一碗酒喝完了，大家的脸上都有了酡色。

总指挥说："'西五井'的这一场大火非常罕见，咱们费了很大功夫，出了死力来灭火。还好，有惊无险，没有出现伤人亡人的事情。不过呢，大火虽然灭掉了，地层的能量损失也不是太大，但有一点让我不能安心，让我疑惑，想必你们的心中也有这样的疑惑，那就是这股子油、这股子气究竟都跑到哪儿去了？"

"前两天'克东三井'完成钻探，见到了油也见到了气，会不会是'克东三井'的油气就是'西五井'的油气？当然这只是猜想，没有根据，需要科学的论证才能确定。从明天开始，所有的队伍都要撤回基地休整，按说你们也该休整休整，回去好好洗个澡，再痛痛快快地睡上两三天。可我有个请求，请求你们再辛苦几天，到'克东三井'去查一查，看看这两口井之间有没有联系！"总指挥有些愧疚地对我们说道。

我们虽然都盼着撤回基地，可是，既然总指挥下达了命令，我们没有人不愿意，张副院长代表我们表示，立刻就到"克东三井"。

送总指挥出门的时候，已经很晚了，月亮已经爬上巴喀路山。总指挥望着雄浑的巴喀路山，痴痴地说："我有这样一个想法，在地下可能有一个我们不知道的潜伏构造，这个构造很大，连通了'西五井'和'克东三井'。或者说，它是一个基础构造，西梁构造和克东构造不过是它衍生出的子构造，如果是那样，我们就会在新的领域发现油田呵，这场大火就不完全是灾难！"

总指挥的话和语调，让我们每个人心里酸酸的。

来到"克东三井"，我们立即着手工作。"克东三井"于去年 11 月开始进行钻探，设计井深 2800 米，主要是为了了解克东构造的情况。该井钻探顺利，于 5 月 3 日钻达设计井深，在钻探的过程中，先后在 1200 米、1700 米、2200 米处钻遇三处油层，其中 2200 米处的油层厚度最大。5 月 7 日，射开 1700 米处的多个油层进行试油求产，第一天产油七八吨，产天然气 5000 立方米，基本可以肯定是一个油气混合型的油田。到 5 月 10 日，产量突然开始增加，日产油达到 52 吨，日产气达到 3 万方，几乎是第一天的五六倍。到昨天为止，连续多天稳定日产油在 40 多吨左右，日产气在两三万方左右。

这口井很奇怪，钻井队的技术负责人说："一般的井都是刚射开油层时产油量、产气量最大，因为这时地下的压力高。放喷一段时间后，地层压力下降，产油、产气量都会下降。这口井刚好反了，放喷时，油量、气量都不大，过了几天，油量、气量增加了好几倍，想破脑袋也想不出是什么原因。"

听完这个情况，我们心里很振奋，钻井队技术负责人的话似乎在印证"西五井"的油气确实有可能转移到"克东三井"了。

钻井队的同志们很关心西五井的灭火情况，我们详细讲述了一遍，并说明了我们的任务。钻井队的同志对我们几个月来一直奋战在灭火前线表示敬佩，队长特意下令晚上改善生活，还烧了热水，让我们用他们自制的浴盆洗澡。

洗澡的时候，感觉身上都是臭味，自从参加抢险以来，我记得只洗了四次澡，三次都是到后方基地办事顺便洗的，一次在消防队洗了个冷水澡。算起来，我已经有快一个月没有洗过澡了。

### 1985 年 6 月 18 日　晴　微风

我们在"克东三井"上泡了一周。主要做了这几件事，比较油源，就是化验分析"克东三井"的油和"西五井"的油是不是同一种油，化验的结果表明，这两口井所产的油完全相同，10 个主要指标有 9 个对上了。其次是分析了"克东三井"1700 米处油层的厚度、地层压力能否产出这么多油？发现"克东三井"根本不可能产出这么多油气，一定是外来的油气进行了补充。这两点似乎可以说明西五井的大火之所出现了戏剧化反转，就是油气跑到了"克东三井"的原因。但也有不利的问题，西五井和"克东三井"不在一个地层上，而且直线距离有 10 多公里。

我们又对 1300 米处、2200 米处的油层求产，其中油层较薄的 1300 米处只出产了少量的油气，而油层最厚的 2200 米处日产油也不过 20 来吨，这似乎又可以证实，"克东三井"和"西五井"存在着某种关联。

我们召开了多次技术交流会，大家争论不休，但意见还是逐渐统一，在幽深的地层下，可能存在这样两种情况：一是"克东三井"和"西五井"在早年发育时期整体上处于一个构造，有良好的储存条件，在青藏高原的隆起中，出于复杂的原因，虽然处在不同的地层，但构造没有遭到破坏，油气在构造中可以自由地运移，所以"克东三井"在试产中接纳了"西五井"转移过来的油气，使"西五井"的大火轻易地被扑灭了。二是"西五井"和"克东三井"虽然是不同的构造，但是它们之间有一个通道，油气可以在通道内相互进行转移，地层压力高的向地层压力低的构造转移。

这只是猜想，要想真正揭开"西五井"动能消失的真正原因，需要进行大规模和精细地勘探。

明天，我们要返回基地了。回顾这几个月来参加的灭火工作，有过担心，有过惊吓，披星戴月，风餐露宿，但最终有一线曙光从地平线上升起来，如果借此能够发现一个油田，那么一切都是值得的。


**日记链接一：**

1985年6月20日，由青海油田钻井公司承钻的南翼山构造南七井钻至井深2983米处，遇高压油气层，发生强烈井喷，估算日喷轻质油748立方米，天然气100万立方米以上。青海石油管理局紧急动员，全力抢险。6月22日封井器失灵，井口失控着火，火焰高达30多米，烧毁井架、钻机、柴油机、泥浆泵、发电机、3200米钻具及其他部分材料，直接经济损失700

万元。该井是南翼山深层凝析气藏的发现井。经过奋战，封堵成功，保住了油田。

1987 年 4 月，由青海油田钻井公司承钻的南翼山构造南七井钻至井深 2977 米处，起钻时发现钻井液溢流，采取措施时井喷失控着火，导致设备烧毁，青海油田成立抢险领导小组，在大港油田、四川油田专家的协助下，确定了带火清障、整体吊装井口的抢险方案，7 月 4 日，抢装井口成功。

1986 年 1 月，青海油田对南翼山浅层油藏进行第一次储量计算，上报探明叠合含油面积 7 平方千米，三类石油地质储量 1181 万吨。

截至 2020 年，南翼山油田已经累计探明石油地质储量 1.4 亿吨，年产原油达到 28 万余吨。

（余小添摘自青海油田相关资料）


## 1995 年 5 月 14 日　阴　四级风

油田发生了一个突如其来的大事，有支地震队被大雪困住了。

昨天中午正在睡午觉，电话响了，是油田副总调度长俞大龙打来的。俞大龙语气急促，说："老齐，快……快……到机关大楼来，有支地震队被困住了。"我急忙问道："困在哪儿了？"俞大龙说："现在没时间说，你快来，我们马上要去救援，对了，你带件棉衣。"

我一轱辘爬起来，拿了件棉衣就往外跑，俞大龙的口气这么急，一定发生了大事。我跑到机关大楼，看见俞大龙正在一辆车前站着，看见我就问："老齐，你对南八仙是不是很熟悉？"
我说："去过十来次。在里面也住过十来个晚上。"

俞大龙说："有个地震队在南八仙东北部被困住了，要赶快组织救援。你熟悉地形，给我们当顾问。他妈的，真是见鬼了，这个天气竟然下大雪。"

不由分说，俞大龙就把我拽进车里，一会儿车就开动了。我粗粗看了下，一共有十多辆车一块行动。

我、俞大龙、周冠军，还有负责安全的劳得法科长坐在同一辆车上。俞大龙把情况简单介绍了一下："今天早上，有支地震队在南八仙东部地区搞测量放线，准备二维地震。可是出去才两个小时，天气突然变了，开始下大雪，60多个人困在了大雪地里，目前音信全无。地震队的留守人员少，没有办法，便发来电报求援，我们现在赶过去救援。"

劳得法问道："他们出发前有没有防范准备？"俞大龙说："可能没有，现在是5月，谁都不会穿厚实的冬装，耽误干活。"劳得法说："那就麻烦了，野外遇到大雪，没有相应的防寒衣物，恐怕得冻坏了。"

我问俞大龙："哪个地震队？"他说是3885队。我的心里一惊，这是忠良曾经带的那支地震队，不过他已经调走了。几个月前，我们在研究院见过一面，他专门跑来看我，说他调到勘探公司当生产科长去了。

周冠军刚从学校毕业没多久，不解地问："一场雪怎么就能困住那么多人？"

"你不知道，那里地形复杂，比不得一般地方，老齐去得多，最有发言权，你给小周讲讲。"俞大龙说。

"南八仙是柴达木盆地较为复杂的地形之一。那里遍布风蚀残丘，四五十米高的土丘一个连着一个，而且十分相似，一般都叫它沙蚀林，是雅丹演化形成的最典型的地形，不要说下雪，就是天气特别好，在里面也很容易迷路。而且脚下是厚厚的黄沙，行走极不容易，走三步退两步是很正常的事。"我简单地解释道。

其实我担心的是他们可能去了大东墙。大东墙是南八仙东部一条自然形成的墙壁，长十多公里，高五六十米、宽一百来米，它在地壳运动中被左右两股巨大的力量硬生生给挤出地面，非常整齐，棱角分明，远远望去十分壮观，仿佛是人类修筑的城墙。大东墙以东地区离公路较近，已经开辟了道路，也进行过勘探。但以西的地区，因为车辆难以行走，长期以来只有少数勘探队员去过。那里的地形更加复杂，我也只去过一次，也只在边缘地带活动过三天，真正核心区的情况也不了解。如果他们陷入了大东墙的西部，救援要困难很多。

情况紧急，我们的车走得很快，300多公里的路，只用了4个多小时，下午5点多就到了现场。

果然是大东墙那一带。我们到时，已经回来了40多个人。他们分作几批先后从大雪地里跑出来的。据回来的人讲，他们进入大东墙以西地区后，主要在边缘地带上进行地震作业，没有向更深处挺进，所以下大雪的时候，他们离出发时的基地不算太远，虽然下雪后地下更加难走，但大致方向是明确的，他们拼尽全力顺利脱险，不过大部分人都有冻伤，手、脚、耳朵不同程度红肿、溃烂。

然而最令人担心的事发生了，有两个班，十多个人的任务是到更纵深的地方去搞测量，他们现在下落不明。

回来的地震队员中有一个留下来协助救援，他给我们讲述了大雪突降时的情况："好端端的天哟，屁大点云彩都没有，我们才脱了衣服干活，就看见西边起了黑云，来得好快，很快就压到头上了。一刹那，就下起了雪，全是指甲盖大的雪片子，地上一会就铺满了。我们赶快往回跑，刚开始雪和地上的沙子混合在一起，虽然粘脚，但还能看得见沙土，走没多远，就全是雪了。一辈子没见过的大雪，前前后后变成了一片白，最少有半尺厚，踩上去就跟踩在棉花上一样，根本走不动。幸好我们人多，一个拉着一个，串成一队往外挪，进去半个小时，出来走了四个多小时，捡了条命……"

根据现场情况，必须派人进去搜寻，协助还没有出来的人脱困。油田立即成立了临时指挥部，因为不知道那十多个人的确切位置，我们便组织十多个救援组成扇面展开。已经是下午6点钟了，为了防止救援队发生连锁伤害，给每个组编配了20个人，我们全部穿上厚厚的棉衣、棉裤，戴上棉帽，带足手电。指挥部规定无论有无结果，晚上12点前全部返回。

我参加了一个救援组，这一组有俞大龙、劳得法和周冠军，还有从其他单位抽调的人，没有片刻犹豫，我们立刻翻过大东墙，向西搜寻。

这场雪果然太大了，虽然是5月份，地面的温度上升，一部分雪已经融化，可仍然有没过脚面的积雪，行走极为不便。此外，由于下雪的原因，温度骤降。我们走了四五个小时，也不过才走了五六公里，个个累得喘不过气。

晚上将近 10 点，我觉得没有希望了，对俞大龙说："离下雪已经过去了将近 10 个小时，地震队员都是单衣单裤，照现在这个温度，估计不会有人活着了，大家也累得走不动了，还是折回去吧，明天再来搜。"俞大龙和组里的其他同志同意我的意见，正当我们准备返回时，突然间，雪地里出现了几个模糊的身影，似乎还有喊声。我们兴奋起来，加快速度向他们走去。

他们共有七个人，稀稀拉拉，一步三挪地在雪地上蹒跚，随时就会倒下去，我们赶快上去架住他们。在手电光下，他们全身僵硬，目光呆滞，哆嗦着嘴却说不出话来，半天才有一个人说："后面还有人，快去救他们。"

俞大龙一边命令小组成员带着七个人往回撤，一边拿出信号枪，打出两发信号弹。这是事先约定的，发现了人就放信号，让别的小组来支援。

很快别的小组都围了过来，沿着那七个人的来路向远处搜寻。我们往前走出一公里多，发现了一个人，他躺在雪地上，眼睛还半睁着，但不管我们怎么叫他拍他，他却一点动静都没有，已经死了。

接着往前找，又看到了两个人，他们并排坐在雪地上，那样子好像是要攒一口气，再站起来走，但身体已经半僵硬了。再往前搜，又陆续发现了 9 个被困的同志，他们或躺或坐在雪地上，仿佛只是走得太累了，休息一会儿，我们发疯似的又喊又叫，但他们都没有了呼吸。此时此刻，这片荒野就像是地狱，这都是活生生的人啊，硬是被冻死了。看他们的情况，前面他们往回走的时候还是有组织的，一个跟在一个后面，但走着走着，就走乱了，有的人体力不支，冻死了。

天快亮时，我们连背带抬，终于把所有冻死的同志都抬了回去。勘探公司和地震队的人一边哭着，一边清点人数。突然，地震队长叫了起来："还少了一个，没有岳科长。"

俞大龙问："哪个岳科长？"地震队长说："是岳忠良，昨天他也跟着队伍进去了。"

我的脑袋"嗡"地响了一声，岳忠良不是在当他的生产科长吗，怎么也被困在里面了？

指挥部又赶快派出了两个救援小组，再到里面去找，要求生要见人，死要见尸。我也要求去，但俞大龙一把抱住我，说："你已经一夜没有休息了，再进去，还要人救你哩。而且，现在离事发已经快20个小时了，再进去的作用不大，就是把他的尸体背回来。"

我心里很难受，眼泪止不住地往下流，尽管我不愿意相信，可是我要承认这是真的，昨天晚上我们出去了那么多人救援，也只有7个人活着被救了出来。在这个情形下，忠良肯定没有生还的希望了。

地震队队长说："这是我们队第一次进东大墙以西做地震工作，是忠良主动要求和大家一块进去的。他说他野外工作经验丰富，对队伍又熟悉，也许可以帮得上忙。出发时，忠良还开玩笑地对我说，'别担心，我不会抢了你的饭碗，干完这单活，我再也不会回来了，这个活又苦又脏又危险，谁愿意干？'没想到让他一句话给说中了。"

忠良是我动员来柴达木盆地的，工作分配以后，他一直在地震队工作。20年来，东奔西跑，每年都要在野外待上300多天，没过过几天好日子。我们见面的机会也不多，顶多是过年前后的几天里大家聚一聚，谈谈一年来的生活和工作。从他讲述的经历中，我感觉这些年他拼尽全力对待每一项工作，从没有懈怠过。我还记得我们初来柴达木盆地被困在路上的情景，我给他讲了妈妈失踪的事，他说他要帮我，给妈妈点一盏灯，可是现在，给妈妈的这盏灯还没有点起来，他怎么先走了？

尽管一夜没有睡，体力消耗又很大，我怎么也睡不着。

### 1995年5月17日　阴　四级风

万幸中的万幸，忠良竟然还活着，救援小组找到了他。

我是昨天下午才知道这个消息的，俞大龙打来电话，说："老齐，奇迹发生了，最后一个人找到了，而且还活着。"我高兴地从床上蹦下来，连忙跑到医院去看忠良，可是他冻伤很严重，已经与其他几个冻伤严重的人一起转到西安的大医院去救治了。

我找到参加救援的人，他绘声绘色地讲了过程："我们出去没有多远，天就亮了，远远看到雪地上有个黑点。起初我们以为是雪融化后露出来的石头，这个地方已经被上百人反复找过了，怎么还会有人？可是走到近处一看，真是个人，半卧在雪地上一动不动，穿着一件棉工衣，一只鞋没有了，只穿着袜子，脸、手、脚都是灰黑色的。大家以为他已经死了。没想到他突然睁开眼睛，说：'没死，来，扶我一把，让我站起来。'我们赶快把他扶起来，想背着他走，可他不让。说：'我的鞋丢了，弄块布给我包包脚。'我们剪了一块大衣上的布给他包脚。他说，'我在雪地里冻得时间太长了，恐怕手脚都已经冻坏了，所以要活动活动。'我们给他喂了几口水，吃了口干粮，他就让我们架着他往回走……那是个大英雄啊，将近2公里的路硬是一瘸一拐地走回来了。路上还不忘问别人都回来了没有，说出了这么大的事他有责任，是他没有考虑周全。"

我真心佩服忠良，遇到这么大的灾难，还能如此从容，还知道保护自己的手脚，换作别人，不知道会怎么样呢，甚至换上我，恐怕也坚持不到救援队来。想想当年，我们一块从学校来柴达木盆地被困在半道上，忠良发牛脾气，想自个儿走了，如今却变得这么坚强，我为有这样的朋友骄傲。

忠良，你好好治疗，祝你早日康复。


## 1995年5月19日　晴　二级风

这场被称之为"5.15"的雪灾事故真是太惨了，在短短的一天之内，冻死了12个人，冻伤了30多个人，这一事故震惊了油田的上上下下。

总部派来调查组，对事故进行了细致的调查。根据各方面的情况，认定是两个因素造成了这次灾难。其一是突发恶劣天气。5月中旬，这里的温度一般都在七八摄氏度，高时也只有十多摄氏度。查询历史气象情况，也没有下雪的记录。正因为如此，所以出野外干活的人一般都只穿小棉衣，但大多数人为了干活方便，连小棉衣也没有穿。在被调查的十多个人中，仅有一人当天穿了小棉衣，穿小棉衣的原因还是因为他当天有点感冒，身子有点冷。另外，气象部门也没有给出及时的预报。到气象部门了解情况，气象部门说这是由于山脉、地形的特殊构成形成的特殊天气状况，只在一个特定的范围内发生，来得快去得也快，极为罕见，目前没有能力进行预报。其二是地形复杂。大东墙以西地区完全由大大小小的风蚀残丘组成，风蚀残丘形状基本差不多，在能见度很低的情况下，极容易造成迷路。风蚀残丘之间都是厚达几尺的黄沙，正常情况下在上面行走都要比在马路上行走多一倍的时间。下雪后，行走更加困难，说得通俗一点，当天回来的人是一点一点挪着走回来的。

在调查中还了解到，最后 7 个人之所以能够回来，是因为他们是一个班的，有组织，还有一个有强大意志力的班长。

有个叫张木根的工人对当时的情况记得很清楚。他向调查组讲述了当时的细节："我们班在最里面测量，比别的班多走了好几百米，刚开始下雪，大家还以为一会儿就过去了，没在意，可是雪越下越大了，很快地上就有了积雪，周围的小山包也看不清了，班长汪建超把大家召集到一起后说：'不行了，得赶快往回走，往回走的时候不要乱，一个紧跟着一个。'我们就顺着来路往回走。赵晓明爱护工具，还把工具扛上了，让班长骂了一顿，'扛上工具你怎么走，这不是要拖累大家吗，快把工具放下，丢不了。'刚开始走，还走得快些，可没走多远，鞋子就沾满了雪泥，走得越来越慢。走一阵子，班长就挨个喊大家的名字，看人少了没有，要是有人掉队了，班长就让大家等一会儿。雪地里不好认路，半道上我们迷了路，往北走了好一阵子。这雪要是再下，我们就全都要死了，幸亏雪停了，我们发现走错了方向，才调头往东走。走到天黑后，又冷又饿又累，我们都躺在地上不想走了，班长不准我们休息，让我们接着往前走。我说：'班长，我累得走不动了，让我躺一会儿，躺5分钟我就起来。'班长骂我说：'休息个啥，你休息5分钟就再也见不着你爹娘了，快往前走。'班长又喊又骂，叫起了我们10个人，只有'小江西'任班长怎么骂、怎么喊都不起来，他说，'我一定要休息20分钟，攒足了劲儿一会儿就追上你们了。'班长和老黄把他架起来，刚松手他又躺下了。没办法我们只能让他留下。又走了一阵，李大木和李国立不见了，班长喊也没人应，想回去找，那时候谁还有力气往回走？听说'小江西'、李大木和李国立离我们都不太远，要是他们坚持跟上走，就不会死……"

我真佩服这个班长，如果没有他，很可能一个人都回不来了，但我没有见到他，因为严重冻伤，他转院到西安的大医院去了。

## 1995年5月25日　晴　二级风

已经过了10天，这场严重的事故造成的悲伤气氛还没有消除。一次死了12个人，这在油田的历史上还从来没有过。而原因又是那么简单，就是一场突如其来的大雪。直到现在，还有人不相信这是真的。就像一位殉难工友的家属哭诉的那样："早上好好的出去，晚上就不回来了，不是走千里万里，而且是永远不回来，是生死两别离，阴阳两隔啊。"

这次事件对整个油田的影响非常巨大，很多女人都怕自己的丈夫去了就回不来。据说有一家的孩子，每天出门上学前都会抱着爸爸的腿说："爸爸，你一定要回来，别扔下我，我可不能像路梦娟一样，天天在那里哭爸爸。"原来这个孩子与一位殉难工友的孩子是同学。不说别人了，我的妻子一向大大咧咧，我出去工作几天不回来，她也不多问，可是前两天我去一个井场采集数据，她竟然也叮咛我说，"外面不比家里，你要多小心。"气得我朝她瞪眼睛。

怎么看待这场空前的悲剧，各方面的议论都有，有人说，没有充足的准备就到不熟悉的地方作业就是蛮干。有人说，死了这么多人，也就是为了采集几个简单的数据，很不值当，死的人冤得很。我有自己不同的看法，我当然为那些殉难的工友们悲伤，也同情他们的亲人遭遇这么大的不幸，我更希望永远不要再发生这样的灾难。可是既然我们选择了柴达木，选择了石油，选择了这么恶劣的地方，就应该有这个心理准备。

昨天，油田召开了一个会议，对此次事故的教训进行了总结，提出了一些防止此类事故再发生的措施。最后，领导在会上讲了一番话，给我留下很深的印象。他说："我们为什么要到柴达木来，这里的海拔平均 3000 米，有的地方将近 4000 米，根本不适合人类生活。别的不说，连口气都吸不饱。我们来就是因为这个地方有石油。咱们国家不比中东那些国家，打个井，油就从地下往外冒，咱们是贫油国，地界好、海拔低的地方没有石油，所以咱们就到柴达木来了。这么苦的环境，逼着你就要拼命干，谁不想舒舒服服采石油，可是，没有危险了就采不到石油。我们反对不讲科学、不怕牺牲的蛮干，可是我们也不能怕牺牲，更反对因为有牺牲的危险就裹足不前，什么事情也不做。咱们柴达木这个地方不是没有牺牲，大家都还记得吧，40 年前，

1954 年，就有 8 名女地质队员到在这个地方进行勘探时牺牲了。她们比我们前些天牺牲的同志更惨，她们不仅连尸体都没找到，就连名字也没有留下来，只留下了一个'南八仙'。14 年前,在'历一井'，我们也有 6 位同志血染荒原，他们的坟墓就在烈士陵园里。6 年前，在东大地，还有 4 位同志被钻杆砸死了，至于少胳膊断腿的人，还有很多。这些天，我听到一些议论，有人说他们牺牲得不值，可是我说值，至少他们用牺牲教会我们用更科学、更安全的办法去工作，教会我们不能盲目自信。我们即将进行历北天然气的开发，历北那 6 位先烈的牺牲有没有价值？我说这价值无法估量，没有他们的牺牲，我们可能就不会掀开天然气的盖子,可能要晚好多年才能开发利用柴达木的天然气！他们用鲜血、生命为我们奠定了前进的基础！"

### 1996 年 6 月 18 日　晴　二级风

今天，我和孙丽华结伴到烈士陵园去祭奠牺牲在"历一井"的 6 位烈士，告诉他们，历北天然气开发的大潮即将到来了。

自朱江来、李磊他们 6 人倒在历北荒原上，又过去了十多年。经过不断的努力，不仅在"历北一号"的基础上，探明天然气地质储量 600 多亿立方米，又在相邻的地区发现了一个新的天然气田，探明天然气地质储量 500 多亿立方米，命名为"历北二号"气田，两个气田的地质储量相加，已经达到了 1000 多亿立方米，为天然气的整体开发打下了基础。

之前十多年，历北天然气之所以没有大规模开发，主要是因为天然气开发有比较苛刻的客观条件限制，需要有较大的下游用户，投入资金也比较大，使用有严格的条件，必须上下游配套，等等。近年来，情况终于有了变化，国家能源战略进行大调整，突出了对清洁能源的需求，历北的天然气已经进入战略开发的渠道。依照油田的规划，第一步，先在无人区建设一条横穿200多公里的管道，把历北和柴达木盆地最大的城市小塔布市连接起来，在小塔布市除了开拓民用市场，再建设一座年用气量近10亿立方米的化工厂。第二步，修建从历北到省城的天然气管道，把天然气延伸到西北几个省份，前景非常广阔。

历北6烈士为油气事业光荣献身，青海油田在安葬他们的时候把他们的坟墓建在核心区。我们来到了朱江来、李磊及其他四位烈士的墓前，敬献了供品和鲜花，郑重地把即将开发天然气的消息告诉了他们。时间虽已过去了十多年，但当年惨剧发生的那一瞬间仍然历历在目，就好像昨天发生的一样，不禁让人落泪。朱江来的父亲、爱人和孩子安葬完朱江来后，一直没有消息，不知道现在情况怎么样，想来他的孩子都已经大了。

在李磊的墓前，我意外发现竟然是合葬墓，墓碑上还刻上了张芳容的名字。上面写着：现在，我们开始，直到永远！李磊、张芳容夫妻合葬于柴达木！从墓碑上的日期看，那是李磊死去的第二年，看来这个女人早早就来追寻李磊了。

这个可怜的女人终于用她的方式和心爱的人相守相依。我想起了当年的情景，她那双含泪的眼睛，她痛彻心扉的诉说，我相信在李磊的追悼会上她已经做出了决定：以死相随！人间做不了夫妻，就到阴间做夫妻。或许，这样的选择是她无法逃避的选择，这样的归宿也是她最好的归宿了。人来到这个世界上，本来就是苦多甜少，只不过受的苦大小不同、类型不同而已。

我之所以在这里发出感叹，是从这个女人的身上想到了另外两个女人。一个是我的妈妈，她牺牲的时候只有 30 多岁，人生的梦想刚刚开始，就悄然离去。在离去的那一刻，遑论风沙、饥渴、孤独，就连亲人最后一面都见不到。那时，萦绕在她心头的是什么？她是否一遍遍地想到我，远在陕北的儿子？她是否牵挂着许许多多的亲人？或是放不下自己的梦想？她的心在她归去的时候一定是碎裂的。

另一个女人是孙丽华。今天孙丽华和我一块儿来陵园，不仅仅是祭奠历北 6 烈士，还要祭奠她的爱人。

原本十多年前，她就要调到爱人所在的油田工作，那儿的条件可比柴达木好多了，可是朱江来他们在历北牺牲后，她却改变了主意，不走了。不但不走，还把爱人调了过来，在柴达木安家立业。可是对于这样一位差不多把自己完全献给柴达木盆地的女人，上天并没有格外垂青，仍然让她遭受厄运。五年前，她的爱人在野外勘察时，遭遇车祸，等她赶到时却已阴阳两隔。再过了一年，她的独生女儿也得病去世，把她一个人孤零零地留在了柴达木。别人遇到这样的悲剧还不知道怎样呢，但她没有倒下，仍然奔波在地质研究的第一线。她曾说："我就是为柴达木石油而生的人，将来也许会为柴达木石油而死。"

今天，我们祭奠完历北 6 烈士后，孙丽华去祭奠爱人，我要陪着她去，她执意不肯，说："让我们两口子说点悄悄话吧，过去光顾着工作了，两口子的悄悄话说得太少了。"她的话让我顿时泪流满面，在柴达木搞石油为什么这样苦，这样难？

日记链接二：

　　历北气田位于柴达木盆地中东部的三湖地区，涩聂以北，是全国首个生物气气田。先后发现三个构造完整的气田，到2004年，累计探明天然气储量达到3000亿立方米，一跃成为全国第四大气田。1996年，历北天然气得到开发利用，建成年产60亿立方米的大气田，天然气输送到全国近10个省、区、市，为国民经济发展发挥了重要作用。2005年，为了缅怀牺牲在历一井的6位烈士，在他们牺牲的地方，立起了一座群雕石像，再现了当年6烈士牺牲的场景，名为"浩气长存"！

（余小添摘自青海油田相关资料）

## 1996年7月2日　晴　二级风

　　忠良回来了，打电话给我。去年的冻灾中，忠良严重冻伤，在西安住了将近一年的医院。我赶紧去看他。万万没有想到的是，他残疾了，他的右手从肘关节处被切除了，左手也少了一根指头，左脚的五个脚指头也全部被切除了，只剩下光秃秃的脚掌，就连一双耳朵也都被切除了。

　　将近一年的时间里，因为工作忙，我一直都没有时间去看望他，但我们一直在通信，忠良在信中从来没有说过他的手和脚截肢的事情。我问他："怎么会变成这样？"忠良说："这是最不错的结果了，我在医院里因为感染昏迷了12天，要想活就得做切除手术。按原来的方案左脚也要从膝盖处切除，后来恰巧从北京来了个骨科专家，这个专家技术水平高，只给我切除了五个脚指头。"

"为什么不告诉我？"

"告诉你有什么用，你又不是医生，帮不上忙，只会干着急。我能活着已经不错了，可怜我那 12 个兄弟呀。"说着话，忠良的眼睛里已经溢满了眼泪。

"又不是你的责任，那种突发的极端天气，谁也想不到。"我劝道。

"要说一点责任没有也不对，要是我当时组织得好一点，也许就死不了这么多人。"忠良一脸的愧疚。

我问忠良："当天你是怎么死里逃生的，所有的人都觉得你没有希望了，碰见你的那些人不是去救你的，而是去抬你的尸体的，只是恰巧碰上了。"

忠良说："现在想想有好几个原因，一个原因是我的求生愿望强烈。另外一个原因是我怀里有两块巧克力糖，还有一件棉衣。我的确没有想到当天会下那么大一场雪。那天早晨我去 3885 地震队检查工作，知道地震队要去东大墙以西放线。那个地方以前我去过两次，但进去不深，对具体的地理情况还是不熟悉，刚好当天事情不多，就想跟着他们一块去看看。再说这支队伍就是我带过的老队伍，也想利用这个机会跟大伙儿说说话，就让队长守家，我带着队伍进去。临走的时候队长让我把棉衣穿上，说野地里风大，别冻感冒了。我本来不想穿，可是看着队长挺热情，就随手披在身上。"

忠良把目光拉向远处，若有所思地说道："当天的工作计划其实不需要往里走那么远，路上有个叫李大伟的班长说，'今天咱们老队长回来带我们干活，咱们得给他争点气，今天怎么也得超额完成任务。'他就带着全班往里跑。他这么一闹，汪建超这个班也跟他比上了，结果比原计划多进去了好大一截子。下雪的时候，我正在汪建超这个班，还以为飘一阵雪花就过去了，后来看着情况不对，就让汪建超赶快收拢人往回跑。又去找李大伟这个班，他们走得更远一点。开始我一边走一边喊，后来一个人影没有见着，就琢磨着往回走。雪花大得把眼睛都给遮住了，四下白茫茫一片什么也看不清，三走两走就走迷了路。连着几个小时都在沙蚀林里打转转。一直到晚上，天晴了，有了星星才分辨出位置，也幸亏这些年我一直在野外工作，对地形地物记得比较清楚，判断了大致的方向就往回走。当时气温很低，脸上没有知觉，手脚也都是麻木的，就因为有件棉衣保温还不至于失去意识，头脑是清楚的。我知道一刻也不能停下，一停下来，人非得冻死不可。走到半夜两三点钟，不知怎么一头栽倒在雪地上，爬起来的时候，胸口有个东西硌了一下，伸手一摸是块巧克力糖。那块巧克力糖是一个同事从国外探亲回来硬塞给我的，说是国外的巧克力纯度高，好吃。吃了这块巧克力糖，我的信心足了，继续往外走。其实那个时候已经感觉不到冷了，就是没有力气，手脚不听使唤，好好的路走一步就能跌倒，一只鞋什么时候掉的都不知道。实在走不动了，我就给自己打气，大声说，'岳忠良，你不能死，你死了老婆孩子谁管？岳忠良你不能当孬种，你的事还没干完呢。'还真是有点管用，有几次我实在走不动了，趴在地下，想睡一会儿，这么念叨念叨就硬是把自己给念叨起来了。"

我听忠良讲他脱险的故事，非常佩服，因为我参与过救援，知道当时是怎么回事。忠良说他能活着出来，是棉衣和巧克力起了作用，我不否认，但我觉得他能九死一生，最根本、最关键的还是顽强的意志力，换作一般人恐怕早就放弃了。

我问忠良："今后有什么打算？"忠良说："按照我这个伤残等级可以直接离职休养，可是我还这么年轻，离开工作岗位心有不甘，还是想工作。虽然少了一只手、一只脚，不能到野外工作，但头脑是好的，还可以做研究工作，再不济，也能当个守门人、勤杂工，总之一定能找到适合我的工作。"

我赞赏忠良的想法，我问他："我能帮上什么忙？"忠良说："我们学习的专业是一样的，来到柴达木这些年，我在野外工作偏重于实地，研究工作做得少了点。你在研究院工作偏重于研究，今后我有大把的时间把工作做细致，希望你在这方面多给我一点帮助。"我一口答应了。

忠良非要留我吃饭，居然还要喝酒。喝酒的时候，忠良说："是你劝我到柴达木来的，来的路上我还和你闹过意见，现在我的手脚都冻没了，你肯定以为我会埋怨你。如果不是你，我可能在胜利油田工作，可能非常健康地生活着。但其实不然，在医院这将近一年的时间里，我想了很多很多，我不但不埋怨你，反而感谢你，因为到了柴达木才能最真实地体验到生命的价值，才能知道人是有好多种活法的，哪一种才是最轰轰烈烈的呢？告诉你，躺在医院的病床上，我最想念的就是咱们的柴达木，做梦都是咱们这儿的山，咱们这儿的沙子，天天盼着回来。

我俩喝掉了整整一瓶酒，我抱着他哭，他抱着我哭。我俩都喝醉了。

# 点亮一盏灯

1998 年 5 月 12 日　晴　无风

前些天，油田成立了南八仙预探项目组。油田的总工程师蒋华宁担任组长，抽调勘探处、勘探研究院、地震队、工艺开发室等单位的人组成，华东石油大学吕季民教授的团队也参加了项目组，作为整个团队的技术支撑。在我的要求下，今天，我也从研究院抽调到了这个项目组工作。

南八仙预探项目组的任务是深入研究南八仙地区的地质构造，尽早落实一批有前景的圈闭，寻找新的油气田。

根据油田 40 多年的勘探工作积累，初步可以确定柴达木盆地有三个油气聚集带，主要是柴西南区岩性聚集带、红沙湖西北区中深层聚集带和中下腹部大型聚集带。南八仙地区就位于中下腹部大型聚集带内，具有较好的生油、储油条件。现有的地质研究资料证明，这儿在远古时期是一片古海，在青藏高原隆起的过程中逐渐形成了可生油、储油的条件。十多年前，曾经在南八仙相邻地区钻探过一口深井，发现了面积几百平方公里，厚度达到几百米的生油岩，这可是油气生成的必要条件，由此推测，南八仙地区可能蕴藏着丰富的油气。

南八仙地区的勘探工作一共有五次。第一次当然是 20 世纪 50 年代早中期妈妈她们进行的勘探，但那次勘探比较简单，只对地形地物概略性地普查勘探，是勘探的第一步，对于发现地下构造并没有实际意义。第二次是 50 年代末期，几个地震队进行了普查，找到了几个构造，打了三四口浅井，但实际钻探的效果并不好，没有发现油气。第三次是 60 年代末期，油田组织人员对南八仙进行了勘查，打了几口井，其中在一口井中发现了少量油气。由于当时国家经济困难，投资减少，进一步的研究和钻探难以进行，只能撤退。第四次是 80 年代末期，油田又组织了一次勘探，这次规模比较大，对南八仙以东地区进行了勘探，局部地区还进行了三维地震。在研究的基础上，又部署了几口勘探井。但受地质认识、勘探程度和地震资料品质所限，构造和岩性目标不落实等因素制约，这一次也没有发现油气。加之南八仙地区后勤保障极为困难，一线工人吃、住、行都非常艰苦，动摇了油田管理层的决心，经过反复衡量，最终也是在没有多大成果的情况下，撤出了队伍。

这一次是第五次。开会时，组长蒋华宁说："为什么我们要五上南八仙呢？就是不甘心。从地质评价和我们的研究来看，这是一个富矿区，应当有石油，这一点是肯定的。不过前几次都没有较大的发现，说明这个地方不但地上条件复杂，地下情况也很复杂，要想探明它，不费把力气是不行的，不吃点苦头是不行的。比三十年前、二十年前，甚至十年前，我们的勘探技术已经有了很大的进步，工程保障和生活保障也有了很大变化。五进南八仙，我们比以往的条件好很多，所以，希望大家都要抱着必胜的想法，从我开始都要有点雄心，不出点成果，不干出点名堂，我们这些人就不走，就留在南八仙，不管是一年两年，还是三年五年。"

蒋华宁参加过南八仙地区的第三次勘探，当时，他还是个技术员，他的话说得慷慨有力。

参加南八仙预探项目组，是我的心愿，这里是妈妈献身的地方，是一代又一代石油人为之奋斗了几十年的地方，如果能够找到一个油田，哪怕是一个小油田，对妈妈、对那些长眠在这块土地上的奋斗者是多大的安慰呀！


**1998 年 7 月 10 日　晴　无风**

我们项目组的工作分了两个部分，一部分人依据现有的研究资料，设计新的井位，进行风险勘探。一部分人做进一步的基础研究。

在前期几次勘探中，一共粗略发现了六个构造区。分别是仙一构造、南高点一构造、南高点二构造、下湾构造、仙边构造和古河构造。这些构造区分布在大约 1 万平方公里的范围内，呈现出不规则的 S 形。其中仙一构造、南高点一构造、南高点二构造、下湾构造在上几次的勘探中都分别打了勘探井，而仙边构造和古河构造通过地震资料解释，构造区不大，物理反应效果不好，没有采取进一步勘探的措施。

最有希望的构造是南高点二构造，它于60年代被发现，通过地震解释，它的构造区面积可能达到20多平方公里，构造区比较完整，有较好的封盖。当时部署了一口探井，在井深1400米处时，发现了含油层，完井后有石油溢出，但数量太少，不具备开采价值，所以取得了相关数据之后，就做了封井处理。

为了稳妥起见，项目组准备把第一口探井放在南高点二构造。之前也有过争论，有的人认为在60年代那口探井留下的资料中，发现的含油层并不多，而且每层较薄，厚一点的只有1米多，而薄的油层只有几十厘米，非常不利于开发，这也是这口井最终无果的主要原因。进行新一轮的钻探，效果可能也好不到哪里。但有的人认为，柴达木盆地的地质结构非常复杂，在几千万年的演化中，多次堆积、多次分割，所以，即使在同一个构造中，也可能出现不同的情况。

蕴藏在地下的石油是个奇妙的东西，它是史前的海洋动物尸体和藻类在漫长的地质年代里，与淤泥混合，被埋在厚厚的沉积岩下。在高温和高压下，它们先转化成蜡状的油页岩，然后又退化成液态或气态的碳氢化合物。所以，生成石油必须要有适合的条件，光有生成的物还不行，还要有相应的构造储藏，如果没有构造，石油生成后通过地下的通道就可能运移到别处去。因此，储藏它在地质上需要相当苛刻的条件，底部要有岩石层，封盖要有岩石层，就像一个密封的"盒子"，它才能安静地待下来。万一密封的盒子有一点缝隙，它就不肯待了，会顺着缝隙跑得无影无踪，所以储藏它很难。而要发现它就更难了，通常它埋藏在地下几百米到几千米处，被水层、岩石层、沙砾层紧紧包裹，现有的手段只能通过地震波来发现构造，至于这个构造里有没有石油，在什么地方发现石油就只能靠运气了。

在油田流传着一个故事，早期塔尔油田的发现就遇到了这种情况。塔尔油田最初的设计井位在一座小山包上，但当时的钻井队队长因为将几十吨的设备搬到小山包上格外困难，为了早日开钻，擅自更改井位，在小山包下自选了一个平坦的地方做井位。一个星期后，钻遇高产油层，尚未来得及完钻，原油就从井口大量喷出，日喷原油达 800 吨，使塔尔油田横空出世，最高时年产量达到 10 万吨以上，奠定了柴达木盆地油气勘探开发的历史。后来发现这口井的井位与原设计不符，在原井位上继续打井，但打到目的层后，却没有发现油气。最后根据地质资料综合评估，认为山上山下虽然相距不过几百米远，在地下却是两个不同的构造，原设计井位的那个构造没有油，而钻井队队长擅自决定的这个井位却恰巧打在富含原油的构造上，完全是误打误撞。

我们新部署的这口井的井位就在 60 年代那口勘探井向左 500 米的地方，主要依据是，它与 30 年前钻探的那口井同属一个构造，只是新部署的这口井向中心偏移，这是我们对地质资料经过最新的研究后确定的。

部署井位的时候，我到现场去过，还特意去了上一口井的井场。30 多年过去了，长年风吹沙埋，那口井几乎没有踪迹，只有一根细细的管子伸出地面。如果不是有详细的坐标，外人很难找到了。目睹这根细细的管子，令人不禁感慨万千。曾几何时，近百人在此生活了近一年时间，这里也曾经红旗招展，歌声震天。

我们把两口井重新进行了标定和命名，为了尊重第一口井开拓性的工作，将它命名为"南一井"，将这口新钻探的井命名为"南二井"。

## 1998年11月6日　晴　四级风

上周我们几个人随项目组的赵副处长来到了"南二井"。赵副处长是钻井处的副处长，也是我们项目组的副组长，主要负责风险勘探的工程技术。

"南二井"钻探得不太顺利，中途两次卡钻，费了好多的力气才恢复正常，比原计划超了近1个月的时间，但这还不是主要的问题，主要的问题是这口井差不多已经钻探到设计的目的层，却没有发现有效的油气显示，甚至还不如"南一井"曾经有过的较好的油气显示。

那么，这个曾经充满希望的构造是否在地下还有别的通道，油气资源会不会顺着通道转移到了别的地方？或者我们对资料认识不清，判断不准，"南二井"的井位并不是构造的中心，甚至是另外一个构造？

我们对现场采集的样品进行了查看，对随钻的测井资料进行解释，然后与"南一井"留下的资料相互印证。从比较的结果看，两口井的地层是有点不太一样，然而这又不能充分说明问题。毕竟"南一井"是40多年前钻探的，求取资料的方式与现在大不一样，测井的技术水平比较落后，对测井资料的解释也不够，甚至个人原因也会影响到资料的完整性和准确性。通俗地讲，同样的测井资料，在一个专家和一个普通的技术员那里完全可能解释出不同的结果。

原来的计划是这口井完成后，在这个井位的左近再钻探第二口井，取得最基础的资料，但是由于这口井的不利情况，值得再思考、再研究。

我们在"南二井"待了将近一周的时间，开了好几次会议进行研讨，最后考虑各方面情况，决定"南二井"完井后，钻井队暂时撤离，回去休整，待明年春天再决定是否钻探第二口井。

做出这个决定的另外一个原因是，"南二井"的现场施工条件相当艰苦。冬季本不是刮风的季节，而这里每天下午都会刮风，一刮风就形成扬沙天气。比如今天，根据气象预报，风力只有四级。在其他有树木的地区，这点儿风根本算不了什么，可在这儿就是很大的风了，一起风就卷起漫天的沙尘，不但行走困难，连呼吸都困难。钻井队工人的吃住条件也很差，大家住的是板房，房内靠着煤炉子取暖，半夜里能感觉到冷气直往被窝里钻；吃得也很差，我们来的这几天里，伙食单调，顿顿只有一个菜，差不多都是大白菜炒肉片，喝的水也不好，都是储存了好几天的水，不放茶叶喝起来有股子怪味。我住的这几天，感觉跟我刚来油田时的生活条件差不多。根本原因是道路条件不好，从这里到最近的市镇有200多公里路，通行的道路全都是简易路，坑坑洼洼的，保障车辆运送物资要走一整天。

钻井队的队长叫郭大民，别人都叫他大老郭，已经在钻井队干了20多年。前天吃饭的时候，他对我说了一番话，让我印象深刻,他说:"我自参加工作以来,已经打了78口井,真正见油、见气的只有6口井,你们搞研究的人能不能精细点,把工作做得扎实点,我们风里来雨里去,吃点苦不算什么,可是浪费啊,咱们这是探井,一口井就是几百万块钱,光打干窟窿,我心疼啊!"

他的话当时就让我脸红。尽管他说的话带有很大的偏见性,可是确也说明我们的工作真的没有做到家。

### 1999年4月16日　多云　西风五级

我们项目组现在仍然兵分两路,一路仍然在论证新的井位。"南二井"无功而返,虽然让人失望,但对石油勘探来说,这样的挫折我们已经承受了太多,如果没有愈挫愈勇的意志,算不得合格的石油人。另外,"南二井"虽然没有油气显示,但钻探获取的地质资料完整,对我们论证新的井位有很大帮助。

另一路人马继续复查地质老资料。南八仙地区勘探的主要困难就是地震资料太少。石油勘探的对象是几百米、几千米的地层,探知地层的手段只能靠着地震的反射波加以解释、判别后才能找到构造。虽然之前对南八仙做了一些工作,但真正开展研究的时候还是感觉资料太少,主要原因是二维地震都是分点做的,测网稀疏、品质较差,而三维地震做得更少。没有细致的地震解释资料做印证,再多的设想、再好的主意也不过是一场空而已。

南八仙地质资料少是由客观因素决定的。柴达木盆地虽然是个很有希望的地区,油田也是个老油田,但一直没有太大的发现。或者，虽然有了发现，但是形不成大场面，国家投资就少。50年代塔尔油田发现的时候，大家很兴奋，初期都认为这是一个非常大的油田，甚至石油部部长余秋里亲自来组织会战，可是最后的结果不过是发现了几百万吨的储量，只能算是一个小油田。不像大庆的"松基三井"，一口井就揭开了一个世界级的特大油田。也正是这个原因，有限的资金都集中使用在最有可能发现油田的地方，导致基础工作跟不上趟，像南八仙这类地方，排序上要低于柴达木西南地区岩性聚集带，所以可供研究的资料不多。

有时候，地质资料复查还要查看岩心。我们有一个很大的岩心库，里面放满了各个地区各个时期勘探井的资料，一米长一段，这是第一手的资料，能从岩石上判断出这一地区形成的年代和地质特征。

一截一截的岩心平躺在两米高的木隔板上，从年代上分，这里有第三纪、第四纪、侏罗纪的岩石。从成分上看，有石灰岩、泥炭岩、花岗岩。从获取的时间上看，有的已经采集了几十年，时间最长的一截岩心是50年代中期就采集出来的，那是柴达木油田有史以来的第一口探井——"水一井"的岩心。有的才刚刚采集出来，比如我们去年钻探"南二井"采集的岩心，也送到了这里。岩心是地质研究的眼睛，它能让石油地质工作者知道这一地区是在什么年代发育成熟的，有没有生成石油的可能。

当然，这是一项枯燥的工作。我们把它一截截岩心取下来观察，有时发现稍有不同之处，还要用放大镜来反复观看，确认到底为什么不同。可是绝大部分的岩石都没有什么区别，它们有的呈现出灰白色，有的呈现出黑色，还有的岩心带有花纹，一圈一圈环绕着岩心，好像是专门镶嵌上去的，给人不一样的感觉。观察岩心需要有足够的耐心，天天看岩心，天天满眼都是灰色、黑色，简直毫无趣味。艺术界有审美疲劳的说法，意思是一件东西看得久了会让人产生疲劳甚至厌烦，即使它是一个漂亮、美丽的东西。大部分人查看岩心大概一个小时就得出去透口气。我下过决心，但坚持不到两个小时，注意力就不集中了。我们组里最有耐心的是赵桐，也只能保持三个小时的注意状态。有的时候我们也会烦躁，有一天，正在观察岩心的时候，魏国相烦了，很大声地说："我们天天看这些岩心有多大意思，这些岩心早被人看过无数遍了，要是有价值，也早就被人注意到了。"大家听到他的话都很有同感，纷纷放下了手中的岩心，聚在一起聊天，东拉西扯了一天。不过，第二天大家又都悄悄地接着观察岩心去了，因为我们搞石油人心里清楚，幸运并不会无缘无故降临，每一次新的发现都是无数人的辛劳积累起来的。

这些岩心的确不止一次地被人看过。我注意到有的岩心表面已经不那么粗糙了，有的打上了记号，显然被人千百次地搬动过、注视过、抚摸过，说明不止一代人从事过这项枯燥的工作。我不知道他们是谁，但此时此刻我的心里对他们充满敬意，因为，他们早在几十年前就已经从事这项枯燥的工作了。

忠良的儿子要结婚了，晚上约我吃饭，商量婚礼的事情，他邀请我担任主婚人。他说："没有人比你更合适担任主婚人这个角色了。时间过得真快，转眼间我们来到柴达木油田已经20

多年了。"

忠良真是了不起的人，冻掉了手脚后，他安装了假肢，继续工作。刚开始，领导让他找个最轻松的活干，可他根本不同意，说："我手脚残废了，脑子没有残废，心更没有残废，我要求到地震解释中心工作。"这几年，他把解释中心搞得风风火火的，地震解释资料的品质比过去提高了很多，多次受到油田表扬，还被评为劳动模范。地震解释中心离他家有 5 公里远，上下班有班车接送，但忠良偏偏不坐班车，自己练习骑自行车，说是出门办事方便，有一回他骑车摔倒，把头都磕破了。我劝他："你手脚不方便，年龄也不小了，要爱惜自己，有车坐为什么要骑车上下班？"他乐呵呵地说："你不知道，骑车上班不算什么，我是练习骑快车摔倒的，我要报名参加全省的残疾人运动会，要去拿名次，不摔上几次哪能拿上名次？"说得理直气壮，真是不服气不行。

### 1999 年 6 月 18 日　多云　西风五级

今天在观察岩心的时候，我发现一截岩心中有 4 颗黑色的沙粒，沙粒不大，也就是几毫米的样子，不规则地镶嵌在岩心上。

这是挺稀罕的现象。这一段岩心是泥炭岩，怎么混进去了 4 颗黑色的沙粒？我查看了这一段岩心的上下两段岩心，没有发现新的黑色颗粒，用放大镜仔细观察，很像是油砂。再仔细观察，还有稀罕的事情，在这截岩心的下部，有人用红铅笔打了个小小的"？"作为标记。看来，在我之前，也有人注意到它了，并且做了记号。只是年代久远，"？"都已经很模糊了，不注意都看不出来。

这一截岩心取自下湾构造下探一井，也是很奇怪的事。下湾构造是 60 年代发现的一个潜伏构造，于 80 年代钻探了"下探一井"，设计井深 1700 米。但是，钻探完成后并没有发现油气显示，所以这 20 多年来，这个构造不受人重视，一直没有进行过新的研究。

其实，我也不是有意来复查这个构造资料的，我在观察"南二井"的岩心时需要查究南八仙地区这几个构造是否是同一时代发育，于是再找"下探一井"进行资料对比才偶尔发现的。

很有趣的是，不知道哪位前辈在它的底部打上了问号，他打这个问号的目的是什么呢？

四颗黑色的沙粒说明不了什么问题，也许那不是油砂。目前，我们的研究重点是南高点构造，不值得花费更多的力气，我也学着那位前辈，在这截岩心打了个问号，这个疑问还是留给后面的人解决吧！

## 1999 年 6 月 22 日　晴　二级风

我已经在"下探一井"的岩心前待了好几天。真是奇怪，虽然我已经决定不花功夫去探究"下探一井"那截岩心里的黑色沙粒，但这几天它老是在我眼前晃来晃去，搞得我心神不定，它们好像是 4 只小虫子，在我的心上一遍遍爬过，每爬过一次，就让我的心痒痒一次。心里一痒痒，我就拿起那截岩心看好半天。

在地球引力的作用下，有缝隙时，油气会拼命往上走，直到走不动，所以它的储藏规律一般都聚集在每个储层的顶部。

这么说吧，构造就如同一个锅，这个锅由结实的基岩组成，锅里有水、碎石、盐土混合物、石油和天然气，通过多年地壳运动，油气都聚集到顶部去了，也就是聚集到了锅盖，所以大部分油气都是在构造的顶部发现的。如果在锅盖上没有发现油气，基本可以判断这个构造没有油气。"下探一井"已经打到了这个锅的顶部，没有什么发现，就目前的情况来说，下湾构造并不是一个理想的构造，或者没有原始生成油气的条件，或者没有地下的通道，其他地方生成的油气也不能转移过来。

但是，这4颗黑色的油砂从哪里来？有没有这样一种可能，在下湾构造中，由于特殊的地理环境，更加复杂的油气运移方式，或者受断层的影响，油气并没有像一般规律那样聚集在锅盖顶，而是聚集在锅盖与锅沿的接合部？

我把我的发现向组里的几个同志说了一下，大家都围过来看岩心，经过其他人辨别，几乎可以肯定是油砂，跟我的感觉一样，都觉得这事挺稀罕。

但是我把苦思冥想了几天的设想提出后，同意的人不多。老朱首先否定，他说："这不可能，我们当然要有活跃的思维，要敢于破除旧思维，但这一切都要建立在科学的基础上，必须遵守自然规律。地下油气储存的自然规律就是较重物质沉在下面，较轻的物质浮在上面，你下一碗汤面的时候，见过面沸腾出去了，而气留在锅里吗？"老朱来自采油厂的工艺室，虽然来我们组时间不长，但资格很老，是我的学长，他与我说话一向比较随便。

张国档长期在野外一线从事勘探工作，偏重于工程技术，是发现砂东油田的功臣。他认为这是一个天才般的设想，但可能性不大。他说："这4颗油砂是个孤证，下湾构造里的其他岩心里并没有发现油砂，不能相互印证。"他还形象地说："也许它们是离家的游子，在一次剧烈的造山运动中，从几百公里外甩了过来，恰好被你看见，但它并没有告诉你游子的家在哪里？"

老汪则从另一个方面提出忠告。他说："你的想法与现有理论不吻合，虽然很新颖，也不能说完全没有合理性，但新理论的探索和形成，是一个很费时、费力的事，而且大概率上不会有好结果，上面也不会认可。要知道每一种理论或者新的认识都要由实践来验证，石油理论的实践验证要靠钱来说话，打一口井需要几百万，谁肯给你投入那么多的钱呢？新理论的建立和验证都需要权威的人才能办得到。"老汪当过勘探项目的项目组长，说得有一定的道理。

只有小江很认同我的想法，说："我们在南高点二号进行了这么长时间的探索，吃了不少苦头。去年打了'南二井'，没有效果。今年部署的'南三井'，钻探到现在也接近千米了，并没有什么发现。从大的方面来说，这一地区有生成石油和天然气的条件，也有比较好的构造，有油气是必然的，但从'南二井'的情况看，说明这一地区比较复杂，也许有别的构造、别的油层，完全可以大着胆子试一试，再把工作做得深一点。"小江是硕士研究生，来到油田工作没有几年，但有时候语出惊人。

对于他们的意见，我不知道怎么办才好。老朱、张国档、老汪他们说得很有道理，石油的工业化开采已经有上百年的历史，对地质的认识都是建立在多次论证、几十次实践，甚至上百次实践后才成熟和建立起来的，要想打破框框，谈何容易？

可是我真的舍不得那 4 颗油砂。我准备给孙丽华写信，听听她的意见。

孙丽华离开油田已经两年了，原本她还有几年时间才退休，可远在苏州的母亲因病无人照料，她只能提前退休回去照顾母亲。人虽然离开了，但她的心还在油田，时时关注着油田的勘探工作，她经常和我们联系，开口就是重点勘探的领域是哪儿，进展怎么样，心肠和过去一样热。

### 1999 年 7 月 7 日　晴　三级风

孙丽华给我回信了，她鼓励我试一试。

孙丽华仔细看了我寄给她的资料，她说："这确实有很大的风险，很可能一事无成，白白费了力气。但这个想法很有创意，值得试一试。兔子急了要咬人，我们搞勘探工作的，年年花那么多钱，年年没有好的效果，应该比兔子还急，何妨不咬它一口。如果找不到油，那么就去证明这里没有油，这也是为后人做的贡献，让他们不必再为这个构造投入更多的精力，兔子咬人要咬出血来。"

孙丽华叮嘱我："不管这个想法有多好，但一定要建立在科学的基础上，要做大量细致的工作。"她和我一样，也认为现阶段深入研究的困难主要是资料不够，那 4 颗油砂是孤证，仅凭 4 颗油砂说明不了什么问题。她说："有一个方法可能有用，或者说可以做旁证，就是查地震资料。对南八仙地区做的二维地震、三维地震资料进行研究，也可以对当年的测井进行新的解释。

通过地震资料，也许有一条路，也许可能有生机。"

孙丽华的回信给我增添了信心。找不到油田，那么就去证明它没有石油，这也是我们勘探工作者的使命，也是我们的任务。

让我感动的是，孙丽华还说她可以承担一部分研究工作。她在信中说："我现在照顾母亲比较规律，有不少时间，可以用来做研究工作。"最后还说，"让我这个柴达木的石油老兵再干点事吧！"

### 1999 年 9 月 10 日　晴　三级风

我已经开始了自己的研究工作。目前，还没有到向院里汇报的阶段，汇报了也可能不会得到支持，只有到了一定程度，才能向院里汇报。

我先去找了忠良，绝大部分地震资料、测井资料都在他的解释中心，他们正在搞电子化，电子资料搞起研究工作方便不少。忠良帮了我很大的忙。他尽其所能地给我提供了下湾构造的地震资料，还有当时做的初步评价，有些资料已经封存了几十年。翻着已经泛黄的图纸，让人生出无限感慨，虽然它们已经被封存了几十年，但它们是有生命的，当我们开始翻阅它们的时候，它们就能告诉我们地下的奥秘，甚至能告诉我们当年老一代勘探者的胸怀、希望和担当。

忠良说："我也能帮你点忙，把你研究的目的、打算告诉我，有什么新的进展我还能帮你复核，别让你走了偏路。真要是能找到油田，哪怕是不大的一个油田，也能给你妈妈点一盏灯，也算了了你的心愿，了了我们当年的心愿。"

虽然没有领导的支持，更没有经费预算，不过我已经有了研究团队，我、孙丽华、忠良，我们三个人现在紧密协同。我把忠良提供的资料分门别类，一些留给我自己，一些发送给孙丽华，过一段时间我把我的研究成果和孙丽华的研究成果进行相互印证，然后再交给忠良，让忠良进行复核，同意或者不同意，或者提出另外的想法。

每天下午下班后，我就拿出图表资料一张一张地看。这些图表资料大部分是一样的，基本上没有什么区别，灰色的代表岩石、黑色的代表碎石头、沙土的混合物，棕色的代表水。有时候心情好，能看好几个小时，有时只看了几张，心里就烦躁了。不过真的很奇怪，自从决定对地震资料复查后，就好像肩上担上了担子，不去看几张图表就觉得今天没有工作，时间白白浪费了，仿佛没有尽到责任似的。

记得有一个晚上，我在灯底下看地震资料时，竟然产生了幻觉，在每一张图表里我都看到了巨厚的、饱饱的含着油的油砂。

我把这个情况讲给孙丽华听，电话那头，孙丽华大笑起来，说："我们都太性急了。我和你不一样，我是做梦梦见自己成了一个小精灵，在地下畅游呢。"我也讲给忠良听，忠良当天晚上把我带到一个小酒馆，和我大喝了一顿。忠良说："你得休息休息，这才几天时间，你就变成这样了，要是搞上一年时间，石油没摸着，先把你给累死了。"

虽然大部分都看似无用功，其实我们是有进展的。按照我们的思路，我们还是找到了一些希望看到的东西。每次发现一点儿不同，我们都会很高兴。比如今天，我从测井资料里看到了一点不同的变化，但是以往并没有进行过解释，或者是当时做这项工作的人心不太细，或者他没有经验，我把它记录下来了，然后打电话告诉孙丽华和忠良。孙丽华说："不管有没有用，总是有一点不同，咱们庆祝庆祝，给自己放一天假。"

### 1999 年 11 月 22 日　阴　三级风

前天，我正式向蒋华宁老总汇报了我的研究。我曾经向他提到过在岩心里发现了 4 颗油砂的事，但他不知道我们几个人对老资料的复查与研究已经进行了几个月的事。这几个月来，通过我们一点一点地探究、印证，有一点可以明确，下湾构造并不是以前认识的那样，是一个不完整的结构。我说："这个构造可能是含油构造，但不是在它的顶部，而在构造的半腰上，可能在构造中，有一道岩石层阻碍了油气向顶部聚集，或者说，这个构造中含有另外的构造，是大构造中套着小构造。"

蒋华宁老总仔细听了我（应该是我们三个人）对这一构造的认识。他问我："你认为这个地区的油气不在顶部，而在中部，有多大把握？"

"把握当然不大，因为可供我们研究的资料太少，但是从目前已经研究出来的情况看，还是有一定希望的。"我从容回答道。

"你希望我为你做点什么？"

"部署三维地震，对下湾构造进行精密勘探，这样就能获得比较好的地质资料，可以相对准确地认识一下这一构造的形态。如果发现不了石油，那就证明这个构造没有石油，也是对后人的贡献。"这是孙丽华说的，我觉得很有道理。

蒋华宁老总沉思了好一会儿，说："这要花几百上千万块钱啊，不是个小事情，你把你们研究的脉络再理一理，尽快形成一个报告，我要提交局务会议研究。"

蒋华宁老总又说："南八仙地区咱们已经是第五次勘探了。现在的情况不理想，最有希望的南高点二号构造勘探工作不顺，前面一口井没有达到预期的效果。现在钻探的'南三井'虽然没有完钻，但从取得的资料看，似乎也不会有太好的效果。照这个样子下去，很可能还是无功而返，那么咱们要五上五下了，我实在不甘心呵。所以我支持你们的这个研究,也支持冒险试试。你的那一句话我很赞同，不能发现石油就证明没有石油，为后人做点贡献。所以不管油田同意不同意进行精细勘探，你们都要研究下去，尽可能把资料做齐做全，不留一点遗憾。"

蒋华宁老总还特意重重地拍了我的肩膀，说："请你转告孙丽华和忠良，说我敬佩你们，感谢你们。"


## 2000 年 6 月 3 日　阴　三级风

对下湾构造的三维地震做完了，尽管只有对部分地震资料进行了解释，但效果还是相当好的，证明了下湾构造里确实有另外的潜伏构造。另外，在下湾构造的下层也有异常的反应，不排除在更深的地层下可能还有构造，这个情况虽然是我们的预想，但得到相应的证实后，还是非常振奋人心。

油田决定在下湾构造部署一口探井，探明下湾构造的潜伏构造，这口井被命名为"下湾五号井。"

前两天，蒋华宁老总带领我们项目组的人特意去了下湾构造的现场，检查钻前准备工作。

蒋华宁老总说："南八仙这片地区是我们油田最广阔的一片区域，也是有希望、有潜力的地区，但南高点构造不顺。现在下湾构造有了一点探索性的认识，但探索性的认识不一定就能产出油来，不见到油就不能说成功。目前钻井工程是特别重要的一环，包括取样、分析、研究，甚至其他的一些措施都决定着这口井能否顺利钻完，而能否顺利钻完，决定着能不能在这一地区实现勘探的突破。这口井的钻探要采取新的模式，把油田地质研究、工程施工和技术人员结合到一起，一起参加第一线的钻井，可以根据需要，修改设计参数。"

蒋华宁指定我担任项目组的组长，项目组的名字叫下湾钻研一体化项目组，并嘱咐要在工程物资、生活物资等各个方面全力保障。

让我担任项目组组长出乎我的意料。我们组里有许多比我工作时间长、比我工作经验丰富的老同志，有的职务比我高。大家在一起搞研究用了一年多时间，特别是近半年来，对下湾构造进行精密地震，我们项目组的人绝大部分都在为下湾构造加班加点。我说："让我干什么工作都行，我都服从分配，但最好选更有工作经验的同志来担任组长，比如薛副总工程师、赵副总工程师。"

蒋华宁老总说："你以为我是让你来摘果子的？4颗油砂和精密地震就能保证找到油气？这才是第一步，不知还有多少艰苦的工作要做。大家是来找油找气的，谁会计较当不当组长，组长不是荣誉，是责任。"

我无话可说。

非常幸运的是，担任这口井钻探工作的钻井队是蒋四路担任队长的1152钻井队。蒋四路现在可了不得，他基本上参与了油田所有的重要钻探工作，油田领导评价他所带的队伍是油田最好的钻井队伍，是把无坚不摧的尖刀。他本人也早就获得了"全国劳动模范"称号，到人民大会堂领过奖。现在的他大名鼎鼎，不仅在油田系统内有名，油田系统外也有很多人知道他的名字。当年，我们一块参加培训时，他主动要求到钻井队工作，誓言要当英雄，现在果然成了英雄。按他的资历和年龄，早就不应该继续在井队上当队长了，但几次调动他的工作，他都不愿意，仍然要在钻井队干。

蒋四路见到我也特别高兴，拉着我的手说："齐国，听说这个井位是你研究的，真了不起。今天晚上吃饭，我要好好敬你一杯酒！还有，今天晚上咱俩睡一张床，好好聊一晚上。"

## 2000 年 7 月 11 日　晴　三级风

孙丽华去世了，这真是一个晴天霹雳。

三个月前我们还一起讨论过下湾构造的事儿，在电话里根本听不出她有一点儿异常，谁知她竟然这么快就离开了我们。

据油田去处理后事的工作人员说，她在一年前就得了重度心脏病。这样算起来，我发现4颗油砂，和她商讨下湾构造地质情况的时候，她已经患病了，可她仍然支持我的想法，并主动承担了一部分研究工作。心脏病最怕激动，应该静养，可是我却让她和我一块儿进行了地质研究工作，毫无疑问，差不多

6个月的研究肯定加重了她的病情，这让我很难受。

自从听说她离世消息的这几天，我天天睡不着觉，心中满满地愧疚。我是23年前认识她的，那时我刚刚从学校毕业，还是个毛头小子。她呢，比我早几年来柴达木，年龄也比我大了几岁，从最早的"历一井"放喷开始，我跟她在一起工作。这些年来，她既是我的姐姐，也是我工作上的榜样。我记得最深的一次是，我们在路坪油田进行勘探时，我对岩心做记录，不知道怎么搞的，竟然将三段岩心记错了位置，被她发现了，批评我说："岩心是我们地质研究的眼睛，如果我们的眼睛瞎了，能看见什么？你知道吗，取得这一段岩心的代价是国家投资几百万元，是几个研究者几年的心血，是几十个工人大半年的辛劳，我们轻易把岩心搞混了，对得起谁？"因为她的批评过于严厉，我就觉得她有点小题大做，对她生气了，加上那天有点儿感冒，晚上我就没有吃饭。没想到她到食堂去把饭给我打回来送了过来，还半开玩笑地说："你一个大男人怎么心胸比我一个女人还小？我性子急，说话的方式不对，这是我的老毛病，以后我改还不行吗？你就别跟我一般见识了。"我满肚子的气被她几句话就给化解了。其实我知道她说得对，是我做错了。这件事给我的印象很深，这些年来，在对待岩心的问题上，我从来都没敢马虎过，就是记着她的批评。

孙丽华去世前留下遗言，她要回柴达木，和她的爱人合葬，要把自己融入柴达木盆地。

听说后天她的骨灰就将运抵总部，我特意请了假，去送她一程。

**2000 年 7 月 15 日　小雨　三级风**

孙丽华离我们远去了。

昨天，总部为她举办了一个隆重的告别仪式，油田领导和好多群众都来参加。孙丽华英年早逝的消息和她在油田坎坷、悲苦的经历感动着所有人，前来参加告别仪式的人有一大部分都是自愿来的。正举行告别仪式的时候，天空下起了小雨，这雨水莫非是感动上天的泪水？

孙丽华出生在江苏，父母都是革命军人，从小在部队的大院里长大。从小学到大学，学习成绩都很优秀，本来她可以选择上别的学校，据她自己说，中学时参加过一个报告会，是几个石油工人讲述大庆油田发现的历史，她听了以后十分敬佩，觉得石油工人太了不起了，从那以后就下了决心，要当一名石油工人。北京石油学院毕业后，她主动要求到青海油田工作，在青海油田连续工作了33年。她参加了十多个油气项目的研究，参与新发现的油气田就有5个。值得一提的是，历北气田就是由她首先着手研究。当年限于技术的限制，对于历北地区有没有油气资源还是有一定的争论，大家也不太看好这个地区。她剑走偏锋，埋头研究，经过将近两年的时间，提出历北可能有一个埋藏较浅的气田，她的建议引起了大家的注意。此后，历北气田经过众多科研工作者、工程参与者共同努力，终于结出硕果。

历北气田虽然开发得比较晚，但一经开发就显示出巨大的社会效益和经济效益，目前已经成为全国有名的一个大气田，更是成为油田油气开发的半壁江山。毫不夸张地说，如果没有当年历北天然气的发现，今天的青海油田还在过苦日子哩。

孙丽华是我见到的最坚定、最勇敢的女人。包括我，多少男人都比不过她。她一直从事地质研究和勘探，从石油到天然气，差不多这些年来发现的每一个油田、气田都有她的影子。她每天风风火火地工作，加班到深夜是常有的事。如果半夜里办公室有灯亮着，那灯十有八九都是陪着她的。她还偏爱到野外一线去，不讲究吃住，有一点新的发现就跟孩子似的跳起来。孙丽华工作热情，说话办事有股男人的劲儿。她最喜欢跑钻井队、一线井场，去了就泡在井场十几天，和工人一块儿上下班，自己动手记录参数，收集整理岩心。只要听说哪个井队在打探井，哪怕不是自己的研究区域，也要想方设法跑一趟。用她的话来说，搞地质研究的人，跑到位了心中才能有数，才有发言权。

打探井的钻井队都在偏僻的地方，基本上没有人去过，哪有什么保障条件？吃住都很简单，"祁探一井"打井的时候，她搭着送水的车去了一趟，晚上回不来，只能住在井队，钻井队里没有女人，钻井工人搭几顶帐篷，十多人住在一起，她一个女人怎么住宿呢？她说："有什么关系，我跟你们住在一起就是了。你们听说没听说过，50年代咱们第一批勘探队员来的时候，没有多余的帐篷，有家室的两家分配住一个帐篷，中间拉道布帘子就是墙，你们选个角给我拉一道布帘子。"钻井队长还是觉得不方便，结果给她腾出个帐篷，十几个人住在车上。第二天晚上她不干了，把这十几个人赶回帐篷，自己住到车里去了。钻井队长苦苦劝她回基地，她说："来一趟不容易，你让我多住几天，我保证不给你增加一点麻烦。"结果她在车里住了3个晚上，走的时候还恋恋不舍，怪钻井队长不讲情面，硬是赶她走。还有一次，她在另一个钻井队工作，有个国内著名的地质专家到井场了解情况，她的衣着和男人一模一样，和男人一样扛重晶石粉。地质专家以为她是男人，后来在了解情况的时候，她开口说话，才知道是个女人。地质专家惊呼："这个钻井队怎么有女人？"陪同的人赶快介绍："她不是钻井队的人，是油田搞地质研究的，来这个井队掌握第一手资料。"地质专家感慨地说："我到过很多油田，像这个女同志这样还是第一次见到。搞地质工作的人就得这样脚踏实地，才能出成果。"

孙丽华工作态度严谨，对于不尊重科学、干事马虎的人从来不客气，有一说一，甚至对上级领导也是这样，常常让大家下不来台。有一次，开专业技术会议，蒋华宁老总在会上引用了一些数字，她当场指出这些数字是一年前的旧数字，新数字应该是多少多少，让蒋华宁老总当场就脸红了。但是，很少有人和她计较，或者怨恨她，因为她心地坦荡，一片真诚，没有私心，完全从工作角度出发。蒋华宁老总虽然脸红了，但当场就做了检查，说："孙丽华刚才指出我引用了一年前的数字，似乎是个小问题，但真不是小问题，对于我们从事科学工作、地质研究的人来说，用错一个数字，研究的结果就会南辕北辙。所以我要向她做检讨，保证以后不犯这种错误，也希望大家和我一样，不要犯这样的错误。"

但是孙丽华又是最悲情的，她几乎将一切都献给了柴达木石油，她很少有人际交往，大部分时间都在研究室、基层。别的女人专注穿衣打扮时，她专注的是岩石标本，专注的是哪一个地区可能有油气，但上天对她却真的不公平。她大学毕业时就有了男朋友，但因为毕业分配时名额限制，她的男朋友到了辽河油田，拖了好几年两人才结婚。婚后又两地分居，本来爱人花了很大的力气，将她调到辽河油田去工作，却因为历北油田发生了重大的事故，6位同志血染历北荒原，幸免于难的她，毅然撕碎了调职令，留下来继续做历北油田的后续研究工作。爱人拗不过她，只得放弃了自己的专业，从辽河油田调到青海油田工作。如果日子就这样下去，也算不错，可是命运不断捉弄她，短短几年爱人和独生爱女相继去世，把她一个人孤零零撇在世上。本以为退休后，她能休息休息，谁知厄运仍然不放过她，这才几年，就夺去了她的生命。

捧着她骨灰走向墓地的时候，我真想大喊一声："老天，你实在太不公平了，对这样一个把血和泪都浸透在了柴达木土地的人，对这样一个遍尝了柴达木风霜雨雪的人，何以如此苛刻？"

我和院里的几个同事用多个油田多个层段的岩心为她立了一面墓墙，这些岩心都是她生前关注过的，也许这是对她最好的安慰，也许有这些岩心的陪伴，她可以安心地休息了！

我们用她曾经说过的话作为墓志铭：

为柴达木石油而生，为柴达木石油而死！


## 2000年7月28日　多云　二级风

一场大雨来得迅猛。昨天下午，天空突然开始下雨，一直下到今天早上，雨势最大时，电闪雷鸣，雨水击打在板房上，像是敲打着密密的小鼓。南八仙地区一向干旱少雨,这么大的雨水不要说见过,听都没有听说过。

半夜时分,我担心大雨会影响正常钻井,冒雨上了钻台。看见蒋四路和队上的几个干部都在钻台上,和夜班的工人们一块值守,准备应对突发情况。井场上井然有序,大家都披着雨衣,在雨水中干着手中的活,不见半点忙乱,足见井队上有充分的准备。可是在这么大的雨势下,雨衣的作用不太大,我从板房到钻台上不过短短几分钟,雨水顺着衣领流进内衣,全身便湿透了。

蒋四路看我也上了钻台,说:"老兄,这么大雨你来干什么?"我说:"正是因为雨下得太大,不放心,过来看看。"蒋四路说:"有我哩,你安心回去睡觉。现在的地层是碎石层,比较松软,容易钻进,刚才我又调低了钻速,增加了安全系数,不会有什么大问题。等天一亮,雨停了,就没什么问题了。"

听了蒋四路的话,我安心了不少,便说道:"咱们是同学,理应有难同当,今天夜里我陪你。"蒋四路笑了,说:"老兄,别看你是地质专家,可咱们各自有各自的任务,在这里你帮不上忙,你回去睡觉吧。"说着,蒋四路硬逼着我回了板房。

天亮后,雨停了。可是却有了新的情况,洪水沿着沙蚀林向着我们这里冲了过来。蒋四路派两个钻工出去探水情,大概过了两个小时,两个钻工神色慌张地回来了,说:"北边发了大洪水,正向我们这里流过来,无边无际的,水头很大。"我们赶快登上附近一座高大的沙蚀林去观察,这一看不得了,我们眼中能够看到的就是黄汤般的洪水,不是一股,而是漫山遍野地向着我们这个方向涌来。一夜之间，南八仙变成了水乡泽国。

毫无疑问，昨夜祁连山也下了大雨，山上的大水正在顺山而下。幸亏下湾构造在南八仙的地理位置上整体靠南，如果靠北一点，在仙一构造上钻井，此时此刻，肯定已经被淹了。

虽然我们暂时安全，但情况也已经万分危急。洪水虽然速度不快，但势头不减，用不了多久，就会涌到我们的井场，谁也不知道后面的洪水有多大，会不会将我们的井场淹没。

我们项目组的几个人和蒋四路他们商量了一下，决心不管什么情况，一定要尽最大的努力保住井场，不能让洪水淹没了。这口井花了我们好多的心血，更是承载着我们的希望，如果被淹了，不但前功尽弃，而且什么时候能够再进行新的钻探就难说了。

比较有利的是，我们的井场选建在一座沙蚀林边的台地上，台地下是条浅沟，上下有四五米的高差。水往低处流，洪水来了可以通过浅沟分流出去。而且大部分设备都在台地上。只有柴油机房设在浅沟的边缘，洪水一来肯定就淹了。大家商量的结果是赶快做两件事，一是立刻组织人员把柴油机搬迁到台地上，保证柴油机不受淹；二是探明台地下浅沟通向何处，是否有阻塞，要疏通水道，防止水势汇集。

最后决定，蒋四路带人搬迁柴油机房，我带人去探查台地下的浅沟能否分流洪水。

## 2000 年 7 月 30 日　晴　无风

我们被洪水包围了，大家整整奋战了两天才保住了井场，这两天的经历真的是惊心动魄。

头一天，蒋四路带着一路人马紧急抢拆柴油机。具体情况我不太了解，事后听他们讲费了不少的力气。一台柴油机有十多吨重，过去搬动都要用吊车，紧急情况下只能最大程度分解，人拉肩扛往上搬。最难搬动的是柴油机的主体，有好几吨重，路陡物重，很难搬上去，后来还是蒋四路想出了办法，用了十多根绳子拴住，把所有人集中起来，喊着号子往上拉，一寸一寸挪动，才将柴油机搬到台地上。幸好他们的动作快，仅仅半个小时后，洪水就涌了过来，水面最宽时有几十米，水深也有四五米，若晚上半个小时，柴油机肯定就淹了。

我带着几个人探路。这一带的地形两边是高高低低的沙蚀林，中间是深浅不一的沟，这些沟自然是分洪的水道。一旦这些沟被堵塞，就会造成洪水汇集。我们顺着浅沟走出去四五公里，地形就开阔了。关键就在这四五公里的水道上，一路上发现了几处堵塞点，其他问题都不大，唯有离井场八九百米处，堵塞比较严重。这是一处六七米高、长宽为三四十米的黄沙墙。可能是在大风下日积月累形成的，恰好堵住了由北向南从我们井场下泄的洪水。

查明了情况后，我们赶快往回走，要尽快组织人员挖开堆积的黄沙，疏通水道。

走到离井场还有300多米时，洪水已经下来了，其中一股洪水从我们必经的两座沙蚀林下穿过，挡住了我们返回的道路。

洪水的水头很大，虽然水面只有十来米宽，但流速却很快，水里不断地泛起黄色的水泡，形成一个个漩涡，还发出很大的声音。这里不比平地，到处坑洼不平，根本不知道水有多深，搞不好就可能搭上性命，怎么办呢？如果不涉过这道水，就被困住了，不但消息传递不回去，迟迟不归还会让蒋四路担心。

我们一共有5个人，项目组3个，外加2个钻工。商量了一下，觉得还是自己想办法过去，等待蒋四路来救相当于把困难交给了别人。何况，蒋四路那里现在肯定也乱成一锅粥了，什么时候才能抽出人手来救我们呢？

涉险过水就怕水太深，被水冲走，如果有一条绳子那就好了。可到哪里找绳子呢？我们出来时只带了一把铁锹，别的什么也没带。人在危急的时刻总能想出办法，我们把裤子全都脱下来，用五条裤子和五根腰带拧成了一条特制绳索。大家决定派一个人拴在腰上先去探水深，其他人抓着绳索，发生危险时可以迅速将人拉回来。

危险的事当然不能交给别人。我拿起绳索正要往腰上拴，却让一个钻工拦住了。他说："领导，让我先上吧。"这个钻工年龄大约二十七八岁，个子不高，瘦瘦小小的，看起来一点儿也不起眼。我的心中一热，没想到危险的时候还有人抢着要上。我说："你去我去都是一样的。"他说："不一样。第一，我比你年轻，体力好，应付危险情况的能力强。第二，我当过侦察兵，专门练习过泅渡，能在汨罗江里游一个来回，我去危险小。第三，你是专家我是钻工，万一有事，我死了损失小，你没了损失大。今天如果让你去了，队上的人知道了，要把我骂死哩！"

听了他的话，我深受感动，这是多么好的工人。话既然说到这里，我就让他先去，叮嘱他一定要小心。只见他二话没说，脱光全身衣服跳到水里。这一带果然水很深，跳进去水就淹没了他的头顶。他按照提前约定好的，摇动绳索，我们赶快把他拉了上来。他说："这里是个大深坑，过不去，得另外找地方。"我们往前走了十多米，他又跳进水里去试，还是不行。一直换了五个地方，才终于在下游找到一个地方，水面有二十多米宽，但只有齐腰深，可以通过。

花了六七个小时回到井场，这时洪水已经逼近了台地，蒋四路正为我们着急，准备派人去找我们。我把看到的情况向队上的几个干部说了一下："离井场八九百米处，有道堆积的黄沙墙，肯定会堵住水道，必须立刻组织人手挖开黄沙墙。如果动手晚了，洪水没有下泄出口，可能会淹了井场。"

事不宜迟，蒋四路留下20个人守井场，大部分人都去挖黄沙。我们几个回来时，只有一条洪水造成的水障，再去时上游来的洪水更大，已经在自然沟处形成了十多处水障，等我们赶到那堵黄沙形成的墙壁时，天已经快黑了。再看黄沙墙下已经积了两三米深的水，周围成了一个小湖。

立刻分派人手，轮班作业。我们采取的措施是在底部挖开一条2米宽的泄洪口，因为这堵墙有30多米厚，工程量也十分巨大，我们的工具又不称手，一共只有10把消防用的铁锨还能用，其他的则是各种各样的工具，有的钻工手里拿块铁板，有的钻工拿的是安全帽，有的钻工甚至拿脸盆当挖沙的工具。

那一天的经历真的让人永生难忘。我一天没有吃饭，又奔波着抢运设备，寻找水道，本就疲惫不堪，接着又是重体力劳动，真感觉有点吃不消。刚开始还能凭着一口气干上十分钟不歇气，到后来手足酸软，仿佛全身的力气都用完了，每挥一下工具，都要拼尽全力，每挖出一点沙子都要喘息好几分钟。蒋四路打发人回去拿饭，七八百米的路一来一去，花了几个小时，到半夜也只拿来了30来个馒头。井场留守的人说："洪水来的时候都去忙着抬柴油机，没顾上搬灶，把煤气灶给淹了，一时半会修不好，只能把昨天晚上的剩馒头拿过来。"这点儿粮食，对五六十个饥肠辘辘的人来说，简直连塞牙缝儿都不够。我分到了多半个馒头，吃下去之后，感觉肚子还是空荡荡的，好像什么也没吃。就这还是蒋四路照顾我，我俩分一个馒头，他把大半给我了，说我办公室坐习惯了，不耐饿，而他吃不上饭的时候多，能扛得住。

干到半夜时分，还有一少半沙墙没有挖开，偏偏这一段底部的沙子可能因为堆积的时间太长，比较坚硬，掘进的速度明显下降。钻工们扛不住了，有一个看起来很壮实的工人此前一直干活很猛，突然间把手中的铁锨扔向十多米外，扑倒在沙土上，嚷嚷着说："蒋队长你开除我吧，我干不动了，再想让我干一点儿活门都没有。"他这么一嚷嚷，所有的人都把手里的活停了下来，看着蒋四路。

蒋四路走到他身边，从腰里抽出毛巾，递给他说："刘高山，你已经出了全力，我知道，现在你休息吧。"说完蒋四路捡回扔掉的铁锨，自己去挖沙子了。说实话，现场挖沙子的人都挖不动了，都盼着蒋四路下令停止挖沙。但蒋四路什么也没说，只是一下一下地挥动铁锨。当时，我正在旁边喘息，见此情景，赶快站到蒋四路的身边，也一下一下地挥动铁锨挖沙。现在是关键的时刻，我们当干部的绝对不能动摇信心，信心一动摇，大家可能马上就会趴在沙地上，拉都拉不起来。

大约过了两分钟，那位壮实的钻工从地上爬起来说："蒋队长，都说你狠，没想到你这么狠，你要把兄弟们都累死吗？"蒋四路看了他一会儿，然后一字一句地说："我不能看着大水把咱们的钻机淹了。你累了，你们都累了，谁想休息就休息吧。"那位钻工狠狠地瞪着蒋四路，猛然间抢过蒋四路手中的铁锹，说："我自己的活我自己会干，不用别人帮忙。"

天亮时分，沙墙还有好几米厚，但大家实在干不动了，完全是拼着一口气，东一锹西一锹地干。有的人铲几下沙土，就躺倒在沙地上休息，半个小时后才能再爬起来铲几下沙土。照这样下去，不但今天挖不开，还会把人累出病。这时候沙墙前的水位又上升了两米多，距离沙墙的顶端大概还有三米多，而沙墙前形成的小湖的面积更是扩大了不少，远远看去好像已经把井场给淹了。

突然间我灵机一动，想到了一个办法。我走到蒋四路跟前说："四路，咱们这一夜用的都是笨办法，光知道挖沙子了，没想到借用水的力量。"蒋四路愣了一下，我接着说："你看现在水位这么高，咱们没必要再从底下挖了，从中间挖开一个口子，借着水的力量把沙子冲走。"蒋四路想了一下，猛地拍了一下脑袋，说："人一急就笨了，这么简单的方法都没想到。"他回过身朝着那些横七竖八半躺的钻工说，"兄弟们，齐总帮我们想到了一个办法，咱们不从底下挖了，从中间挖，让水帮咱们把沙墙冲走，能省一半的事。现在，大家咬咬牙加把劲，是共产党员的站到前边来。"

没想到蒋四路还有这个招数，"哗啦啦"地一下子站起来了将近30个人。蒋四路把人分成三拨，轮流上去，每拨干五分钟休息十分钟。可能新的办法点燃了新的希望，大家手中的速度明显加快，其他不是党员的钻工也自觉加入进来，不到一个小时，就挖开了一个两米宽口子，淤积的洪水，慢慢地从出水口流出，好一会儿都看不出有什么大动静。突然间，水流下方的一块沙土崩塌了，水流速度加快了，然后又一块沙土崩塌了，水流再次加快，有了流水的奔啸声，出水口也渐次扩大，从开始时的2米扩展到3米、4米。

突然间，一声轰天的巨响，沙墙全部垮塌，整个小湖里的水带着"轰隆隆"的啸叫，急速倾泻而下，竟然卷起三四米高的浪花。留在沙墙旁的几把铁锨都被洪水冲走了，四五个站在稍低处的钻工，奔跑不及，也让水打湿了衣服。

井场保住了，大家悬着的心终于可以放下了，没有欢呼，都软软地躺下，就地打起了呼噜。我也随着大家一块儿躺倒，虽然累得一点儿劲都没有了，但心里却是格外畅快，流水发出的咆哮声，竟然让我有了享受的感觉。


### 2000年8月5日　晴　无风

已经七天了。这场洪水来得好大，最高峰时，下湾构造区的这一大片地方差不多都被淹没了。从电台里传来消息，这次的雨势范围相当大，十多万平方公里都下了大暴雨，不但整个南八仙地区，其他地方都遭遇了洪水，气象部门说这是万年一遇的大洪水。

距离我们七八公里的地方，可能是南八仙地区最低洼的地方，原来是密集的沙蚀林，在这短短几天里，竟然出现了一个湖，高高低低的沙蚀林浸在水中，姿态各异，天然成趣，变成了一道绝妙的风景。

这次洪水来临时，我们所处的地势比较高，采取的措施也比较快，井场保住了，主要的设备也都安然无恙。但还是受了一些损失，用于固井的几十袋水泥，抢运出来的不到一半，用来压井的重晶石粉，堆积在更低的地方，全部都被洪水冲走。我们的生活设施更惨，当初选择营地的时候，为了防避风沙，也为了不让钻机的噪音影响休息，特意把营地选在了台地背风处，结果营地全部都被淹了。当时营地里有两排板房和五六顶帐篷，板房太大不易搬动，洪水来之前只把最要紧的东西和五六顶帐篷搬了上来。当初蒋四路照顾项目组，让我们住了两间板房。洪水中我们的损失是最大的，大水来时，除了工作资料，其他的东西都没来得及拿，大水过后，两座板房被卡住了，没有冲走，我们去板房里找能用的东西，发现生活用品全都被水泡透了，不能用了。

最难受的是晚上睡觉没有被子盖，虽说现在是8月，是一年中最热的季节，但南八仙的昼夜温差极大，白天太阳直射下来，温度能达到30多摄氏度。可是太阳一下山，温度就下降到10摄氏度以下，没有被子根本不行。前两天我跟蒋四路拱一个被窝，总觉得不舒服，洪水退去后，我把自己的被子抱回来，摊在沙地上晒，两天就晒干了。可是浸过水的被子不但没有保暖性，还硬得跟块软木板似的，更加难受，只好再跟蒋四路拱一个被窝了。

目前井场周围的洪水大部分已经退去，但是通向井场的唯一的道路却被切断了，之前后方每三天给我们送一次水，每周送一次粮食、蔬菜和燃料，现在路切断了，生活保障也跟着断了。通过电台向总部求援，油田说已经派了好几个批次的车辆给我们送生活物资，但根本送不上来，其中两辆车陷入淤泥中，也被困住了。总部说，油田各级领导都很着急，正在想办法给我们送生活物资，让我们先努力开展自救。

怎么自救呢？燃料好说，我们有好几十吨柴油，煤气罐的煤气烧完了可以烧柴油，足够支撑到救援到来。水也能克服，洪水过后，附近留下了好几个水泡子，水清亮亮的，看起来干净得很，完全可以拿来喝。主要的困难是粮食。大雨前，后方送来了够吃 10 天的面粉和大米，可是在抢运物资的时候，三个炊事员慌里慌张地没有把全部的粮食都抢运到台地上。挖通黄沙墙后，大家都饿极了，也没有考虑那么多，又大吃了一顿。等到后方来电，说路断了，粮食送不上来的时候，清点库存，满打满算，全队只有 4 天的粮食了。

为了保证能生存下去，钻井队党支部开会研究作出决定：为了应付最坏的打算，4 天的粮食分成 10 天吃，每人每天只给半斤粮食吃。向项目组通报的时候，蒋四路说："我们井队党支部研究决定，项目组的人都是科技人才，是宝贝，不能和钻工一样，项目组的人每天比其他人多一两。"我们非常感谢蒋四路的好意，但立刻拒绝了。我说："老蒋，危难面前，绝不能有特殊，我们项目组虽然不隶属钻井队，但现在就是钻井队的人。况且项目组的人都是干部，在关键的时刻更要坚决执行规定。"看到我的态度十分坚决，蒋四路收回了意见。

靠着每天半斤的粮食，已经撑了五天。早饭取消，每天开两顿饭，中午三两，下午二两，由井队的杨指导员亲自把秤，亲自监督，确保每个人绝对公平。半斤粮食是什么概念？连钻井队定量的三分之一都不到。钻井工是重体力劳动者，在计划经济时代，每月的定量达到65斤，比一般工作人员的定量多一倍。一个年轻点儿的钻工一顿吃上斤把粮食就跟玩似的。我曾经在一个井队见过一个钻工一根筷子上串4个二两重的馒头，一口气吃了7个。

开始定量的前两天，肚子里好像被剜去了一块肉，空荡荡的。晚上饿得睡不着，肚子里好像有无数个小虫子爬动，驱使着人们尽想着那些吃过的好东西。有些平时最不爱吃的东西，回想一下也觉得好吃了，晚上做梦也尽是些吃饭的场景。

两天过去后，饥饿感没有那么强烈了，身上开始发软，出现乏力的情况，睡眠明显减少，但赖在床上不愿意起身。稍微走几步就全身冒虚汗。昨天我起床后照例去看取样资料，眼前竟然一片模糊，有些小数字都看不清了。刚开始我以为这些天用眼太多，又近视了不少，但当我走到门外，看远处的祁连山时，山也模模糊糊，才知道是饥饿所致，营养不够已经影响视力了。

回想一下，这些年来，少吃一顿饭两顿饭的时候多，真正挨饿的只有一次，就是我和忠良刚来柴达木盆地的那一次，车坏了，我们被困在路上。那一次整整两天没有吃过一点东西，饥饿感很强烈。这一次有东西吃，但是不够，好像更加难过。

人饿急了就会想办法，南八仙寸草不生，没有野菜可挖、野果可采，但这场洪水给南八仙造了一个湖，湖岸马上就有了野生的小鸟。两个钻工不知哪儿来的力气，竟然跑到湖岸去侦察了一回，回来就制作套小鸟的套子，说是一天抓回十多只小鸟不成问题。幸好他们还没有行动就被人反映给了钻井队的杨指导员。杨指导员赶去向他们讲了一通要保护野生动物，捕杀野生动物违法的大道理。又讲了湖里捕鸟非常危险的事，说是前些年有三个工人到水西湖摸鸟蛋，鸟蛋没摸着，三个人陷入沼泽送了命。这才打消了两个钻工的念头。

虽然每天只有半斤粮食，但蒋四路并没有让大家躺下来睡觉，钻机不具备开钻的条件，蒋四路就组织钻工擦拭设备，清理井场，或者举办故事会，让会讲故事的人给大家讲故事。蒋四路有他的道理，他说："大家都躺下了没点事干，就光想着吃了，反而会越来越饿，思想上也会出现动摇，搞得不好队伍就垮了。组织起来做一点事，会增强大家的责任感，让人人都在思想上绷紧弦，看到希望。"

我没有带过队伍，不知道蒋四路的方法对不对。但蒋四路做的一件事我觉得有用。蒋四路的这个钻井队有个老传统，每周举行一次升国旗活动。昨天早上，蒋四路就把所有的人召集起来，进行了一次升国旗活动，没有旗杆，就在钻台上挂了面红旗，蒋四路带着大家宣誓："我们是柴达木石油人，忠于祖国、忠于人民，用铁一般的意志战胜困难……"仪式很简单，只有三分钟的时间，但却让人心潮澎湃。

苦日子终于要过去了，中午从电台传来消息，油田总部已经派出了两辆重型特种车，满载物资前来救援我们。总部下了死命令，日夜不停，无论如何必须在明天中午把粮食送进来。那种特种车我见过，是专门在沙漠里勘探用的，每个轮胎有1米多高，一般的泥沼根本不在话下。下午，蒋四路和我们项目组开会讨论了复钻的事宜，决定物资送进来以后，在一周内就要让钻机开起来。

最苦的日子就要过去了。吃晚饭的时候，除了每个人增加了二两粮食，蒋四路还给我们项目组送来了两个红烧肉罐头。我惊叫起来："哪来的罐头？"蒋四路眨眨眼，做了一个怪相，说："当然是我储备的，整整一箱子，打算到最万不得已的时候用。我在钻井队干了20多年，能白干？"我说："你瞒得可真死，连我都瞒了。"蒋四路说："不瞒不行，有一点风气传出去，说不定就有人打主意了。"

蒋四路帮我把罐头打开，说："今天咱们先庆祝庆祝，也算是死里逃生了，日后再请你喝酒。"我觉得有个事情很奇怪，咱们虽说是一块儿分配到油田工作的，但20多年来，像这样在一块儿长时间配合的只有两次，可两次都不顺。一次是16年前那一回，"西五井"着大火，差点死在大火里了。这一回又差点死在大水里。

我说："老兄你忘了，大灾之后必有大福。'西五井'着大火，虽说吃够了苦头，但我们发现了一个品质相当好的油田。今天南八仙发大水，我们又吃了很大的苦头，但我想，我们也一定会发现新油田，这是你的命，不经过苦战、不吃苦头，你就什么也捞不着，没有便宜好占。"蒋四路哈哈大笑，在我的肩上重重一拍，说："好，真如你所言，发现了一个新油田，再吃几天苦头我也愿意，若是发现了新油田，今年冬休，回到基地我请你吃大餐。"

### 2000年8月23日 多云 微风

复钻以来，工作进展得非常顺利。近20天来，钻井相当平稳，连卡钻这样的小问题也没有发生过。四天前开始，已经有了油气显示，根据以往的经验，可能有三层薄油层。薄油层的出现，说明我们的方向没有错。

今天一大早我就上了钻台。早上10点多，在1602米处，钻井的泥浆中有强烈的油气显示。下午钻进到1620米处，又有了强烈的油气显示。我趴在泥浆池中反复看油气涌起来的气泡，甚至还闻到了一股沁人的香味，那是原油特有的味道。

对比四天前钻遇三层薄油层时的油气显示，这次要强烈得多，尽管具体的情况还要等待完井后进行测井解释时才能确定。但无疑的是，这口被命名为下湾五号的探井已经获得了重要突破。我的心里升起了一股难以抑制的激动，仿佛三伏天喝了一壶冰水那么痛快。从发现4颗油砂以来，已过去了将近两年，这期间虽有那么多的酸甜苦辣，但这里是南八仙，是妈妈消失的地方，我给妈妈点亮一盏灯的心愿很可能就要实现了。

蒋四路跟我一起待在钻台上，当泥浆中传来强烈的油气显示的消息时，他问我："你估计是什么情况？"我说："你是老钻井队长，不知见过多少风雨。这个情况你应该心里有数。"蒋四路说："我当然有数，但我要你亲口说，我自己说了不信，你说了我才信。"我说根据现场情况，咱们钻到石油了，不论将来怎么样，但今天，我们见到石油了。

蒋四路一把抱住我，激动地说："我们有福气，没有白干，没有白干。"那样子比我还要激动，然后他又下令，今天晚上加两个菜，让大家一起高兴高兴。

消息很快传到了全队，钻工们纷纷到钻台上来看，挨个到泥浆池里看油气气泡，还要闻一闻油气的味道。有的看一遍还不够，还要看第二遍。有个下夜班的钻工看了气泡，闻了油香后，神情很激动地对蒋四路说："这本来是我的好福气，让别人占了。"原来他本该今天上白班，但昨天晚上夜班钻工生病，让他临时顶上去，错过了今天钻遇油层的机会。蒋四路说："我们还没有打到设计井深呢，这算什么，说不定明天你就钻到更厚的油层。"

下午发现油气后，整个井队都喜气洋洋，对石油工人来说，没有不激动的。作为一支钻井队，他们的任务是按照要求，顺利地把井打到预定深度。他们打下去的井如果只是一个干窟窿（大多数如此），也不以此判定他们的工作是否有成效。因为这是基础工作，是对地质的普查，仍然有科学的价值。然而发现石油，寻找石油是我和他们共同固有的责任，也是最高价值所在。发现隐藏在黑暗地层里千百万年的石油是对我们石油工人最高的奖赏。我们是多么渴望在自己的手上发现一个油田，特别是在顶风冒雪、披星戴月的辛劳之后。

我把这个消息用电报传送给了远在几百公里外的蒋华宁老总，告诉他："下湾构造发现了良好的油气显示。谨慎地说，可能在下湾构造找到了一个新的油气田。大胆一点说，这个油气田已经找到了。"蒋华宁老总立刻回了电报："！！！"

### 2000年9月6日　晴　微风

重要的日子终于来了。昨天，油田在"下湾五号井"举行了放喷仪式。

这口井经过电测解释，既含油又含气，发现了11个含油层，6个天然气层，其中7个含油层具有工业开发价值，最厚的油层达到了2.1米，预估油气储量可能达到5000万吨。用当年王进喜在大庆油田的话说，"抱了个大金娃娃"。

油田对这口井给予了极大的关注，油田主要领导都来到了现场，观看放喷。在附近地区进行作业的采油队、工程队、地震队也派出代表来观看，现场聚集了200多人。蒋华宁老总说："这是油田勘探工作在沉寂了十多年后首次发现的一个整装油田，并且它是在新的领域、新的构造、新的认识下发现的油田，可能会引导未来油田开拓新的勘探方向，怎么评价都不为过。"

准备工作从三天前就已经开始做了。蒋四路带领钻工们对每一个环节都进行了细致的检查，确保万无一失。为了营造喜庆的氛围，他们还在井场周围插上了彩旗，放喷口也用红绸子扎成的花装扮了起来。

早上10点，预定的时间到了。油田的两位领导走到了放喷口准备扳动阀门，所有的人都屏住呼吸，等待着这一时刻。现场安静得只有风刮过荒原的声音。突然间，油田一位领导喊我的名字，我以为出了什么问题，连忙跑到放喷口，却原来是油田领导让我一起去扳动阀门，让我也沾沾放喷的荣光。

来自地层下巨大的压力驱动着油、水、气在钢铁的管子里震荡。先是发出低而深沉的鸣叫，在喷出阀门的一瞬间，变成巨大的轰鸣，一股黑色的油流射向天空。它们在地下憋屈了几千万年，现在终于可以尽情地在人间撒泼使欢了。

无数顶头盔抛向天空，红的、黄的、白的，交织着在空中升起、落下、升起，落下……这是我们石油人惯有的庆祝动作，我已经见识过多次，但每一次见到这场景都是最激动人心的时刻，都是我们收获的时刻，都是我们可以泪奔的时刻。我跳下钻台，也把自己的头盔拼命地扔向天空，我有权力、我们都有权力狂欢。

晚上，我们吃了一顿牛肉大餐，这有一个小插曲。油田领导来参加放喷活动时，带来了一头健壮的牦牛，放喷的时候，特意把牛也带到了现场。我们不明白油田领导为什么带一头牛到现场。放喷结束后，有人问油田领导，为什么带一头牛？油田领导说："你们想想，牛都有哪些优点？勤劳、踏实、默默付出、不求回报，吃的是草，挤的是奶……像不像我们发现这口井的经历？"还真有点像，别人不说，单说我自己，围绕着4颗油砂的争论，对下湾构造执着地探索，在野外几个月风餐露宿，特别是遭遇了万年一遇的洪水，差点儿饿死、困死在这个地方。

油田领导说道："咱们有一句成语叫牛气冲天，今天，你们就是牛气冲天！"

## 2000 年 9 月 17 日　晴　微风

明天，项目组就要撤离"下湾五号井"了，我们完成了预定的任务。稍晚几天，蒋四路的钻井队也要撤离，到新的地点去打井。算算日子，从来到这个井到明天撤离，除了回总部汇报工作和参加孙丽华的送别仪式，我在井上待了 96 天，乍一离开，心中还有点舍不得。

吃晚饭的时候，蒋四路拉住我说："老兄，你的下一个目标是哪里？"我说："当然是大龙山了。"前两天我回总部汇报工作，蒋华宁老总已经决定我们项目组结束下湾五号的工作后，直接并入到大龙山项目组。大龙山是柴达木盆地很有希望的一个地区，早在几年前就已经成立了项目组开展研究工作，但进展不快，目前勘探还停留在纸面上。

蒋四路说："等你有了目标，一定不能忘了我，我还得跟你合作。"然后，蒋四路笑了，说："齐国，你是个灾星，我跟你合作两次，两次都九死一生，是我这半辈子中遭遇的最凶险的事。可你又是福星，两次在我的手中都发现了大油田，你说得对，大灾之后必有大福。"

我说："你罪还没受够，一次火、一次水，下次想尝尝什么味道？"蒋四路说："不管什么味道，只要能发现石油，我宁愿再历一次险，再受一次罪。"

我的心里充满温暖，紧紧握住蒋四路的手。

晚饭后，我走出了板房，爬上了身边的仙女峰。这是下湾五号井场周围最高的一座沙蚀林，名字是我给它起的。过去，在烦闷的时候，高兴的时候，我都会爬上仙女峰。说起来还真有点神奇，无论什么心情，在这里待一待，我就能恢复平静。

今天晚上正是满月，井场周围一片明亮，跟白天一样，那是"下湾五号"排空火炬的火光，据试油队的人说，十几公里开外，都能看到火焰。

我望向远方，大地一片苍茫，沙蚀林隐隐约约衬映着月光。

妈妈在哪儿呢？妈妈和她的姐妹们已经失踪将近50年了。我曾经痴心妄想过，想在南八仙找到她，哪怕是一丁点儿遗物。为此，我每次来到南八仙地区都充满了激动，不知疲劳地翻过一座座沙蚀林，期待着惊喜在下一座沙蚀林下，在下一分钟发生。可是奇迹始终没有发生。南八仙地区太大了，地形又太复杂，当年爸爸他们用了几百人四处寻找都没有找到，事过几十年我又怎能找到呢？

现在妈妈能看到这一束火焰吗？知道她的儿子踏着她的足迹，也来到她为之献身的地方吗？知道儿子实现了她当年未实现的梦想吗？

妈妈，你可以安心地休息了。你用生命给我安放了一座前进的路碑，让我在南八仙，不，在我生命的历程中再不会迷路。你用坚贞、勇敢给我竖起了一座灯塔，让我在黑暗中感受到光明。妈妈，你放心吧，用不了多久，这里就会有一座大油田，千百座抽油机会欢快地歌唱着汲取石油，源源不断地送往祖国最需要的地方。千百个石油工人会在这块土地上勤奋地劳作，陪伴你们，让你看到它日新月异的变化，而且，他们肯定也像你们一样，知道自己的责任，知道自己从哪里来，为什么要奋斗。

丽华姐姐，你在天堂还好吗？告诉你一个好消息，咱们一起研究的下湾构造已经得到证实,出油了。正如我们坚持的那样,这是一个新类型、新构造的油田。目前,还不知道它的规模有多大,但是有了这个开端,不管是几百米还是几千米,我们就会在地下打开更多的窗口,找到更多的石油。丽华姐姐,你把自己的一切都献给了柴达木盆地,为了石油,你尝尽了人间的苦难,把一个人所能付出的全部付出了。大家都不相信你柔弱的肩膀怎么能担负起这么重的担子,你的心中怎么能承接那么多的眼泪?但我知道,哪怕是在最残酷、最黑暗的时候,你寻找石油的信念从来没有动摇过,并为自己保存着快乐。你用自己的一生为柴达木石油艰难的发展历程添上了重重的一笔。我相信,在我们审视柴达木石油发展史,沉重得透不过气的时候,会因你的名字可以大口地喘息,会因你的执着,从中感受到它的高贵和金子一般的光芒。

妈妈、丽华姐姐,我要像你们一样,在柴达木的这片土地上一直走下去,不管有什么困难。如果,哪一天,我累了,害怕了,犹豫了,那么,你们一定从背后要用力推我一把。


附记:

茫家岭的"茫21井"在放喷中释放出大量的硫化氢,这种情况在油田历史上从未发生过,其危险程度超过了任何一次事故。幸好齐国及时发现,并冒着生命危险点火成功,阻止了硫化氢的蔓延,在千钧一发之际拯救了无数人的生命。

点火成功后,余小添看见大火顷刻间包围了大半个井场,火焰高达数十米,井场上来不及撤走的板房、车辆都被烧毁,在场的人都以为齐国必死无疑。但齐国却奇迹般生还，而且没有受一点伤。事后，余小添问齐国："怎么逃过了大火，那几乎是不可能的。""确实是不可能的，但有时也有例外。在大火就要吞噬我的时候，我下意识地往后躲闪，脚下一滑，竟然滚下了三米多深的山沟，躲过了大火。其时我只顾点火，根本没有注意脚下的位置，侥幸捡回了一条命才知道，我所处的位置刚好在山崖的边上，完全是碰巧，老天爷还不想把我收走。"齐国风趣地对余小添说。

油田组织大批力量对"茫21井"进行了抢险，齐国全程参与抢险工作，经过十天十夜的奋斗，终于封井成功，将一场灾难化解，保住了地下油气资源。抢险工作结束后，齐国退休回到西安生活。


**日记链接三：**

2017年11月30日16点，西部钻探70161钻井队承钻的青海油田狮58井，钻进至井深5451米时发生井漏，造成重大险情。

狮58井是英雄岭构造带英中一号圈闭的第一口预探直井。设计井深6000米，钻探目的是探索英中下干柴沟组上段地层的含油气性，发现新的富集区。11月30日16点起钻至第三柱，井深5352.7米时发现溢流，地层能量足、压力高、产量大，按照地质部门提供的信息，该油组广泛发育以白云石晶间孔为主要储集空间的"白云化主控型"储层。压井试关井时，套压从30兆帕迅速升至50兆帕，判决该储层应为裂缝型储层，且连通性较好，能量充足，日产千方液，气200万方以上。

井场地貌复杂，压井液、材料组织困难，井场处于丘陵地带，位于山顶，井场道路仅能单向通车。为保证安全，决定实施放喷降压。12月3日10点25分，放喷并点火成功后，喷出物为油气水混合物，火焰高度40米左右。随后，现场监测到硫化氢剧毒气体。钻台、管汇处温度高达60℃，由于火势大，温度高，现场风向不定，且驻地处于下风口，为确保员工的人身安全，抢险指挥井场和驻地迅速采取断电措施，安排10人现场值守观察，其余人员全部连夜撤离到安全区域。

根据现场险情，青海油田向集团公司井控领导小组办公室进行险情汇报，请求应急支援。专家到场后仔细进行现场勘查，分析井口压力、放喷火焰变化、设施温度、井场扩散条件、硫化氢含量等数据，考虑各项风险因素，先后组织召开9次压井方案讨论会，结合地质油藏特点，进行审慎论证、持续推演，确定了压井方案。自12月6日起，连续实施压井作业，于12月10日2点35分压井成功，解除井控险情，整个抢险历时10天。

（余小添摘自青海油田井控资料）

一年后，在"茫21井"的旁边，一口新井顺利钻成，被命名为"茫新21井"，日产油120吨，天然气30多万立方米，茫家岭油田横空出世！